MORGAN DES BRUMES

L'Épée du pouvoir

MIREILLE CALMEL

MORGAN DES BRUMES

L'ÉPÉE DU POUVOIR

roman

XO ÉDITIONS

ISBN : 978-2-37448-330-6

À la mémoire de Pepito Cordoba
et de Simon Mahenc.

Avant-propos

Chers amis lecteurs,

Mes premières lectures ont été teintées de magie, peut-être parce que à l'époque – j'avais neuf ans – je me battais contre la maladie et que ces personnages, défiant tous les possibles, me renvoyaient à la certitude que, moi aussi, j'allais emporter victoire sur victoire.

Et vivre.

Vivre par-dessus tout.

Vivre malgré tout.

Quelque cinquante années plus tard, nourrie par cette écriture dans laquelle j'ai tant de fois puisé mon courage, ma force et ma détermination à vaincre chaque épreuve de la vie par la résilience, je n'ai pu résister à l'envie de me replonger dans cet univers qui non seulement me fut salutaire, mais donna sa dimension et sa puissance à ce personnage historique et merveilleux que fut la grande Aliénor d'Aquitaine. Cette Aliénor sans laquelle le mythe arthurien n'existerait pas et ma carrière de romancière non plus.

J'ai donc décidé de partir en quête. Pas du Graal, mais de mes rêves d'enfant, de ce qu'Arthur, Morgan, Guenièvre, Lancelot, Gauvain, Perceval et les autres m'ont appris.

Cette série dont vous tenez aujourd'hui le premier livre va vous les dépeindre tels qu'autrefois je les ai imaginés. À l'aube des aventures que Chrétien de Troyes leur a prêtées. Bien avant qu'ils ne s'assoient à la Table ronde.

Ces chevaliers en devenir, ceux qui aideront Arthur à reconquérir son royaume, vous les découvrirez au fil de plusieurs ouvrages, portés par le souffle épique de Morgan des Brumes, mon héroïne.

Ils seront mon cadeau chaque année, comme un rendez-vous complice entre vous et moi. Le moyen au-delà du temps et à travers eux de vous raconter la petite fille que je fus et qui continue de croire qu'elle ne mourra pas.

Si je me suis appuyée sur les dernières recherches archéologiques et l'éminent travail des historiens de cette époque comme des spécialistes du monde arthurien, à l'inverse de mes autres romans solidement ancrés dans la grande Histoire, celui-ci repose sur une légende.

Alors voici ce qu'elle raconte.

Au ve siècle de notre ère, Vortigern s'empara du trône de l'île de Bretagne par la ruse, tuant le roi et obligeant ses deux jeunes fils, Uther et Aurelianus, à se cacher sur le continent voisin, en terre d'Armorique. Durant de longues années, il réduisit le peuple en esclavage, permettant à un sorcier de prospérer.

Puis Uther et Aurelianus revinrent avec une solide armée et le soutien de Merzhin, un puissant mage blanc. Aurelianus reprit le trône mais mourut empoisonné quelques mois après. Décidé à venger son frère, Uther lui succéda. Bataille après bataille, il finit par emporter la victoire, par chasser Vortigern et son sorcier.

De nouveau le temps passa. L'île recouvra sa prospérité. Uther épousa Ygerne et eut d'elle un fils.

Il crut que toute menace était envolée.

Il se trompait.

Vortigern et son sorcier rêvaient de revanche, et leur soif de pouvoir était telle qu'ils furent bientôt prêts à tout pour l'assouvir.

Comprenant que sa famille ne serait plus en sécurité à Londinium, Uther Pendragon confia son épouse et son fils à Merzhin, lui demandant de les protéger, quoi qu'il lui en coûte.

Il fit bien. Car il fut terrassé peu de temps après.

Dès lors, comme il l'avait fait par le passé, Vortigern étendit son ombre maléfique sur le peuple terrifié.

Voilà, mes chers, si chers lecteurs, ma plume peut désormais courir sur le papier.

Car, à l'heure où commence cette histoire, Vortigern et son sorcier, au sinistre nom de Prince Rouge, font régner la terreur sur l'île de Bretagne depuis quinze années.

Mireille Calmel
Ce 3 juillet 2022

N
O
E
S
CALÉDONIE
MARE
GERMANICUM
BRETAGNE
Londinium
(Londres)
OCEANUS BRITANNICUS
île d'Aval
Vieille Cité
Forêt de
Brocéliande
ARMORIQUE
Condate
(Rennes)
Lutèce
(Paris)
FRANCIE
0
100 km
Cartographie : Noël Meunier

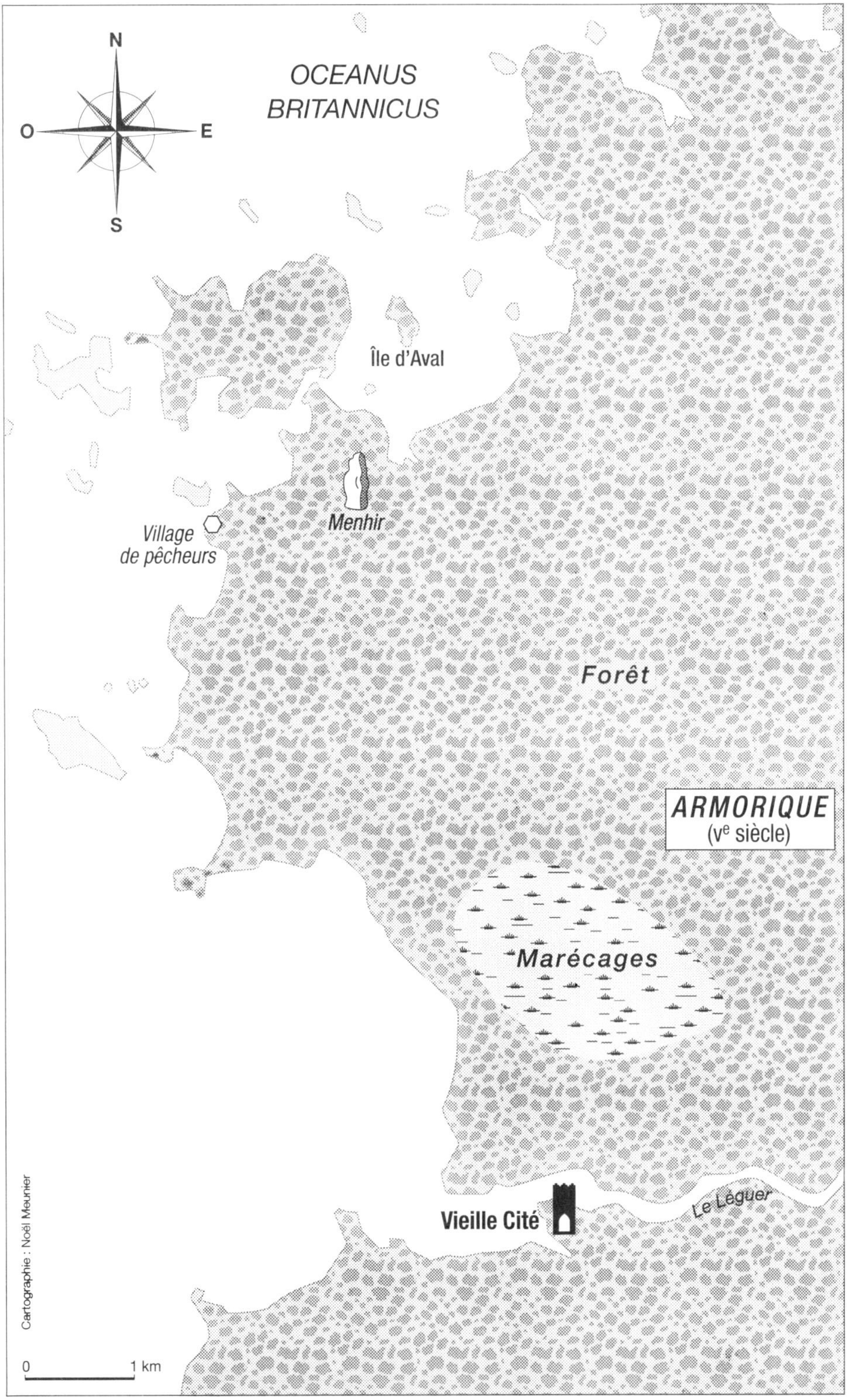
N
O
E
S
OCEANUS
BRITANNICUS
Île d'Aval
Menhir
Village
de pêcheurs
Forêt
ARMORIQUE
(ve siècle)
Marécages
Vieille Cité
Le Léguer
Cartographie : Noël Meunier
0
1 km

1.

— Qu'ai-je fait cette fois ? claqua comme un coup de tonnerre la voix de Morgan tandis que se rabattait sur elle la tenture de cuir de la hutte de Vivian.

La grande prêtresse suspendit son geste au-dessus du petit mortier de marbre vert dans lequel elle achevait de broyer du gui. Elle posa sur Morgan ce regard de tendresse mâtinée de tristesse que la jouvencelle exécrait par-dessus tout.

D'aussi loin que remontaient ses souvenirs, le gris d'ardoise de ces prunelles l'avait bercée d'autant d'affection et de patience que de jugement et de désespérance.

Elle en avait assez.

Elle planta ses poings sur ses hanches et se dressa devant la grande prêtresse, ne laissant entre elles que cette table de granit chaleureusement délignée par le rai de soleil traversant l'une des fenêtres de branchages.

Un soupir souleva la maigre poitrine de Vivian.

— Faut-il que nous en reparlions ?

Morgan croisa les bras sur sa bure de lin blanc, le front ceint d'une ride contrariée.

Elle venait d'avoir treize ans et, à l'approche des fêtes rituelles de Beltaine qui marquaient le renouveau du printemps, elle s'attendait fermement à recevoir sa consécration. Or elle venait d'apprendre qu'une autre, plus jeune et moins douée qu'elle dans la pratique de la magie comme dans l'exercice du savoir druidique, avait été désignée par les prêtresses du conseil des Sages pour accéder au dernier niveau de leur formation.

Une autre qui s'ajoutait à la liste de celles qui, ces trois dernières années, avaient été choisies à sa place et, à son sens, sans réelle justification.

— Tu n'es pas prête, Morgan, lui affirma Vivian devant son air buté.

De la colère embrasa l'œil couleur de mousse de Morgan. Avec ses lèvres pulpeuses et naturellement carminées, la pâleur presque surnaturelle de son teint, la blondeur d'épi de ses cheveux bouclés, ses cils interminables et ses sourcils épais bien que parfaitement dessinés, tout en elle dégageait la puissance de cette minéralité habillée de lichens, de forêt et de brume que l'île d'Aval exhalait.

Elle ne se sentait pas seulement habitée par cette terre cernée par les flots. Elle la respirait dans son entier. De chacun de ses arbres centenaires aux parcelles cultivées et à la source qu'elle abritait. Elle ne faisait qu'un avec sa magie, elle le savait.

Cela ne lui sembla que plus injuste.

Son menton trembla de frustration et de rancœur.

— C'est faux ! Personne ne l'est plus que moi ! Et certainement pas Amalia ! Elle n'a même pas été capable de repousser le sortilège du bâton fou hier !

Pour elle, l'ironie suprême. C'était un sort qu'elle maîtrisait depuis ses cinq ans. Il suffisait d'exercer sa volonté sur le bois enchanté pour le rendre docile.

Vivian posa ses phalanges de chaque côté du petit mortier et se pencha vers elle par-dessus son établi de pierre.

— Voilà exactement de quoi je veux parler.

La jouvencelle se braqua aussitôt.

— Ce n'est pas de la jalousie ! Je suis meilleure qu'elle, meilleure que toutes les novices, et ce depuis plusieurs années ! Personne ne le conteste !

— C'est vrai, soupira Vivian en se redressant de nouveau. Tu es la meilleure dans tous les domaines pratiques. Mais la pire dans le contrôle de tes émotions, de ce caractère entier, indépendant et égoïste dont tu ne parviens à te défaire. Te permettre d'accéder aux pouvoirs et à la connaissance qu'ouvre le niveau supérieur ne serait pas judicieux. Travaille sur toi, deviens celle dont je sens la puissance et la grandeur, et nous en reparlerons.

— Alors c'est non, grommela Morgan.

De nouveau un profond soupir ébranla Vivian.

— Commence par te réjouir pour Amalia, dont l'âme, généreuse et altruiste malgré ses maladresses, promet une communion parfaite avec la lune mère lorsque celle-ci sera pleine. Et joins-toi aux autres avec joie pour préparer la fête. Ce sera un progrès non négligeable.

Morgan serra les poings mais baissa le front en signe de soumission avant de tourner les talons.

Vivian, déjà, était retournée à son pilon, les traits irisés par le halo de lumière mais l'âme aussi tourmentée que l'était celle de Morgan au sortir de la hutte.

L'espace d'un instant, l'éclat du soleil avait faibli dans l'unique pièce circulaire composée d'un entrelacs de branches, de paille et de tourbe. Trop brièvement pour qu'une autre qu'elle ne s'en inquiète, tant les vapeurs, sur Aval, allaient et venaient à leur guise.

Pourtant Vivian l'avait senti. Ce n'était pas le cœur du sanctuaire qui s'était assombri, mais celui de Morgan.

Avec toutes les conséquences qu'elle se refusait encore, malgré les avertissements répétés de l'Aïeule aux Blanches Mains, à regarder en face et à accepter.

2.

Après avoir caressé la crête des vagues et la frange découpée de l'île, le vent portait les embruns jusqu'à la clairière qui abritait le village. Morgan aimait humer cet air iodé à pleins poumons quand elle était en colère.

Sa manière à elle de fusionner avec la nature qui l'entourait. De ne faire plus qu'un avec les quatre éléments : l'air, le feu, la terre, l'eau. Elle y parvenait d'ordinaire. Bien vite, elle recouvrait son calme et, pour se faire pardonner, se mettait à serpenter entre les huttes qui encerclaient le puits en ânonnant une prière de protection. Elle la répétait plusieurs fois, puis, remontant entre deux chênes, elle englobait du regard la vingtaine d'âmes qui se mouvaient aux tâches quotidiennes, s'efforçant de mesurer sa chance. Car la communauté d'Aval n'était pas une parmi tant d'autres blotties à l'ombre froide des couvents qui s'établissaient peu à peu sur le continent depuis que les Romains l'avaient déserté. Pas l'une, non plus, de celles qui, maintenant les anciennes traditions, perpétuaient le savoir druidique à l'abri d'arbres centenaires.

Les druidesses d'Aval étaient uniques.

Elles vivaient à l'écart du reste du monde.

À l'écart de la cupidité des hommes, de leur violence, de leurs bassesses.

Au moindre danger, grâce à la puissance de la magie distillée par les dames du conseil des Sages, l'île tout entière disparaissait dans les brumes, à l'inverse de ses sœurs voisines. Et la jetée naturelle qui, à marée basse, la reliait à la terre ferme s'effaçait profondément sous les flots. Nul ne pouvait alors soupçonner l'existence de ce sanctuaire, et ceux qui le connaissaient se taisaient. Par respect pour cette magie autant que par crainte.

Aval était devenue un lieu sacré. À la fois source et lien direct entre la pureté de l'âme, la puissance du terrestre et celle, infinie, du céleste.

Y être amenée, acceptée, formée était un privilège rare. Jamais le fruit du hasard. Toujours celui de la concertation des aïeules, les six Sages du conseil, puis de la décision finale de Vivian, la grande prêtresse. Les druidesses n'accueillaient pas plus de deux novices par année. Âge, condition, lieu de naissance ou de vie, elles n'avaient rien en commun, de sorte que leur apprentissage pouvait prendre de multiples formes et durées. Quant à leur passage au niveau supérieur, celui qui permettait de quitter l'île et d'aller répandre sa bienveillance sur les chemins, c'était toujours Vivian qui le décidait. Parfois, même, comme pouvait une fois de plus le constater Morgan, en toute subjectivité.

La jouvencelle resta quelques minutes devant le seuil de la hutte, face au puits recouvert de lierre et des premières fleurs printanières, cherchant comme d'ordinaire à s'apaiser, à dominer sa frustration dans le va-et-vient et les rires joyeux des autres prêtresses. Mais, le nez en l'air, les poings serrés, les sourcils froncés pour filtrer l'éclat de la lumière qui se jouait des frondaisons, elle avait l'impression que, cette fois, une part d'elle aurait été capable, pour se venger, de raser cette terre enchantée et toutes celles qui l'habitaient.

— Tu as le choix, Morgan : accepter ce que tu ne peux changer ; ou changer en toi ce qui t'empêche d'être acceptée, sermonna une voix à hauteur de genoux.

Elle baissa les yeux, les arrêta sur la petite créature qui, assise sur l'une des racines protubérantes d'un hêtre situé à quelques pas d'elle, pointait vers son minois tourmenté une pipe de corne.

— Mêle-toi de ce qui te regarde, Soriot ! tança-t-elle le korrigan en lui tournant résolument le dos.

— Ah, Morgan, Morgan des Brumes ! Grinche, grogne, chouine… Voici, par trois, les vertus de ta comptine. Prends garde qu'elle ne finisse par provoquer ta ruine, prophétisa encore le petit homme au teint verdâtre et aux oreilles pointues en secouant tristement la tête sous son bonnet d'écorce.

Morgan battit l'air par-dessus son épaule pour lui signifier qu'elle n'avait cure de ses conseils, avant de s'enfoncer entre les bâtisses de tourbe et de brandes pour remonter le sentier.

Si les dernières habitations étaient disséminées de part et d'autre de cette allée serpentant entre les arbres, elles étaient toutes construites sur le même modèle. Une seule pièce circulaire au toit percé pour l'évacuation de la fumée du foyer central, simple cercle de pierres destiné à empêcher le débordement des flammes. Chacune était nantie du strict nécessaire : coffre à habits, matelas de paille sur jonchée, peaux de bêtes en guise de couvertures, cuvette et broc de terre cuite pour la toilette près d'un pot qui contenait un peigne.

Les repas se prenaient en commun sur la place, à proximité du puits, dans une hutte dont la longue table servait aussi pour l'écriture, la lecture, l'apprentissage des langues les plus courantes, l'arithmétique et les sciences telles que l'astrologie ou l'astronomie. De même que les exercices physiques ou les prières, la pratique de la magie blanche s'établissait, elle, toujours en plein air, en harmonie avec les quatre éléments et les champs telluriques qui la faisaient naître. Ils étaient nombreux et puissants sur l'île, raison pour laquelle elle avait, en son temps, été choisie plutôt qu'une autre par les membres du conseil des Sages.

Aval, ses dames et ses damoiselles ne faisaient qu'un.

Chaque jour.

À l'exception de celui-ci, rumina Morgan en obliquant vers une étroite sente qui s'enfonçait dans les bois entre la demeure de l'Aïeule aux Blanches Mains et la haute pierre dressée.

Elle serpenta au travers des buissons et des futaies jusqu'à atteindre la vaste cuvette naturelle dans laquelle se déversait la seule source de l'île. Lors, espérant que sa fraîcheur apaiserait la colère qui la rongeait, elle se dévêtit à l'écart du chemin, s'approcha du bord rocheux puis plongea dans l'eau vive sous le regard ténébreux d'un merle que l'un des arbres voisins abritait.

Vieille Cité

3.

— Tu frappes comme une fillette, Arthur ! se moqua Ké en pivotant sur lui-même pour contrer le bâton du jeune forgeron avec le sien.

Un exercice dans lequel il était passé maître depuis quelques mois. Depuis que l'excès de cervoise avait rendu son père violent et qu'il avait dû se défendre.

— Prie, alors, pour n'en connaître aucune qui te ridiculise ainsi, rétorqua Arthur en s'accroupissant brusquement pour faucher son ami à hauteur de mollets.

Ce n'était pas une de ses attaques habituelles. Ké s'y laissa prendre, battit des mains dans l'espoir de conserver son équilibre mais finit son envolée et le juron qu'elle lui arracha dans une flaque de purin. En plein mitan de la rue principale et des nombreux voyageurs, marchands ou matelots qui se croisaient.

Dressée sur un promontoire rocheux qui s'avançait au-dessus de l'estuaire du Léguer, la Vieille Cité était toujours la ville portuaire florissante qu'avaient fait d'elle les Romains. Et plus encore. La soixantaine de bâtisses de briques qui servaient autrefois de casernement avaient été reconverties en de multiples échoppes, tavernes, ateliers et commerces en tous genres, quand on n'y logeait pas par familles entières. Cela n'avait pourtant pas suffi à accueillir tous ceux qui avaient voulu s'y installer. Désormais des maisons plus modestes de bois et de pierres sèches emplissaient avec leurs jardinets chaque coin et recoin des ruelles, d'un bout à l'autre de l'enceinte. Si l'on ajoutait dans cet enclos le temple dédié à la Vierge Noire au centre, le lavoir et les champs de céréales en direction de la tour portière ouest qui surplombait la baie, l'accès au port du Léguer à l'est, les falaises abruptes qui regardaient au nord vers l'autre rive du fleuve, et enfin la grande halle au sud près de laquelle on sortait de la ville pour rejoindre la voie romaine et s'enfoncer dans les terres armoricaines, il ne restait guère d'espace pour que les deux jeunes garçons puissent exercer leurs talents en toute discrétion.

Le rire clair d'Arthur, ajouté à son allure rendue nonchalante par le coude qu'il avait posé sur le haut de son bâton, acheva de couvrir Ké de honte.

Évitant le regard des passants, le jeune homme s'assit dans la fange, les mains gluantes, l'œil aussi ténébreux que son abondante chevelure, près d'un porcin qui se mit à promener un groin curieux sur sa cheville. Il repoussa l'animal d'un coup de talon avant d'accepter la main que lui tendait Arthur.

— Plus qu'à me baigner tout habillé, grogna-t-il avant de tirer la langue à deux jouvencelles qui, passant près de lui avec leurs paniers, venaient de pouffer.

Arthur, lui, les salua d'une courbette.

C'était jour de marché et leurs mères avaient dû les y envoyer, car légumes et cou mol de volaille dépassaient des couvercles en osier.

Elles papillonnèrent des cils en ricanant sottement derrière leurs paumes.

— Pff ! lâcha Ké en levant les yeux au ciel.

Avec son nez droit, ses lèvres fines, ses boucles d'ambre et ses prunelles bleues aux éclats d'acier, Arthur séduisait sans rien faire. Alors quand, en plus, il y mettait des manières !

— Jaloux, le taquina Arthur tandis que les pucelles descendaient la rue pentue en direction du port.

Il allait en détacher son regard quand il les vit brusquement obliquer dans une venelle à l'approche d'un petit groupe de cavaliers. Ils avaient l'air nonchalant pourtant. Le pas de leurs montures s'ajoutait aux bruits coutumiers de la cité aux premières heures de la journée et aux cris, incessants, des oiseaux marins.

Qu'ont-ils de particulier pour qu'elles se détournent de leurs habitudes ? s'étonna-t-il.

Elles n'étaient pas les seules. On se collait rapidement contre les habitations pour laisser passer les quatre hommes.

Ké avait remarqué aussi, car il se rapprocha de lui pour les observer, la main en visière pour tromper le contre-jour.

— As-tu vu leurs tenues ?

Arthur approuva d'un grognement inquiet.

Même si un seul était casqué, tous arboraient un dragon d'or sur leurs tuniques noires.

Le pays était en paix, pour l'heure oublié des pirates, des assaillants barbares et des luttes de pouvoir entre les différents clans de Bretons qui, ayant fui le pays de Galles, le Devon ou la Cornouailles par la mer, se partageaient désormais l'Armorique. Mais voir débarquer un soldat n'était jamais bon signe. Quels que soient ceux qu'il escortait.

— Crois-tu que ce soient des mages ? Ils en ont l'air.

— Possible. Mais ce ne sont pas nos affaires. Par contre, mieux vaut te nettoyer avant que ta mère ne revienne du lavoir, conseilla Arthur en prenant Ké par le bras pour l'attirer en arrière.

Les deux garçons reculèrent à l'angle de la bâtisse en torchis, longèrent le mur et se hâtèrent de revenir dans l'arrière-cour d'où la fougue de leur entraînement les avait chassés.

Ils s'immobilisèrent aussitôt, embarrassés, face à la mère de Ké. Les bras en l'air, elle était déjà occupée à étendre le petit linge de la maisonnée sur une corde.

Elle arrondit les yeux de surprise devant son fils dégoulinant de purin, puis, dans un réflexe coutumier, écrasa ses joues entre ses mains avant de vociférer :

— Sang de sang de tourbe ! Est-ce ce que tu veux, garnement ? Me voir mourir à la tâche ?

Ké tordit la bouche, baissa le nez, croisa ses mains au dos et dodelina d'un pied sur l'autre, faisant sourire Arthur.

Si fier, vindicatif et téméraire que soit son ami envers ceux de leur âge – ils approchaient tous deux des seize ans –, voire devant son père, Ké perdait tout courage face à sa mère. Laquelle exagérait toujours dans ses emportements. Ké était un fils aimant et serviable qui ne manquait aucune occasion de lui adoucir le quotidien. Même si ces derniers temps cela signifiait prendre des coups de la part d'un père considérant qu'un homme était censé user les rames d'un bateau de pêche plutôt que les balais au ménage.

Grâce à sa pratique du bâton, Ké avait fini par lui démontrer que les deux n'étaient pas incompatibles.

— Pardon ma bonne maman. Arthur va m'aider à me décrasser dans la rivière. Tu n'auras rien à faire.

— En ce cas, tu trouveras le savon à sa place. Et toi, frotte bien ! ajouta-t-elle en adressant un œil mordoré chargé de reproches à Arthur.

Nul doute qu'elle le devinait responsable de l'état de son fils.

Il hocha la tête.

— Oui, dame Lilwenn.

Elle se détourna d'eux pour revenir à son étendoir, ses traits gracieux caressés par le doux soleil de cette fin avril.

Ils échangèrent un regard entendu. L'heure filant, mieux valait qu'ils se dépêchent. Sans quoi tous deux seraient en retard chez leurs maîtres respectifs. Or, comme le verrier, le forgeron était chatouilleux sur les horaires.

Question de respect.

Et ni l'un ni l'autre ne voulait être renvoyé.

4.

Les boucles blondes et éparses de Morgan flottaient autour de son visage, dans le scintillement de lumière qui nimbait la surface de la source.

Quelques secondes encore, s'obligea-t-elle, les yeux grands ouverts, en repoussant son instinct de survie.

Si elle était capable de se maintenir longtemps en apnée, atteindre ses limites habituelles n'avait pas non plus suffi à ramener le calme en son cœur. Même si elle le savait au plus profond d'elle : il le fallait.

Ne serait-ce que pour prouver à Vivian qu'elle était en mesure de maîtriser cette part d'elle qui lui échappait parfois et dont elle ne parvenait à comprendre la noirceur.

À l'inverse des autres novices, elle avait été élevée ici depuis la mort de sa mère, une amie de Vivian. Dans la pureté minérale de l'île et dans l'amour. Un amour qui dépassait le cadre du sentiment humain. Un amour qui reflétait l'abondance de cette terre, de l'univers.

Or, c'était comme si quelque chose était enfoui en elle, quelque chose de malsain, une rage sournoise, incompréhensible, injustifiée.

Et si c'était dans ma nature profonde ? Si je n'arrivais jamais à la dompter ? paniqua-t-elle, ranimant les battements fous de son cœur à l'instant même où elle parvenait enfin à les contrôler.

Elle émergea la bouche ouverte, dans une inspiration rauque, incapable de rester plus longtemps sous l'eau. Furieuse contre elle-même, cette fois.

Plus qu'à recommencer ! s'en voulut-elle.

Elle s'y apprêtait lorsque son œil accrocha la silhouette longiligne d'Amalia, à une quinzaine de pas d'elle.

La novice était adossée contre un chêne situé à l'extrémité de la vaste cuvette. Elle la regardait avec étonnement.

Morgan hésita quelques secondes avant de renoncer à replonger. Cette sotte était bien capable de se jeter à l'eau si elle la voyait tarder à remonter. Elle n'avait aucune envie de lui expliquer ce qui l'y poussait. Encore moins de lui donner le sentiment, même furtif, qu'elle avait besoin d'être secourue.

Cinq brasses à peine la séparaient du bord. Elle s'empressa de l'atteindre en voyant la novice se détacher de l'arbre.

Faudra-t-il donc qu'elle vienne me parler ? me crier sa joie sous le nez ?

Elle se hissa et reprit pied à côté de ses vêtements.

Confirmant ses inquiétudes, Amalia approchait.

Elle voulut enfiler prestement sa longue tunique, mais c'était sans compter l'eau dégoulinant de son corps nu. Sa tête sortie de l'encolure, elle se retrouva prisonnière des manches qui refusaient de glisser le long de ses bras. Devant Amalia.

— Sais-tu que, l'espace d'un instant, je t'ai prise pour une gwrac'h[1] ? gloussa la novice en tirant sur le tissu pour l'aider.

1. Sorcière des eaux.

« Bienveillante », disait Vivian pour la décrire. Amalia l'était toujours. Mais cela ne fit que ranimer le sentiment de frustration de Morgan. De frustration et d'injustice.

Au lieu de la remercier, elle se moqua :

— Eh bien ne le répète à personne ! Ou je ne serai pas la seule à me demander pourquoi c'est ta bêtise que l'on va consacrer ce soir.

Pétrifiée, Amalia arrondit les yeux de surprise. Morgan ne tarda pas à y voir perler des larmes.

Loin de s'en vouloir, elle ricana :

— Je ne vois qu'une seule raison pour laquelle une gwrac'h se serait installée dans une île dont sa race a été bannie par la magie blanche : qu'elle ait été arrachée d'ailleurs par une tempête et soit retombée ici avec la pluie !

La laissant se tortiller pour achever de se vêtir décemment, Amalia recula d'un pas sur le roc en secouant la tête tristement.

— Ce n'est pas parce que tu n'as pas été choisie que tu dois te montrer méchante avec moi.

Morgan se pencha, attrapa ses sandales par leurs lacets de cuir avant de persifler.

— Je ne suis pas méchante. Je t'enseigne la prudence. Tu vas avoir désormais de belles responsabilités. Ne les gâche pas en dévoilant ton inculture.

— Parce que toi, bien sûr, tu sais tout, marmonna Amalia, vexée.

Morgan lui fit face, le regard flamboyant.

— Oui, je sais tout. Tout ce qu'il y a à savoir des secrets de ce monde et de l'autre. Du pouvoir des simples et des minéraux, de la lumière…

— Et surtout de l'ombre, compléta Amalia en redressant le menton courageusement. Tu devrais t'observer dans ce miroir d'eau en ce moment même avant de me juger, Morgan. Et tu comprendrais pourquoi, malgré tout ce savoir que tu me jettes au visage, toutes ici craignent parfois de croiser le tien.

La gifle fusa, sans même que Morgan ait eu l'impression d'avoir détendu sa main.

Déstabilisée par la brutalité du coup, Amalia partit en arrière, buta contre une pierre en saillie. Elle moulina des bras désespérément, mais Morgan n'eut pas le réflexe de la retenir.

Pas le réflexe ou pas l'envie.

Elle la regarda, placide, s'écraser de dos sur le granit. Elle sentit le bout de ses doigts picoter, un rictus jubilatoire déformer sa bouche.

Bien fait ! entendit-elle sa propre voix, déformée, crisser dans sa tête.

Au même instant, une tache pourpre grandit autour du crâne d'Amalia. Un flux abondant et épais qui glissa de la pierre à l'onde pure.

Le temps que Morgan comprenne ce que cela signifiait, la surface de l'eau prenait la couleur du sang qu'elle venait de verser. Et, comme une sentence, son visage s'y dessinait.

Immense. Mauvais.

5.

Décrasser Ké à la rivière n'avait pas été long. Mais si l'on y ajoutait le temps de revenir chez lui pour qu'il se change, il en restait peu aux deux garçons pour arriver à l'heure chez leurs maîtres respectifs.

— Tu devrais filer, ce n'est pas la peine que nous soyons en retard tous les deux, lui avait recommandé Ké en poussant sa porte. Maman a déjà dû me préparer des vêtements secs. Et j'irai plus vite à les enfiler et à rejoindre la forge que toi l'autre bout de la ville.

Le forgeron partageait avec son frère aîné un des anciens casernements romains. C'était un long bâtiment en forme de fer à cheval qui, d'un côté, abritait une auberge et, de l'autre, les écuries et l'atelier. La partie qui reliait les deux ailes servait de logis et s'ouvrait sur une belle cour intérieure. Mais c'était à l'opposé de la maison de Ké, près de la halle.

L'atteindre avant la quatrième[1] heure du jour allait demander à Arthur de courir en zigzaguant entre les chariots, les passants, les commères qui discutaient en plein milieu de la rue et les enfançons qui y jouaient.

— On se voit ce soir de toute façon, avait ajouté Ké. Tu me dois une revanche.

1. Vers 10 h 30 du matin en cette saison.

— Ou une autre déculottée ! s'était moqué Arthur avant de filer à toutes jambes.

Dix minutes s'étaient écoulées depuis qu'il l'avait quitté. Dix minutes durant lesquelles il n'avait songé qu'à arriver dans les délais pour ne pas décevoir son maître. Même si le vieil homme avait de l'affection pour lui, il ne supportait aucun manquement à la discipline. Un reste des quelques années où il était employé par la garnison romaine de la Vieille Cité. Chaque retard valait une retenue sur la paye. Arthur ne pouvait se le permettre. Son père trimait sur les quais, chargeant et déchargeant les navires pour un salaire si misérable que, depuis quelques mois, il œuvrait en grande partie la nuit, revenant au logis quand Arthur se levait et retournant au port en milieu d'après-midi. Il s'épuisait et Arthur était inquiet. N'ayant jamais connu sa mère, il n'avait que lui. Il ne voulait pas le perdre. Lors, il travaillait dur de son côté, satisfaisant aux exigences du forgeron pour permettre bientôt à son père de lever le pied.

Il approchait enfin de la halle, suant et soufflant comme un forcené, quand la rue principale se retrouva brusquement plongée dans l'obscurité.

Ben ? s'étonna-t-il en s'immobilisant pour lever instinctivement les yeux au ciel.

La nuit l'avait recouvert. Si intensément que plus aucune lueur ne filtrait.

Ah çà ! se troubla-t-il en réfléchissant à toute allure.

On approchait de Beltaine. La pleine lune de mai. Les éclipses n'étaient pas rares à cette période, mais il n'en avait jamais vu de si brutale, n'avait même jamais entendu les anciens l'évoquer.

Quoi d'autre pourtant ?

On le bouscula sur sa droite. Il entendit hurler sur sa gauche. Il fronça les sourcils, plissa les yeux pour tenter de distinguer quelque chose autour de lui. Mais les ténèbres étaient si denses qu'il ne voyait pas même le bout de ses pieds. Heurté violemment, il prit alors conscience que la rue s'était emplie de tous ceux qui, arrachés à leur logis ou à leur commerce par ce mystère, s'étaient précipités dehors. Il perçut des souffles courts, des lamentations, des prières.

Il sentit leur inquiétude le gagner.

C'est étrange que tous réagissent de cette manière. Même parmi les anciens.

— Rentrons ! Vite ! Avant que le ciel ne nous tombe sur la tête ! entendit-il près de lui.

— Sorcellerie ! Je vous dis que c'est de la sorcellerie ! s'époumona une femme un peu plus loin.

Aussitôt ce fut la débandade. Malgré les battements fous de son cœur, Arthur refusa de céder à la terreur ambiante. Il ne croyait pas à la magie, aux sortilèges, aux malédictions. Ké et lui pensaient qu'il existait une explication pour tout.

Je ne vais quand même pas me laisser impressionner par si peu ! décida-t-il.

Craignant plutôt d'être renversé et piétiné par cette foule terrifiée, il se plaqua entre deux volets que l'on refermait. Il les entendit claquer les uns après les autres. Après la surprise et l'angoisse qui les avaient jetés dehors, les villageois se précipitaient chez eux pour se barricader.

Il en sera forcément de même pour mon maître. Plus qu'à patienter ici jusqu'à ce qu'il ouvre. De toute façon, brutales ou pas, les éclipses ne durent jamais longtemps.

Il ne l'avait pas plus tôt pensé qu'un vent glacial et rugissant s'engouffrait dans la rue, si violent qu'il se sentit décollé du mur. Il tenta de résister, mais une tuile s'écrasa à ses pieds. Des objets s'étaient mis à voler, déclenchant d'autres hurlements, d'autres bruits de course parmi ceux qui s'attardaient encore.

Rentrer à la maison en attendant que ça passe. Voilà ! C'est ce que j'ai de mieux à faire si je ne veux pas finir assommé.

Il n'était pas très loin de chez lui. La modeste bâtisse qu'il habitait avec son père se trouvait dans une rue adjacente, en direction du lavoir. Il avança en longeant les façades, en tâtonnant, mais les distances étaient faussées par l'obscurité, et bien vite il dut se rendre à l'évidence. Il n'avait plus aucune idée de l'endroit où il se trouvait.

Il n'eut pas le temps de se décourager qu'un bruit de sabots lui fit tendre l'oreille.

Des cavaliers !

À leur allure tranquille, il en conclut qu'ils ne se souciaient d'aucune malédiction. Il allait les arrêter, demander qu'on le prenne en croupe jusqu'à un abri lorsqu'il lui sembla, au martèlement sur les pavés, qu'ils étaient quatre.

Quatre… comme ceux que l'on a vus remonter du port avec Ké.

Sa mémoire lui renvoya leur image. Un soldat, trois mages, tous affichant un dragon d'or sur leurs tuniques noires. Il n'avait pas vu leurs visages restés à contre-jour, mais il se souvenait parfaitement de la réaction des deux jouvencelles et des passants à leur approche.

Et s'ils étaient responsables de ces ténèbres ? s'angoissa-t-il brusquement avant de se reprendre. *Non. Non. Je ne vais tout de même pas me mettre à croire à ces superstitions.*

Mais son malaise persista. Suffisamment pour qu'il les laisse passer. Au moment où il se traitait de couard, la queue du dernier cheval lui balaya la main, comme pour l'inciter à s'y accrocher.

Chargées de déchets, les bourrasques tourbillonnaient dans cette longue rue qui traversait la cité. Il ne pouvait pas rester à leur merci.

Il s'agrippa au crin et se laissa guider à l'aveugle.

Un peu plus loin, le vent cessa de le pousser pour lui coller la tunique au flanc et les cheveux sur la joue. Il en déduisit qu'il avait dépassé la dernière des habitations et qu'il marchait vers l'ouest.

Vont-ils vers la tour portière qui descend à la baie ? se demanda-t-il, rassuré par l'idée de pouvoir se mettre sous la protection du gardien du lieu. Un géant qui les aimait beaucoup, Ké et lui.

Il continua quelques minutes, butant sur les aspérités du chemin.

Puis brusquement ses guides s'arrêtèrent et il cessa de bouger.

— C'est ici, entendit-il tandis qu'une goutte de pluie s'écrasait sur le haut de son crâne.

Si grosse qu'il la sentit suivre la racine de ses cheveux puis dégouliner le long de son front.

Une odeur forte d'humus se mêlait aux parfums d'iode et de lichens. Une tempête sourdait.

Voilà la cause de cette nuit avant l'heure.

Il songea aux habitants terrés chez eux, claquant des dents à l'idée de voir paraître un géant ravageur de l'Autre Monde, se surprit à sourire.

Point longtemps, car les cavaliers avaient mis pied à terre et claqué violemment le cul de leurs montures pour les chasser. Il ne dut qu'à son instinct de s'écarter pour ne pas être emporté et piétiné par leur course.

La seconde suivante, le front battu par d'autres gouttes à peine moins larges que la précédente, il découvrait, à la faveur d'un éclair, qu'il était seul.

Seul, non devant la tour portière qui permettait de descendre à la baie, mais devant le lavoir dont la surface s'était mise bruyamment à cloquer.

6.

Arthur se mit à grelotter dans ses vêtements trempés par la violence de l'orage. Le vent hurlait autour de lui, le transperçait, tirait puis plaquait le tissu de sa tunique tour à tour, comme si d'invisibles farfadets lui prêtaient main-forte pour le déstabiliser, le jeter à terre. Il entendait mugir, craquer les frondaisons, siffler les branches autour de lui.

Les chevaux avaient disparu dans le sentier et cette nuit aberrante, mais leurs maîtres, eux, auraient dû se trouver près du lavoir…

Ce n'était qu'un bassin de forme oblongue creusé dans le granit à quelques toises seulement du mur d'enceinte qui dominait la baie. Une cuvette couronnée par un amas d'énormes rochers d'où s'écoulait la source. Un autre éclair zébra l'obscurité, réilluminant le cul-de-sac.

C'est comme s'ils s'étaient évaporés !

Un frisson le rattrapa, d'angoisse cette fois.

Et s'ils étaient vraiment des mages ? capables de voyager entre deux mondes ? d'apparaître et de disparaître à leur guise ?

De nouveau il se fit violence.

Ne sois pas stupide, Arthur ! Personne n'a ce pouvoir-là !

Ké et lui avaient toujours accepté de croire à la prescience des druides, à leur savoir, mais ni l'un ni l'autre ne parvenaient à prendre mages, sorciers et enchanteurs au sérieux.

Tu sais bien que la magie n'existe pas. Il y a forcément une explication logique à leur disparition. Il suffit de la trouver.

Poussé par la curiosité, renonçant à chercher un abri malgré la tempête qui approchait, il avança à découvert. Les éclairs s'intensifiaient au-dessus de la baie, traversant les ténèbres, illuminant les pourtours du lavoir à intervalles réguliers à présent.

Rien…

Il longea lentement la margelle étroite, l'œil fouillant les bas-côtés. Il s'immobilisa soudain, le regard happé par un point rougeoyant de la taille d'une bille. Il jaillissait d'entre les rochers surplombant le lavoir.

Comme si la lumière provenait de l'intérieur du bloc. Impossible.

Son instinct l'incita à grimper au-dessus de la résurgence de la source. Il parvint à la jointure de deux énormes rocs, y colla son œil.

Une lampe. La lueur provient d'une lampe. Sang de sang de korrigan, il y a une cavité là-derrière !

Troublé, il plaqua ses mains de chaque côté de son visage pour tenter d'en voir davantage, enfonça son nez entre les pierres. La seconde suivante, il se retrouvait à plat ventre, dans une caverne haute de sept pieds[1] et large de dix sans le moindre souvenir de la manière dont il était entré.

1. 1 pied romain = 29,617 cm.

Il se releva, la tête bourdonnante, légèrement sonné, pivota sur lui-même pour tenter de résoudre cette énigme, mais ne vit rien d'autre que l'envers de l'amas de rochers contre lequel il s'était appuyé. Et, face à lui, une coupelle posée dans une anfractuosité de granit. Une coupelle à huile dont la flamme l'avait attiré.

Une vague d'angoisse le balaya.

Ne pas y céder… Je suis entré, je ressortirai. Il suffira de trouver le mécanisme d'ouverture. Il y en a un. Forcément. Mais, pour l'instant, voyons un peu où ces gaillards sont allés.

Il fit le tour de la petite grotte, ne tarda pas à repérer une sente sous la forme d'une faille dans l'épaisseur du granit. Convaincu que les quatre hommes n'avaient pu passer ailleurs, il l'emprunta, se refusant de réfléchir ou d'extrapoler, même s'il se demandait comment des étrangers pouvaient connaître cet endroit, si secret qu'aucun des anciens n'en avait jamais seulement évoqué la légende.

Il déboucha dans une nouvelle salle, à peine plus grande que la précédente, mais vivement éclairée, cette fois, par plusieurs vasques flamboyantes. Ceux que Ké avait identifiés comme des mages s'étaient rassemblés au centre, autour d'un feu. Formant un triangle de leurs mains jointes, ils respiraient les vapeurs verdâtres qu'exhalait un gros chaudron de fer.

Au moment où Arthur se rejetait en arrière dans l'étroit passage, gardant le faible espoir de n'avoir pas été repéré, ils renversèrent la tête en arrière, pupilles et iris avalés dans un blanc laiteux.

En transe, ils sont en transe… Sang de sang de korrigan, que signifie tout cela ? Et le soldat ? Où est le soldat ?

Il n'eut pas le temps d'envisager la moindre hypothèse. Une douleur violente explosa sous son crâne. Il se sentit juste s'effondrer sur lui-même avant de perdre connaissance.

7.

L'obscurité était tombée d'un coup sur Morgan. Mais il lui fallut quelques minutes avant de comprendre que l'île, de même que l'horizon tout autour, en était affectée.

Un long frisson glissa de la pointe de son crâne jusqu'à ses pieds nus, comme si une lame de glace l'avait perforée.

Un cauchemar. C'est juste un cauchemar.

Elle eut l'impression d'être enfermée dans un songe effroyable destiné à lui révéler ce que deviendrait demain si elle cédait à sa part d'obscurité.

C'était la seule explication à ces ténèbres brutales. Elle n'en voulut pas d'autre. Elle allait s'éveiller, chasser d'elle toute rancœur, féliciter Amalia pour sa nomination, s'en réjouir avec elle, puis aider à la préparation de la fête d'intronisation prévue sous la lune mère. Comme le lui avait demandé Vivian.

Oui, c'est ainsi que cela se passera. Je dois être lumière. Juste lumière. Et tout cela n'aura jamais de réalité.

Elle inspira. Expira bruyamment. Inspira. Expira avec plus de puissance.

Mais elle eut beau recommencer encore et encore, le jour ne se leva pas.

Au contraire, une pluie drue, glaciale, se mit à cingler le haut de son crâne, ses épaules, son dos, son visage, lui donnant l'impression de coups de lame qui la tailladaient.

Pourtant elle ne parvenait pas à bouger d'un pouce, comme si on l'avait rivée au granit.

Et bientôt, sur sa gauche, une lueur grandit au travers des arbres qui jalonnaient le parcours du sentier. Celle d'une torche, puis de deux, de trois…

Un instant suspendu à l'idée que rien de ce qui venait de se passer n'était avéré, son cœur reprit une course folle dans sa poitrine.

Ses jambes flageolèrent.

Elle pivota, fit face aux prêtresses qui arrivaient par le chemin, comme guidées par une marcheuse invisible. Ou par l'une des prémonitions fulgurantes de l'Aïeule aux Blanches Mains…

Six femmes en tunique de lin écru, à la taille marquée par une ceinture de corde, aux longs cheveux blancs tressés sur un seul côté et aux traits ravagés.

Le conseil des Sages…

Elles furent bientôt toutes là, formant demi-cercle sur le tertre étroit qui servait de berge à la cuvette, à quelques pas seulement d'elle. L'Aïeule aux Blanches Mains accrochée au coude de Vivian, le visage blafard malgré le flambeau qui dansait dans les Ténèbres.

À cet instant, un éclair gigantesque les illumina, délignant la surface pourpre du réservoir et le corps d'Amalia sur la roche qui le surplombait.

Lors, dans le regard douloureux de Vivian, Morgan lut ce qu'elle avait tenté de refuser de toutes ses forces : sa part d'ombre l'avait emporté.

Baissant les yeux sur ces larmes qui remontaient du plus profond d'elle et que la pluie, épaisse et glacée, semblait vouloir noyer, elle s'écarta légèrement pour permettre à l'une des Sages d'atteindre le corps d'Amalia.

— Éclaire-moi, exigea la miresse de l'île en lui remettant sa torche au passage.

Morgan s'exécuta en silence. Parler aurait été inutile. Implorer pardon aussi. Aux regards sans équivoque dont la couvaient les dames d'Aval, ses derniers doutes étaient tombés : c'était bien une vision de l'Aïeule aux Blanches Mains qui les avait rassemblées puis forcées à emprunter le sentier. Morgan aurait juste aimé que cette intuition les guide ici plus tôt. Avant qu'elle n'ait commis l'irréparable.

« C'est fini », confirma la miresse en se délestant de son manteau pour en recouvrir les traits figés d'Amalia.

Morgan recula, se heurta au tronc tortueux d'un frêne qui avait poussé dans une anfractuosité de la roche au pied du réservoir de la source. Si bouleversée qu'elle était d'avoir perpétré ce crime, elle devait cesser de se mentir à elle-même. Elle était coupable. Coupable d'une noirceur dont chacune au village avait pu deviner l'empreinte. Une noirceur qui la condamnait.

Et qui la terrifiait.

Renforçant sa conviction, la voix douloureuse de Vivian s'éleva au milieu des bourrasques.

— Suis-moi, ordonna-t-elle en pivotant sur le sentier.

Morgan sentit sa gorge se nouer davantage. Elle adressa un dernier regard à sa victime que la miresse venait de soulever dans ses bras, puis obtempéra.

À présent, dans la hutte de Vivian, elle gardait les mains croisées et les yeux baissés sur ses remords et sa tristesse.

Le silence dans lequel s'était figée la grande prêtresse sitôt que le rabat les avait isolées l'enveloppait toujours, comme une sentence.

Elle attendait qu'elle tombe, avec autant de crainte que de résignation. Lorsqu'un soupir de désolation anima enfin la maigre poitrine de Vivian, Morgan sentit le bout de ses doigts fourmiller, son cœur se serrer, ses larmes remonter. Son geste était impardonnable. Elle ne ferait pas l'injure à Vivian d'en minimiser l'impact sur leur communauté. Non, tout ce qu'elle pouvait espérer, c'était d'y avoir encore sa place.

Le nez sur ses souliers de corde, elle bredouilla :

— Je prononcerai son oraison, si vous le permettez...

— Tu l'as déjà fait, Morgan. Ici même. Il y a une heure. Alors non. Je ne te permettrai pas de brosser d'elle un portrait auquel tu ne crois pas. Je ne te permettrai pas de sombrer davantage quand je veux encore espérer qu'à l'inverse d'Amalia tu pourras être sauvée. Et puis nous n'avons plus le temps pour cela.

Morgan releva enfin la tête, s'obligea à soutenir son regard. La dévastation qui s'y inscrivait acheva de la bouleverser.

— Je... Je ne voulais pas, mère. Je n'ai jamais voulu, hoqueta-t-elle, libérant enfin cette douleur, cet intense sentiment de culpabilité qui l'oppressait.

Vivian s'avança, posa une main sur son épaule avant de l'attirer contre elle.

— Je le sais. Nous le savons toutes, Morgan. Mais cela ne change rien. Ton geste, si impulsif qu'il ait pu être, a provoqué la ruine de ce lieu et de sa magie. Nous n'y sommes plus en sécurité. Nous devons partir... sans toi.

Morgan se durcit, le cœur suspendu contre celui de Vivian qui s'était mis à galoper.

— Tu vas devoir réussir seule là où cette communauté a échoué. Là où j'ai échoué. J'ai toujours cru que te garder dans l'ignorance était le meilleur garant de la pureté de ton âme. Je me suis trompée. Tu vas devoir affronter la vérité. Celle de tes origines. Et choisir ta voie.

Morgan eut l'impression que son sang s'échappait de ses veines.

Elle s'écarta. Bredouilla.

— Que voulez-vous dire ?

À cet instant le korrigan souleva le rabat de cuir de la hutte.

— Le corps d'Amalia est à bord et nous avons embarqué toutes les affaires. Ces dames n'attendent plus que vous pour lever l'ancre, annonça-t-il.

Morgan se mit à trembler.

— Déjà ? Vous ne pouvez pas partir comme cela… Sous cette tempête qui s'annonce… Sans enterrer Amalia…

— Je lui expliquerai tout, Vivian, insista Soriot, la mine sombre. Vous devez vous hâter. Il approche.

— Qui approche ? s'affola un peu plus Morgan.

Soriot ne répondit pas. Mais son visage parcheminé tendu vers Vivian trahissait l'urgence. Et Morgan la prit en plein cœur.

— Une seconde encore, réclama pourtant la grande prêtresse au petit être.

Elle s'accroupit légèrement, reprit Morgan par les épaules, soutint son regard perdu.

— Fais confiance à Soriot. Et, quoi qu'il se passe, trouve le moyen de regagner ta lumière. Elle est quelque part en toi. Si tu crois en elle comme je crois en toi, elle te libérera et nous sauvera tous.

Le temps de sentir son baiser sur son front, et Morgan, désemparée, la vit disparaître dans cette nuit qui persistait.

8.

Quelques secondes suffirent à Morgan pour prendre conscience de ce que ce départ précipité signifiait réellement pour elle, pour l'île, pour la communauté. Mais elle eut l'impression de voir s'écouler des années. Toutes celles qui avaient fait d'elle une enfant rieuse sur les genoux de Vivian ou de l'Aïeule aux Blanches Mains. Une enfant joueuse, taquine, aimante, enroulant ses petits bras autour de chacune des dames d'Aval, déposant sur leurs têtes des couronnes de lierre et de fleurs tressées. Toutes ces années où elle s'était montrée assidue dans ses apprentissages, dans leur mise en pratique, pas seulement pour le simple bonheur de sentir l'énergie des quatre éléments circuler avec de plus en plus de fluidité en elle, mais pour lire une fierté grandissante dans l'œil gris de Vivian.

Elle ne l'aimait pas seulement elle, elle qui l'avait élevée depuis sa naissance. Elle les aimait toutes. Elle s'était promis de leur ressembler. Toujours. Voire même de dépasser leur niveau de bienveillance.

Elle ne s'était pas vue changer. Elle avait bien senti cette fêlure qui grandissait en elle au fil des nominations dont elle était exclue, mais jamais elle n'aurait imaginé qu'un simple écart, une simple colère, un simple élan de jalousie mal géré pût entraîner de telles conséquences.

Somme toute, ce n'était qu'une gifle. Malvenue. Injustifiée.

Seulement une gifle.

Jamais elle n'aurait dû tuer.

Elle chancela. Comme si son énergie était soudain aspirée par le sol, alors que, depuis treize années, elle en tirait sa force. Elle se retint au plateau de la table, prit soudain conscience qu'il avait été débarrassé. Plus de mortiers, de pilons, plus de flacons de verre, de pots de terre cuite sur les étagères voisines. Seules quelques tiges de gui, quelques baies témoignaient encore de l'activité récente de la grande prêtresse. Et dans le chaudron au-dessus de l'âtre éteint, tombant par l'ouverture pratiquée dans le chaume, la pluie battait la mesure de sa désolation tel un tambour mauvais.

Elle s'appuya plus lourdement sur le bois, la tête bourdonnante, frappée par l'évidence : on avait vidé la pièce pendant que Vivian gagnait le réservoir avec les Sages. Dès l'instant où l'Aïeule aux Blanches Mains avait eu la prémonition de son crime.

En quelques minutes seulement…

Comme si cette fuite avait été anticipée, crainte depuis longtemps.

Comme si elles avaient toujours su que ce moment viendrait…

Elle tourna sa tête devenue lourde vers Soriot.

Le korrigan s'était juché sur un tabouret et l'observait en silence. À la faveur de la lanterne qui répandait dans la pièce circulaire une lueur mordorée, son long visage verdâtre semblait plus fripé que d'ordinaire. Ses sourcils broussailleux et épais lui mangeaient les yeux, ne formant plus qu'un trait, presque continu, en travers du front. Sa barbiche, qu'il lissait souvent tout en fumant sa pipe, frissonnait tant il serrait ses mâchoires.

Tout trahissait le tourment qui l'agitait.

Le tourment et la peur.

Repoussant sa faiblesse soudaine, Morgan se redressa. Elle avait besoin d'air. Besoin de courir jusqu'à l'appontement. Besoin de suivre le cheminement des barques pour s'assurer que la tempête n'allait pas les renverser, que les Ténèbres n'allaient pas les avaler avant qu'elles n'atteignent le continent.

Elle tituba jusqu'à la porte, devina le saut, pourtant léger, du korrigan derrière elle. Elle n'était pas prête à entendre ce qu'il avait à lui révéler. Elle voulait juste savoir. Savoir si la mort allait encore faucher l'une des dames d'Aval par sa faute.

Même si elle ne pourrait l'empêcher.

La violence des éléments la frappa de plein fouet, l'immobilisant sur le seuil. Jamais elle n'avait subi de vent tel, de pluie si drue et cinglante. Les champs, puissants, de connexion aux quatre éléments isolaient l'île, la protégeaient. Morgan n'y avait toujours connu qu'une température douce, même au plus fort de l'hiver, et des précipitations régulières, parfaites pour permettre la croissance du blé, de l'orge et des légumes dont le jardin foisonnait. Aval n'était qu'abondance et quiétude.

Il n'avait fallu qu'une fraction de seconde pour tout briser…

Elle s'élança, glissa sur la boue qui ruinait la sente entre les maisons, se rattrapa de justesse au tronc d'un chêne, prenant aussitôt conscience que ce qui était difficile pour elle serait impossible pour Soriot dont le chef lui arrivait à mi-mollets. De fait, il était resté sur le seuil, son chapeau d'écorce enfoncé jusqu'aux oreilles par le déluge.

Elle se demanda même si, ainsi casqué, il voyait encore devant lui. Instinctivement, elle revint sur ses pas et le cueillit dans ses bras pour le serrer contre elle.

Pour le protéger.

À cet instant, aussi brutalement qu'elle avait commencé, la pluie cessa de tomber.

9.

Ké passa la tête par l'entrebâillement des volets qu'il venait d'écarter.

Si le ciel était toujours obscur, de fins rayons lumineux filtraient par endroits, cherchant à se répandre, à caresser les toitures de chaume qui lui bouchaient la vue. La pluie n'y dégoulinait plus. Mais, comme il s'y attendait, elle avait lessivé la venelle, chassant tout ce qui s'y trouvait.

— Je crois que c'est fini, maître Johan, lança-t-il par-dessus son épaule.

Le verrier se tenait à quelques pas derrière lui, se tordant les mains, le front dégoulinant d'anxiété. Il avait été l'un des premiers à se barricader après avoir soustrait son apprenti à sa curiosité. Une curiosité maladive qui avait fait s'attarder Ké dans la cour, le nez au vent, les sourcils froncés en direction du ciel et les poings sur les hanches. Alors même que les Ténèbres grondaient. Il avait dû, pour arracher le jeune garçon à sa contemplation et au sortilège qui, sûrement, en découlait, le tirer par le col et lui décocher des coups de pied.

S'ils étaient venus de son père, Ké n'aurait pas mis longtemps à les rendre. Le respect qu'il éprouvait pour le verrier l'en avait empêché. Presque autant que cette terreur lue dans ses yeux lorsque, enfin tous deux à l'abri, l'homme l'avait lâché en frémissant :

— Tu ne sais pas à quoi tu t'exposais, malheureux !

Ké avait haussé les épaules. Il ne croyait pas à toutes ces légendes qui faisaient de chaque trou la tanière d'un elfe ou d'un korrigan, d'un éclair rouge la crinière d'un sorcier ou d'une queue jaillissant de l'océan sous la pleine lune celle d'une gwrac'h.

Il ne vouait de culte qu'à Ana, la Vierge Noire. D'une part parce qu'elle était la mère de tous les dieux celtes et d'autre part parce que, venu prêcher au printemps dernier, l'abbé Guénolé avait assuré, en la découvrant dans le Temple, qu'elle se nommait Anne pour les chrétiens et qu'elle était assurément la mère de leur Vierge Marie. Nul, du coup, ne pouvait remettre en doute sa réalité et sa puissance.

Quoi qu'il en soit, il avait dû souscrire aux ordres de son maître et, comme si cette bâtisse de briques et de tuiles, ces portes et ces battants solidement verrouillés ne suffisaient pas, se cacher avec lui, sa femme et leur jeune fils terrifié sous l'épaisse table qui trônait au milieu du logis. Ils y étaient restés, blottis les uns contre les autres, jusqu'à ce que le silence tombe de nouveau sur la Vieille Cité et que maître Johan, après avoir recommandé aux siens de ne pas bouger, accepte enfin de le laisser regarder dehors.

Ké repoussa les battants à pleines mains, arrachant un petit cri de surprise et d'angoisse derrière lui, mais laissant une timide clarté regagner l'intérieur de l'ancien casernement romain.

— Voyez par vous-même ! Ce n'était qu'une tempête. Peut-être même provoquée par une éclipse ! assura-t-il en pivotant vers son maître.

Son attitude le déroutait.

D'ordinaire, Johan le verrier n'était jamais en reste de courage. Il en faisait preuve régulièrement. Et particulièrement après avoir vidé quelques cornes de cervoise dans une taverne, quand il se trouvait en désaccord avec l'un de ses compagnons de beuverie. Ses mains aussi épaisses que des battoirs à linge et sa carrure imposante finissaient toujours par avoir le dessus. Ce qui ne l'empêchait pas, le lendemain, d'accueillir avec chaleur et amitié ceux-là mêmes qu'il avait éclopés et avec lesquels il se battait depuis l'enfance.

Ké ne le trouva pas plus rassuré. Pâle, le regard fuyant, le verrier secoua sa grosse tête avant de rejeter en arrière une lourde mèche filasse.

— Je voudrais le croire, fils. Je voudrais le croire. Mais c'est arrivé exactement comme le dit la prophétie.

Ké fronça les sourcils.

— Une prophétie ? Quelle prophétie ?

Jamais personne dans la cité n'en avait évoqué l'ombre d'une. Pourtant, avec Arthur, ils étaient friands de vieilles histoires et de légendes. Ils tendaient l'oreille à toutes les veillées. Ne pas croire au merveilleux n'empêchait pas de rêver de trésors cachés.

Le verrier sembla hésiter un instant, comme s'il prenait soudain conscience d'en avoir trop dit, avant de pivoter d'un bloc et de se diriger d'un pas vif vers la pièce voisine où sa femme et son fils l'attendaient avec angoisse.

— Demande au père d'Arthur. Si tu le trouves encore.

— Comment ça, si je le trouve encore ? s'étonna Ké dans un sursaut.

Il n'obtint rien de plus, sinon un ordre maugréé :

— Referme bien derrière toi en partant. Y compris ces volets. Ils ne sont pas venus pour moi, mais on ne sait jamais.

10.

Surveillant anxieusement la triste luminosité qui grandissait de seconde en seconde dans l'azur, tel un défi aux Ténèbres, le regard de Morgan balayait la mer agitée, depuis le bout de l'embarcadère sur lequel elle se tenait jusqu'à la petite crique située en face d'elle, de l'autre côté de la baie.

— Je les vois, s'exclama-t-elle enfin en repérant deux esquifs au creux des vagues.

Elle tenait toujours le korrigan contre elle. Tout le long du sentier boueux, ruisselant et dévasté d'ornières qui traversait l'île, la chaleur de son souffle dans son cou l'avait réconfortée. Soriot n'avait rien dit, pourtant. Pas un mot.

Comme s'il préparait ceux qu'il aura à prononcer, ceux dont Vivian lui a confié la responsabilité, n'avait-elle pu s'empêcher de penser.

Elle desserra son étreinte afin de lui permettre de regarder à son tour, tendit son index en direction des rouleaux. Les barques y disparaissaient par intermittence, mais une silhouette se tenait debout à l'avant de l'une d'elles, semblant commander aux flots mugissants de les laisser passer.

Vivian, devina Morgan.

Comme s'il avait lu dans ses pensées, Soriot cria pour couvrir le bruit du ressac :

– Tout ira bien. La magie les protège !

Morgan se troubla. Elle baissa les yeux, rencontra ceux du petit homme.

– La magie ? Je la croyais perdue.

Elle reçut son mince sourire comme un baume sur son cœur déchiqueté.

– Rien n'est jamais totalement perdu, assura-t-il.

– Pourtant il ne reste rien de ma lumière.

– Si tel avait été le cas, Morgan des Brumes, les Ténèbres n'auraient pas faibli quand, spontanément, tu m'as secouru. Cela nous a fait gagner un peu de temps. Du moins je l'espère. Mais je dois m'en assurer. Gagnons l'autre versant de l'île.

Elle fronça les sourcils, surprise. La côte ouest les exposerait de plein fouet au vent qui, bien qu'apaisé, n'en demeurait pas moins violent. Avec tous les risques que cela comportait. Elle se souvint brusquement de l'échange du korrigan avec Vivian, sentit une lame de glace caresser son dos, frissonna.

– C'est par là qu'il va arriver, c'est cela…

Soriot redevint sombre.

– Je dois savoir si ses navires sont déjà en rade. Et, quoi qu'il en soit, te préparer à le recevoir.

Morgan déglutit.

– Comment ça, le recevoir ? Qui va arriver, Soriot ?

Il grimpa lestement sur ses épaules, s'installa dessus puis se pencha vers son oreille.

– Ton père, Morgan des Brumes.

Elle eut l'impression qu'on lui fauchait les jambes. Elle chancela, se retint à l'un des poteaux qui encadraient le bout du ponton pour ne pas tomber à l'eau, sentit le korrigan lui tirer les cheveux en arrière pour la redresser.

— Pas le moment. Pas le moment ! Il ne me le pardonnerait pas, cria-t-il, inquiet.

Elle se ressaisit, reprit les barques menées par Vivian dans son champ de vision. Elles n'étaient plus qu'à quelques coups de rames du rivage à présent. Elle se souvint de ce que lui avait raconté Vivian sur ses parents.

— Tu dois te tromper, Soriot. Mon père est mort peu avant ma naissance, affirma-t-elle.

— C'est un point de vue qu'il ne partage pas, Morgan des Brumes. Non, c'est un point de vue qu'il ne partage pas. Et tu ne vas pas tarder, hélas, à découvrir pourquoi.

11.

Les questions tournaient en boucle dans la tête courbée de Ké tandis que, laissant le port derrière lui, il remontait la rue principale sous un vent violent. Il régnait toujours une atmosphère étrange au-dessus de la cité, une clarté diffuse dans un gris pesant, métallique qui exhalait une odeur inhabituelle de soufre et de varech. Cela l'impressionnait peu, pourtant. Toute tempête finissait toujours par s'éloigner et, malgré les allégations de son maître, il était certain de la nature impétueuse mais non moins normale de celle-là. Preuve en était que les rais de lumière trouant ce plafond étaient plus nombreux, plus vifs.

Comme si des mites en avaient rongé la toile pour permettre au soleil de filtrer.

Pour autant, il ne rencontra encore que des volets clos et des portes qu'il devina aussi verrouillées que l'avait été celle du verrier.

Des morceaux de poterie, de bois, de branches gisaient au pied des poteaux qui ancraient profondément les habitations de torchis dans le roc. Le ravinement les avait poussés là, les échouant comme navire sans cap, arrachant chaux et bardeaux par endroits, leur créant des refuges improbables.

On va avoir du travail, songea-t-il, les poings enfoncés dans les poches de sa tunique pour limiter sa prise au vent. Même si pour l'heure toute vie semblait avoir déserté les lieux, il ne douta pas qu'elle reprendrait vite, qu'à coups vigoureux de balai ou de marteau tout serait chassé, réparé.

Non, seuls les derniers mots de son maître étaient dépourvus de sens : cette histoire de prophétie le tourmentait. Les habitants en avaient-ils tous connaissance ? Ou était-ce seulement la peur de l'inconnu qui les avait saisis ? Il existait tant de légendes en Armorique, tant d'histoires qui mêlaient les deux mondes, celui des vivants, celui des morts. Tant de superstitions auxquelles Arthur et lui n'avaient jamais réussi à adhérer. Celle qu'avait évoquée Johan ne pouvait en être qu'une parmi tant d'autres. Forcément.

Tout de même... Je me demande bien en quoi le père d'Arthur pourrait y être mêlé.

Si son maître n'avait été connu pour son sens aigu de la vérité, quoi qu'elle apporte, il l'aurait volontiers pris pour un fou.

Parvenu près de la halle, il s'arrêta devant le long corps de bâtiment qui abritait l'atelier du forgeron. Une aubaine pour les nombreux marchands : arrivés par la voie romaine longeant la côte armoricaine, ils descendaient jusqu'au Léguer, approvisionnaient les navires en partance pour la Bretagne, puis remontaient, faisaient vérifier chariots et attelages avant, harassés, de s'installer à l'auberge pour y passer la nuit.

Ké poussa la lourde porte de la cour tout en sonnant la cloche, espérant que les deux frères qui se partageaient le lieu seraient moins frileux que son propre maître et enverraient Arthur à sa rencontre.

Il voulait lui rapporter les paroles de maître Johan et qu'ils aillent ensemble en parler à son père.

Il traversa la cour, devina, au discret mouvement du rideau derrière les carreaux de verre[1] de la fenêtre de l'atelier, qu'on observait son avance avec prudence.

Le battant ne tarda pas à s'ouvrir. Juste assez pour que Ké en voie surgir la tête couperosée du forgeron.

– Si tu cherches Arthur, l'ai pas vu ! L-a dû retourner chez lui en courant. Et tu ferais bien d'en faire autant ! lui conseilla le gaillard d'une trentaine d'années auprès duquel Arthur apprenait le métier.

Ké n'eut pas le temps de le remercier que l'huis s'était déjà refermé.

Y a pas. Ils sont tous devenus fous !

Si sa curiosité n'avait été autant stimulée par les propos de son maître, il en aurait ri à gorge déployée, voire même, avec l'aide d'Arthur, aurait-il conçu quelques farces pour ajouter à la terreur ambiante.

Plus tard, s'ils s'obstinent à garder porte bouclée, se promit-il en ressortant du clos.

Il leva les yeux en direction du ciel. Le même gris d'acier, les mêmes épingles de lumière tombant sur les toitures. S'il y avait eu une éclipse à l'origine de ces brutales ténèbres, les nuages ramassés devant en avaient masqué la fin. C'étaient eux qui persistaient.

De là à y voir une quelconque malédiction ou prophétie… Non, vraiment, je ne comprends pas leur réaction.

Empli de perplexité, il haussa les épaules, frappa du pied dans une pierre qui avait roulé au milieu de la rue

1. Les recherches archéologiques en ce lieu témoignent de l'usage du verre à cet effet au cours de l'occupation romaine. Usage qui s'est perdu par la suite pendant plusieurs siècles.

puis reprit sa marche jusqu'à obliquer dans une venelle attenante.

La maison d'Arthur se trouvait au bout.

C'est en s'arrêtant devant qu'il commença à s'inquiéter. À l'inverse des autres, claquemurés, le père d'Arthur avait laissé ses volets grands ouverts et sa porte entrebâillée.

Il la poussa du bout des doigts.

– Arthur ? Langrain ?

Ni l'un ni l'autre, fils et père, ne répondirent.

Essuyant pour la première fois un frisson d'angoisse, Ké pénétra dans l'unique et rudimentaire pièce du logis. Aidé par sa mémoire qui l'avait vu jouer là depuis sa plus tendre enfance, il avança à l'aveugle jusqu'à la table. En tâtonnant, il finit par ramener à lui le support en fer d'une grossière chandelle de suif. Il arracha ses silex de la bourse pendue à sa ceinture, les frotta au-dessus d'un morceau d'étoupe jusqu'à l'enflammer et allumer la mèche.

Alors seulement, à la lueur qui baigna enfin la pièce, il remarqua le saccage. Tabourets renversés, cruche, bols brisés en morceaux gisaient au sol.

De toute évidence une bagarre avait eu lieu ici.

Il recula pour avoir une vue d'ensemble.

– Arthur ?… Langrain ? cria-t-il, le cœur suspendu, avant d'apercevoir un corps à terre, à demi masqué par les pieds de la table.

Il se précipita, s'immobilisa, la bouche ouverte, les yeux exorbités par l'épouvante.

Maître Johan s'était trompé. Langrain était au logis. Mais il ne parlerait plus.

Il gisait dans une flaque de sang, la gorge béante.

12.

Morgan contournait à présent l'île par un étroit sentier entre les genêts, le korrigan solidement accroché à son cou.

Mon père... vivant..., ne cessait-elle de se répéter, oscillant entre la joie et la consternation.

Elle ne parvenait à admettre que Vivian ait pu lui mentir. Et pourtant. Le fait que Soriot sache la vérité, le fait que la grande prêtresse ait accepté qu'il la lui livre, concouraient à cette conclusion : tous deux étaient complices. Et peut-être même l'ensemble du conseil des Sages. On lui avait dissimulé l'une des choses les plus importantes à ses yeux.

À quelles fins ?

Elle aurait aimé obtenir aussitôt les réponses, mais Soriot était pressé de quitter la crique et, depuis, le sifflement du vent leur interdisait tout échange. Un instant, elle envisagea de s'arrêter à l'abri d'un gros rocher, mais à peine en fit-elle mine que le korrigan lui talonna les clavicules.

Elle n'insista pas.

De toute évidence, il était effrayé. De toute évidence, les dames d'Aval l'étaient également puisqu'elles avaient préféré fuir.

Ce qui l'amenait à d'autres interrogations, plus troublantes encore : qui était cet homme capable de susciter une telle crainte ? Pourquoi l'avait-il abandonnée à Vivian au lieu de la garder près de lui à la mort de sa mère ? L'avait-on sciemment arrachée à lui ? En ce cas, qui était ce « on » ? Sa mère ? Vivian ?

Cela expliquerait qu'elle ait refusé de se confronter à lui.

Mais alors, avait-il toujours su où elle se trouvait ? Avait-elle déclenché sa venue en tuant Amalia ? Cette noirceur en elle s'était-elle transformée en un signal relayé par les Ténèbres ? Informant son père que la barrière de magie blanche masquant l'île était tombée, qu'il pouvait désormais y accoster ?

Cela voudrait dire qu'il en était proche. Tout proche. Et qu'il savait. Il savait que ma part d'ombre l'emporterait. Pourquoi ? Parce que lui aussi en possède une ? Une si grande que Vivian aurait préféré m'y soustraire ?

Prisonnière de son tourment, elle évita de justesse une branche arrachée à l'un des petits arbres qui tapissaient le plateau rocheux, reprit sa marche, le front courbé sous les bourrasques, le korrigan tassé sur lui-même au milieu de ses cheveux virevoltants.

Non. Non. C'est impossible, voulut-elle se rassurer. *Vivian m'a parlé de ma mère comme d'une belle personne qui respectait la magie. Et l'Aïeule aux Blanches Mains l'a toujours approuvée. Or elle aurait perdu la pureté de son âme si elle s'était liée à un sorcier. Mon père ne peut pas en être un. Il y a forcément une autre explication.*

Elle passa entre deux gros rochers, grimpa la petite côte qui démarrait derrière, oscillant entre appréhension, curiosité et impatience.

Quelle que soit la vérité, elle n'allait pas tarder à y être confrontée.

Plus que ce raidillon…

Quelques cailloux roulèrent sous ses sandales dans sa précipitation, mais elle déboucha enfin sur une avancée rocheuse qui surplombait la mer.

Les yeux balayés par des mèches folles, elle entreprit de scruter le passage entre les deux îlots qui lui faisaient face. Une nappe de brouillard flottait au ras des flots tourmentés.

Elle plissa les paupières, insista.

La chape s'effilocha brusquement et, malgré la faible luminosité ambiante, elle les vit sortir de la passe : trois navires avançant au mouvement des rameurs. Trois navires qui tendaient vers l'île des gueules de dragon. Comme pour l'avaler tout entière.

Des guerriers du Nord.

Au frisson détestable qui la traversa autant qu'à la crispation des paumes de Soriot sous son menton, elle perçut la puissance de leur menace. Instinctivement, elle referma ses doigts sur ceux, tremblants, du petit être. Elle le connaissait depuis toujours et l'aimait profondément. Elle ne laisserait pas ces barbares lui faire du mal. Quoi qu'il advienne.

Et à plus forte raison si l'un d'eux était son père !

Presque aussitôt, il lui sembla que les bourrasques faiblissaient et que le ciel devenait plus clair.

Elle fronça les sourcils.

— Est-ce un effet de mon imagination, Soriot, où leur cadence vient de tomber ?

— Tu ne rêves pas, Morgan des Brumes. Et cela confirme ce que j'espérais. La lumière qui reste en toi les a ralentis. À l'instant encore.

Elle se troubla. Profondément.

Avait-elle réellement ce pouvoir ? Alors même que celui de Vivian et de l'ensemble du conseil avait été sans effet ? Cela lui parut dépourvu de sens.

Et pourtant... Je le sens... Oui. C'est comme si... s'il m'appelait. S'il tentait de réveiller de la colère en moi, de l'utiliser pour anéantir la magie blanche...

Elle ne parvint soudain plus à détacher ses yeux du navire central.

Quelqu'un. Il y a quelqu'un au sommet de la proue.

Quelqu'un qui pouvait la voir malgré la distance.

Quelqu'un couvert d'une mante rouge.

Au même instant, la main du korrigan devint molle dans la sienne et elle eut l'impression qu'il perdait son souffle.

Quelqu'un qui cherche à tuer Soriot...

Poussée de nouveau par son instinct, elle releva les bras au-dessus de sa tête, enleva le petit être de son perchoir et le reprit contre elle. Puis, tournant résolument le dos aux navires, elle s'enfonça en courant sous le couvert des arbres.

Droit vers la clairière enchantée.

13.

Contrant sa répulsion autant que le chagrin et l'incompréhension qui agitaient son cœur, Ké s'accroupit près du corps de Langrain.

Le père d'Arthur était l'homme le plus aimable qu'il ait pu connaître. Jamais un mot plus haut que l'autre, une serviabilité à toute épreuve. Qu'il neige, vente ou que le soleil brûle la peau, il répondait toujours présent à tout et pour tous. Il ne demandait jamais rien en retour, élevant son fils du fruit de son labeur à la tonnellerie du port. Avec droiture et fierté. Ké n'avait jamais entendu personne médire de lui. Bien au contraire. Nombreux étaient ceux qui déposaient sur le rebord de sa fenêtre une belle part de tourte à l'oseille, du fromage ou du lait de chèvre, des œufs, une poule, une bolée de seigle, quelques légumes du potager. Rien qui eût pu lui donner l'impression qu'on lui faisait l'aumône. Juste le sentiment qu'il était apprécié pour ce qu'il était.

Qui a pu commettre un tel acte ? Pas quelqu'un de chez nous, pour sûr, en conclut sombrement Ké en pensant au désespoir qui allait emporter Arthur, orphelin de mère depuis sa venue au monde.

Langrain était la seule famille de son ami. Avec lui.

Il toucha le dos de cette main carrée qui lui avait si souvent frotté affectueusement le dessus du crâne. Elle était chaude encore.

C'est récent, en conclut-il.

Non qu'il eût une grande connaissance des cadavres, mais il avait assisté plusieurs fois à l'égorgement d'un cochon et savait de quoi il retournait.

Au moins sa mort a-t-elle été rapide, se consola-t-il en lui refermant les paupières.

Il se redressa, tourna sur lui-même en quête d'une explication. Mais il n'en trouva pas davantage qu'en entrant dans le logis et en constatant son désordre.

Où es-tu, Arthur ? s'inquiéta-t-il de nouveau, les bras ballant sur son impuissance.

Durant quelques minutes, concentré sur Langrain, il n'avait songé qu'à ce qu'allait éprouver son ami devant cette tragédie, mais à présent, il se demandait s'il n'y avait pas assisté, s'il n'allait pas le découvrir en cherchant mieux. Mort lui aussi.

La bouche sèche, la gorge serrée, il marcha jusqu'au fond de l'unique pièce, balaya de la flamme de la bougie tous les endroits restés jusque-là dans l'ombre. Il regarda partout, dans la grande armoire, sous le lit surmonté d'un bois de cerf. Arthur était introuvable.

Il revint à la porte, ne vit aucune trace de sang sur le seuil, dehors. Aucune empreinte souillée qui lui rappelât celle de son ami.

Où a-t-il bien pu aller s'il ne s'est pas arrêté chez le forgeron et s'il n'est pas rentré chez lui ?... Et s'il n'avait pas cherché à se mettre à l'abri ? tiqua-t-il soudain en se souvenant que lui-même n'en avait eu aucune envie quand le ciel s'était obscurci. Il n'était rentré que sous l'injonction du verrier, une foule de questions sous le crâne.

Arthur et lui se ressemblaient comme deux gouttes d'eau.

Qu'aurais-je fait si j'avais été libre de mes mouvements ?

Une vision s'imposa aussitôt à lui : la tour ouest.

Carrée, massive, c'était la plus haute des quatre qui flanquaient les murailles romaines et ceinturaient la Vieille Cité. Elle surplombait la plus profonde des criques de la baie[1] et regardait loin, vers le large.

L'observatoire idéal pour sonder l'horizon et tenter de comprendre la nature de cette nuit soudaine.

Oui, c'est là que je serais allé.

Certain de trouver Arthur près de leur ami le gardien des lieux, il partit à la course en dérapant sur les gravillons de la rue.

Nul n'arrêta son élan. Tous se terraient toujours derrière les volets fermés.

1. Aujourd'hui la baie de la Vierge.

14.

Morgan ne s'arrêta, essoufflée, qu'une fois arrivée près du village, dans la clairière où elles se réunissaient toutes pour communier avec les éléments. La voix raffermie de Soriot tressauta contre son oreille.

— Tu peux me poser, Morgan des Brumes. Le champ tellurique est puissant ici. Je ne risque plus rien.

Elle se laissa choir sur l'une des pierres plates qui formaient cercle. Aussitôt Soriot vint s'installer sur ses genoux. Des couleurs avaient regagné ses joues. Mais ce ne fut que lorsqu'il sortit sa pipe de corne de la petite besace qui pendait à sa ceinture qu'elle fut pleinement rassurée.

Il en tapota le cul pour en chasser un reste de vieux tabac puis entreprit de la remplir avec du frais.

— Le temps des secrets est révolu, Morgan des Brumes, mais tu ne vas pas aimer ce que je vais te raconter, soupira-t-il tout en tassant sa bourre avec un minuscule pilon.

— Compte tenu de ce que je viens de voir et d'éprouver, je m'attends au pire, grimaça-t-elle, la respiration haletante et le cœur cognant encore sourdement dans sa poitrine.

— Ton père s'appelle Vortigern. Il est le roi de Bretagne.

Elle frissonna. Elle connaissait le règne de terreur et d'obscurantisme que supportait son peuple depuis de nombreuses années, depuis qu'il s'était emparé du trône.

— Avant de te parler de lui, il me faut évoquer ta mère. Tout ce que tu sais d'elle est qu'elle était une amie de Vivian. Ce que tu ignores, c'est qu'à cette époque, toutes deux, ainsi que l'Aïeule aux Blanches Mains, dispensaient leur savoir sur Ys, une île flottante faite d'un gigantesque radeau de bois et d'alluvions. Elles prêchaient les anciens rites celtiques au gré des courants, le long des côtes armoricaines comme de la Bretagne. Un matin, Vivian et l'Aïeule aux Blanches Mains se rendirent à terre pour acheter des provisions, laissant Dahut, ta mère, seule sur Ys. Ce n'était pas la première fois. Elles étaient bienveillantes, soignaient, prêchaient. On les respectait pour cela et, même si quelques jaloux leur prêtaient des pratiques honteuses, beaucoup venaient sur Ys dans l'espoir d'un remède. Las, en place d'ami, c'est Vortigern qui se présenta à elle ce jour-là. Il la captura et l'épousa de force. Pour s'assurer la soumission du roi Gradlon de Cornouaille armoricaine dont Dahut était la fille, mais surtout parce qu'elle avait été témoin d'un charme qui avait permis de sceller une épée dans un roc. Une épée que seul l'héritier légitime du trône de Bretagne pouvait arracher. Vortigern espérait que ta mère le mènerait jusqu'à cet héritier caché en son jeune âge, ou, à défaut, que l'extrême puissance de sa magie blanche annulerait l'enchantement de l'épée. Ainsi, il aurait pu conserver son royaume en toute impunité.

Il battit l'air d'une envolée de sa pipe avant de la porter à ses lèvres et d'en tirer une bouffée.

– Mais Dahut n'avait le pouvoir ni de l'un, ni de l'autre. Elle le supplia jour et nuit de la rendre à sa communauté, à sa famille. Il s'y refusa. Elle tenta de s'enfuir, il la cloîtra dans sa chambre. Dès lors, elle se réfugia en elle-même, berçant sa lumière intérieure pour ne pas perdre pied tandis que lui sombrait chaque jour davantage dans sa face obscure, accrue par l'influence maléfique d'un sorcier nommé le Prince Rouge.

L'image d'une cape pourpre virevoltant autour d'une silhouette qui l'observait depuis le navire frappa la mémoire de Morgan. Elle s'empressa de la chasser pour ne pas, de nouveau, subir son influence. N'en demanda pas moins, pour être sûre :

– C'était le Prince Rouge, sur la proue ?

– Oui.

Soriot tira une nouvelle bouffée de sa pipe, dessina deux ronds de fumée qui se perdirent dans un bouquet de branches au-dessus de leurs têtes avant de poursuivre.

– À l'époque du mariage de Vortigern avec ta mère, j'étais déjà prisonnier du sorcier depuis deux ans. Il m'avait capturé lors d'une expédition lancée par ton père contre la magie blanche sur les côtes armoricaines, révéla Soriot en frissonnant tellement au souvenir qu'il venait de réveiller que sa pipe en trembla au bout de ses doigts.

Morgan resta quelques secondes silencieuse, horrifiée, puis, imaginant que Vivian lui avait aussi menti sur la mort de sa mère, elle osa :

– Qu'est devenue ma mère ?

Il soupira.

– Tuée par ton père.

Elle sentit son cœur se fendre. N'osa pas demander comment, mais Soriot continua, le regard vide.

— La soif de puissance de ton père ne cessait de grandir. Le Prince Rouge lui proposa alors une alliance de sang. Tu venais juste de naître. Il devait te sacrifier à la magie noire.

Morgan retint son souffle avant de le laisser échapper entre ses doigts glacés.

— Et ma mère s'y est opposée.

Soriot hocha tristement la tête.

— Elle est morte pour te protéger. C'est moi qui ai accueilli ton père tout en haut de la tour du sorcier. Tu pleurais dans ses bras, tu étais couverte du sang de ta mère. J'avais reçu des ordres. Je les ai exécutés.

— Alors que s'est-il passé ? Comment ai-je pu être élevée ici entourée par la magie blanche ?

Un rire désabusé fusa dans l'air devenu pesant de la forêt. Comme si, de nouveau, les Ténèbres gagnaient du terrain.

— Tu étais sanglée sur la table sacrificielle. Mon maître arrivait. J'entendais son pas qui faisait trembler les marches de l'escalier. Et puis une voix douce et chaleureuse a étouffé tout bruit dans ma tête. Une voix de femme. Elle me promettait salut et liberté si je te poussais dans la conduite qui servait à rejeter les déchets dans la Tamise. C'était folie. La tour du Prince Rouge était une des plus hautes de Bretagne, le fleuve un des plus sales. Mais je l'ai fait. J'ai glissé juste derrière toi. Pour atterrir, à ta suite, dans une barque et dans les bras de Vivian. C'est ce jour-là que tu as acquis ton nom : Morgan des Brumes. Parce que le brouillard était tel sur Londinium que nous nous en éloignâmes sans que nul ne nous voie.

Le cœur de Morgan se serra d'émotion et de reconnaissance.

— Vivian… Je comprends mieux à présent pourquoi elle tenait tant à me garder dans la lumière. Mais cela ne me dit pas comment j'ai pu attirer à nous les Ténèbres et ces deux hommes. Parce que c'est bien moi qui en suis responsable, n'est-ce pas ?

Soriot baissa la tête.

— Pour te préparer à la cérémonie, je t'ai fait absorber un philtre composé du sang mêlé de ton père et du sorcier, en plus d'autres ingrédients maléfiques. Ce philtre te liait à la fois à la magie blanche de ta mère et au mal qui coulait en eux. En répandant le sang à ton tour…

— … j'ai activé le maléfice et ma part de noirceur. Voilà pourquoi Vivian a voulu que je reste là. Parce que, en me joignant à elles, j'aurais permis à ces monstres de nous suivre, comprit-elle douloureusement.

— Le Prince Rouge veut toujours éradiquer la magie blanche. Il est plus puissant que Vivian. Elle n'aurait pu empêcher qu'il les capture. T'abandonner était le seul moyen de sauver les autres. Elle n'avait pas le choix.

Elle le prit par les épaules, plongea son regard bouleversé dans le sien.

— Mais toi tu l'avais et tu l'as encore. Il reste une barque. Tu peux quitter cette île. Survivre. Les rejoindre.

— Non. Moi aussi je suis lié à lui. Il me sent. Il me respire.

— Et tu es vulnérable à son pouvoir destructeur. Pourquoi, moi, ne le suis-je pas ?

— Je l'ignore, Morgan. Peut-être parce que la magie blanche de ta mère était exceptionnelle et qu'une part d'elle coule en toi. C'est ce que Vivian voyait dans tes yeux, malgré ta part d'ombre. Sa lumière. Comme un espoir. Las, nourrir les Ténèbres est plus facile que lutter contre. La mort tragique d'Amalia en témoigne. La bonté qui demeure en toi s'effondrera vite en présence du Prince Rouge. Lors, les pouvoirs que tu as acquis en ingérant le philtre viendront accroître les siens. Et le mal absolu se déchaînera au service de ton père.

Il porta la main à sa ceinture, en décrocha une petite dague et la lui tendit, l'œil douloureux.

– Je refuse d'être de nouveau l'esclave du Prince Rouge. Or, c'est ce qu'il adviendra après qu'il m'aura puni cent fois. Aide-moi.

Elle s'horrifia.

– Te libérer de lui en te perçant le cœur ? Mais c'est le mien que j'arracherais ! Non !

Elle jeta le coutelas au loin avant de bondir sur ses pieds.

– Vivian ne m'a pas abandonnée, Soriot. Elle m'a laissée ici pour que, face à la vérité, je choisisse ma voie. Mon choix est fait. Les Ténèbres ne gagneront pas !

À cet instant, un rai de soleil tomba sur sa joue, révélant une larme de tendresse et d'espoir dans l'œil de Soriot.

Elle le reprit contre elle, le tendit à bout de bras.

– Cette barque, on la prend tous les deux et on s'écarte de Vortigern et de ce maudit sorcier ensemble. Même si cela signifie errer jusqu'à trouver le moyen de les renvoyer au néant. Même si cela signifie ne jamais revoir Vivian et les dames. Quant à cette île, nous y reviendrons, Soriot, je t'en fais la promesse. Le jour où j'aurai racheté mon âme. Le jour où ma magie blanche sera capable d'y rappeler cette brume bienveillante et protectrice qui me donna naissance une seconde fois.

15.

Offerte encore aux bourrasques, enveloppée dans un clair-obscur anormal, la Vieille Cité restait repliée sur elle-même, comme dans l'attente du pire.

Pourtant, Ké était persuadé que le pire était passé.

Son cœur n'en tambourinait pas moins dans sa poitrine tandis qu'il zigzaguait vivement entre les anciens casernements romains et les bâtisses plus modestes, pataugeant à grandes foulées dans les ornières et la boue, sautant ou évitant avec agilité oies, canards, poules et porcins qui erraient dans l'enceinte. Les ténèbres n'avaient eu raison que des humains, pas des bêtes.

À moins que, comme moi, elles ne soient ressorties de leurs abris momentanés, songea-t-il en voyant une truie éparpiller du groin un amas de déchets agglutinés au pied d'une citerne.

Preuve qu'il n'y a plus grand-chose à craindre sinon le désespoir d'Arthur…

Et la perspective de ce désespoir le minait.

Sans ralentir, il dépassa la dernière maison du village, longea la clôture de brande d'un potager puis s'enfonça entre les parcelles en empruntant un chemin damé. Tout autour de lui, ondulant comme une grosse marée sous les bourrasques, blé, orge et seigle se partageaient l'esplanade jusqu'au mur d'enceinte.

Ké ne put s'empêcher de sourire.

Avec Arthur, il aimait aider les villageois à faucher lorsque le moment venait. C'était l'occasion de beaux éclats de rire qui se terminaient toujours par un grand banquet au pied de la tour portière. Tandis que les anciens allumaient des feux à son sommet, avec les autres jeunes du village, Arthur et lui descendaient jusqu'à la petite crique. Ils se jetaient dans l'eau fraîche de la baie et s'y ébattaient jusqu'à ce que la marée descende et que le courant autant que les trous d'eau rendent la baignade dangereuse. Alors seulement, toute fatigue envolée, ils remontaient les marches taillées dans le granit, rejoignaient les autres et avec eux levaient leur verre en direction du village que la mer de tiges ne masquait plus. En remerciant la déesse Anna de leur avoir offert une nouvelle saison prodigue.

Sans Langrain, ce ne sera plus pareil. Mais il faudra continuer, en son nom. Faucher, rire, festoyer, estima Ké à la touffeur des épis qu'il longeait.

Son regard se posa sur la tour située encore à une cinquante de toises de lui, au bout du chemin. Haute, massive, carrée. À peine plus sombre que l'horizon derrière elle, elle s'en détachait malgré tout suffisamment pour qu'il en distingue les contours.

Je me demande bien ce qu'Arthur a pu voir de là-haut quand tout a commencé…

Sa curiosité reprit le pas sur son appréhension, sa profonde tristesse et cette vision de Langrain égorgé qu'il ne parvenait à chasser.

Il força davantage l'allure. La brisa net un peu plus loin lorsqu'un hennissement puissant lui transperça l'oreille.

C'était assez incongru pour qu'il s'assure de n'avoir pas rêvé.

Il s'approcha de la haie basse qui séparait le chemin d'un joli potager, regarda par-dessus. Écrasant les rangs serrés, quatre chevaux faisaient leur bonheur de choux et de jeunes fanes.

Impossible qu'ils se soient échappés de l'écurie et encore plus d'un enclos privé. Rares étaient ceux qui possédaient de telles bêtes, et leur valeur était suffisamment grande pour qu'ils aient veillé à les protéger. Quoi qu'il en soit, il ne pouvait les laisser continuer à ravager la parcelle. Le vieil homme à qui elle appartenait vivait chichement et ces légumes constituaient presque l'essentiel de son alimentation avec le poisson qu'il pêchait. Ravalant son impatience, il gagna un portillon de bois, pénétra dans le clos puis avança précautionneusement au milieu des rangs.

Le destrier qui lui faisait face releva la tête à son approche avant de la replonger nonchalamment dans le bouquet de jeunes pousses.

Tout doux mon joli. S'agirait pas que tu me files sous le nez en achevant d'écraser la récolte…

Il tendit la main pour le saisir par la crinière, rencontra le filet de cuir, sursauta avant de jurer, tout haut cette fois :

— Bourriquet de cornediable !

Bien que cela n'eût aucun effet sur l'animal, il se mordit la langue de sa sottise, l'abandonna à son festin pour s'approcher des autres, tour à tour, s'arrêtant sur la plaque de cuir gravée d'une tête de dragon qu'ils portaient entre les yeux :

Même dessin que sur les tuniques des hommes qui remontaient du port tantôt ! Y a pas. Ce sont leurs montures.

Il tourna sur lui-même, inquiet, cherchant à apercevoir les trois mages et le soldat que son juron avait forcément alertés. À peine rassuré qu'ils ne se manifestent pas, la sensation désagréable de connaître cet emblème, de l'avoir déjà vu, ailleurs que sur eux ce matin, le rattrapa.

Il chercha où tout en ramenant les chevaux sur le chemin. Agacé de ne pas s'en souvenir, il claqua le cul du dernier puis referma le portillon.

C'est en laissant retomber le loquet qu'il mesura une nouvelle fois l'ampleur de sa bêtise.

Bougre d'andouille ! Tu ne pouvais pas en garder un jusqu'à la tour ? se rabroua-t-il en se battant le front d'une envolée de phalanges.

Il pivota en direction de la cité vers laquelle il les avait renvoyés, espérant qu'ils se seraient arrêtés un peu plus loin. Las, poussés par la claque, ils filaient au grand galop.

Maudissant cette spontanéité qui lui avait déjà fait manquer bon nombre d'aubaines, il décolla un caillou du bout de sa sandale, l'envoya valser dans les épis du champ voisin.

Plus qu'à reprendre ma course ! Au moins, se consola-t-il en s'élançant de nouveau, *pourrai-je arracher un sourire moqueur à Arthur quand je lui raconterai. Un de plus !*

Ce serait toujours cela de volé au chagrin qu'il allait lui causer.

16.

Le korrigan sur ses épaules, Morgan avait regagné le village à toute vitesse. Non qu'elle ait beaucoup à emporter, mais elle ne s'imaginait pas quitter l'île en abandonnant ses affaires derrière elle. Le moindre des objets qui lui appartenaient pourrait être utilisé par le sorcier dans le dessein de lui nuire ou de la retrouver. Elle avait déposé Soriot devant l'arbre creux qui lui servait de logis avant de s'engouffrer dans le sien, face au puits.

Quelques minutes plus tard, ils étaient de nouveau ensemble, munis de leur courage et d'un maigre baluchon.

— Et maintenant ? demanda Soriot.

Elle se dirigea d'un pas vif vers la hotié[1] de Vivian.

— J'ai bien réfléchi…, annonça-t-elle en s'engouffrant sous le rabat de cuir qui en masquait l'entrée.

— Et… ? s'inquiéta Soriot, un instant rattrapé par la peur qu'elle n'ait changé d'avis et décidé finalement d'attendre son père.

— Si le Prince Rouge est aussi puissant que tu le dis, alors il se servira de ce lieu sacré aussi bien que de nos guenilles ou de nos peignes pour nous atteindre…

---

1. Maison.

Elle se dirigea vers la torche. Elle brûlait toujours, éclairant l'espace d'une chaleur qu'ils avaient presque failli oublier depuis que les Ténèbres s'étaient invitées.

— ... Et quand je dis « nous », j'entends aussi Vivian, le conseil et toutes les dames d'Aval. On ne peut pas le lui permettre, ajouta-t-elle en enlevant le flambeau à son support, simple cercle au sommet d'une tige de fer solidement plantée dans le sol.

— Tu veux incendier le village, comprit Soriot. Mais ce ne sera pas facile. Les toitures sont trempées.

— Pas à cœur. La magie blanche n'a pu disparaître en quelques minutes. Elle a fait son office, a continué de protéger nos lieux de vie. Regarde par toi-même, affirma-t-elle.

Il se mit debout sur ses épaules, toucha du doigt l'enchevêtrement de paille, émit un sifflement joyeux.

— Tu as raison. C'est sec.

— On commence par ici, puis on embrase chacun des logis, en particulier le tien et le mien.

— Si la tempête n'a pu les détruire, il n'est pas certain que le feu y parviendra, tu sais, tempéra-t-il en se rasseyant dans son cou.

— Ce n'est pas comparable, Soriot. Nous agirons pour le bien commun. Pour protéger la lumière de cette communauté. Je sais que l'île l'entendra.

— Alors dépêche-toi. Je commence de nouveau à ressentir la présence du Prince Rouge. Si les navires n'ont pas accosté, cela ne saurait tarder.

Tout en implorant la déesse mère de servir sa cause, elle approcha la flamme du toit.

— Bien joué, Morgan des Brumes, se réjouit Soriot en voyant crépiter la paille avec plus de vivacité et de rapidité qu'il ne l'avait espéré.

Elle sortit aussitôt, consciente que la fumée allait bientôt monter, claire et haute dans la pénombre, révélant l'emplacement du village. Elle se dirigea d'un pas vif vers la maison la plus excentrée, celle de l'Aïeule aux Blanches Mains.

— Hâte-toi, Morgan, la brusqua soudain Soriot d'un coup de talons dans les clavicules.

La peur était revenue dans sa voix. Preuve qu'il leur restait peu de temps pour échapper aux griffes de Vortigern et du Prince Rouge.

Elle se mit à courir, la torche levée. Elle entra en trombe dans la petite hutte. En quelques secondes à peine, sa couverture se changea en un brasier qui défia les Ténèbres. Lorsqu'elle ressortit, ce fut pour constater qu'une autre toiture s'était déjà embrasée d'une simple flammèche portée par le vent.

Certaine désormais que ses choix étaient soutenus par les forces cachées de l'île, Morgan continua sur sa lancée, revenant vers le cœur du village, brûlant tout sur son passage. Ne resta plus bientôt que l'arbre creux. Elle plongea sa torche dedans, puis, sentant de nouveau les forces du korrigan décliner, elle s'enfuit à toutes jambes en direction du ponton.

17.

Ké s'immobilisa enfin devant la tour, la main sur les côtes pour soulager ce point douloureux qui l'avait saisi quelques secondes plus tôt. Il avança à l'orée du porche qui la traversait. Était-ce à cause de cette lourde porte de fer qui en fermait l'autre bout ou de ces nuages qui refusaient de se disperser, l'obscurité y était si dense qu'à l'instant de s'y enfoncer il sentit son courage le quitter.

Il ne s'était pas demandé de quelle manière il allait annoncer à Arthur qu'il était désormais orphelin. Il avait couru vers lui sans réfléchir plus avant, comme à son habitude.

Il secoua la tête, piteux.

Y a pas. Faut faire simple. Direct. C'est de cette manière qu'il ferait, lui.

Il passa sous la voûte, atteignit l'escalier à tâtons et commença à monter, le pas lourd, le souffle court. Il s'immobilisa sur le palier, prit une profonde inspiration puis poussa le battant qui menait à la salle des gardes.

— Qui va là ? retentit aussitôt la voix autoritaire du vieux Gwilned, un géant à la moustache épaisse et aux tresses si longues qu'elles lui caressaient la taille.

Un héritier de ces quelques Gaulois que les Romains n'étaient parvenus à plier et qui s'était installé dans la cité deux ans plus tôt en proposant ses services à la communauté.

– C'est moi. Ké !

Tout en rangeant son glaive à sa ceinture, le gardien revint dans la lumière de la torche qui éclairait le lieu, un franc sourire sur sa face de lune parcheminée.

– Te voici bien courageux, mon garçon, pour venir jusqu'ici prendre de mes nouvelles.

Ké dodelina d'un pied sur l'autre, embarrassé.

– Ce n'est pas tout à fait le cas. Même si je suis content que tu ailles bien, ajouta-t-il pour contrebalancer.

Le gardien éclata d'un rire sonore.

– T'excuse pas, va ! À ton âge, je courais la gueuse et le danger ! Et n'avais cure des adultes. Du passé tout ça... Avant de me dire ce qui t'amène, viens donc par là. T'es en nage. Une pinte de cervoise sera pas de trop, assura-t-il en soulevant déjà le pichet pour en remplir une corne.

Ké s'approcha en parcourant du regard la pièce carrée, austère et sommairement équipée d'une table et d'un tabouret. Privée d'ouvertures sur l'extérieur, elle abritait le géant ou sa relève durant les trop fortes intempéries. La nuit, l'un ou l'autre était au sommet de la tour pour entretenir le brasero qui permettait de guider les navires vers le port, et le jour en bas, à la porte, pour encaisser le droit d'entrée dans la cité depuis la baie.

– En fait, je cherche Arthur, avoua Ké en saisissant le récipient que Gwilned lui tendait.

– Me disais aussi ! L'un sans l'autre..., rit le géant en lissant les pans de sa moustache.

Ké avala une gorgée, passa le revers de sa manche au-dessus de sa lèvre supérieure pour essuyer la mousse puis lui retourna son sourire.

— Je suppose qu'il est en haut…

Gwilned secoua la tête.

— Pour ça, il aurait fallu qu'il passe devant moi. Et je l'ai pas vu.

Ké sentit son cœur se serrer, un abattement profond l'envahir.

— Tu es sûr qu'il n'est pas venu ici ? insista-t-il.

Son désarroi devait se lire sur son visage, car le géant fronça les sourcils.

— Te voilà bien inquiet. C'est pas dans tes habitudes. Remarque, c'est pas normal, cette nuit en plein jour. Y a de quoi s'attendre à ce que le ciel nous tombe sur la tête. Le ciel ou le châtiment des dieux.

— Y a pis que ça, soupira Ké.

Lorsqu'il eut terminé son récit, les traits du géant s'étaient affaissés et une ombre voilait l'azur, d'ordinaire éclatant, de ses prunelles. Sa main se posa avec une étonnante délicatesse sur l'épaule du jeune garçon.

— Pour sûr, ça dit rien qui vaille, tout ça. Qu'est-ce qui t'a laissé croire qu'Arthur aurait pu me rejoindre ?

— La curiosité. J'aurais fait pareil. Pour rechercher l'origine des ténèbres.

Gwilned s'arqua en arrière, comme piqué au cul par une pointe de lance.

— Par Bélénos ! Tu viens de me rappeler l'homme que j'étais autrefois ! Un peu fou et téméraire ! Bien moins couard en tout cas que celui que tu vois là.

Ké haussa les épaules.

— Couard, tout le monde l'est devenu dans la cité, même mon maître, et pourtant, tu le connais…

— Pour sûr, avoua le géant en se frottant la mâchoire, là où le poing du verrier l'avait frappé à leur dernière algarade. Mais je pourrai pas te dire grand-chose. J'étais pas sur le toit quand le soleil a disparu. J'étais descendu chercher du bois pour préparer le fanal. Me suis retrouvé d'un coup dans l'obscurité. Alors, j'ai pas demandé mon reste. Suis rentré sous le porche, j'ai bouclé le passage qui mène à la crique et je suis venu me terrer là.

Ké acheva de vider la corne d'un trait puis la reposa sur son support de métal avant, de nouveau, de s'essuyer les lèvres.

Le géant s'était tourné vers l'escalier, le fixant comme un défi que l'enfant d'hier aurait volontiers relevé.

— Ma foi, décida-t-il soudain en pivotant vers Ké, l-est pas trop tard pour monter et essayer de comprendre.

Mais Ké venait déjà de s'élancer.

Parvenu au sommet de la tour, nuque cassée en arrière, Ké se mit à fixer le soleil avec la rapacité d'un aigle. Le ciel venait de s'éclaircir d'un coup, pas suffisamment pour permettre encore à l'astre du jour de percer, mais bien assez pour qu'on en distingue les contours en ce plein midi.

— Jamais vu un nuage pareil, commenta Gwilned qui se tenait à ses côtés.

Ké non plus.

C'était comme une vapeur épaisse, d'un noir de jais, intercalée entre la lumière et la terre.

— Tu sais à quoi ça me fait penser, mon garçon ? À une main. Une grosse main. Comme si les dieux l'avaient abattue sur le soleil pour l'empêcher de nous regarder.

Ké ne put s'empêcher de rire.

— C'est nous qui le regardons, Gwilned. Et je ne crois pas que les dieux y soient pour quelque chose. À mon avis, ce nuage est tout ce qu'il reste de la tempête soudaine que nous avons essuyée, rien de plus. Ça va se lever.

— Ma foi, tu as sûrement raison. N'empêche, j'ai comme un mauvais pressentiment.

Ké l'éprouvait aussi, mais davantage au sujet d'Arthur que du ciel. Il ne pouvait s'empêcher de se demander où son ami avait bien pu aller. Il était à court d'idées.

— Tu penses à Arthur, n'est-ce pas ? demanda le géant en percevant son soupir.

Ké pivota vers lui.

— On a assassiné son père. Alors oui, je suis inquiet.

— Tu devrais peut-être rentrer chez toi. Si ça se trouve, il te cherche aussi et s'y est rendu pour t'attendre. Connaissant ta mère, je doute qu'elle l'ait laissé repartir si elle aussi a été effrayée par cette brutale obscurité.

Ké tiqua. Il n'y avait pas pensé. Il allait remercier le géant quand son regard accrocha un mouvement en contrebas.

— Tiens, ça c'est étrange, lança Gwilned au même moment. Tôt ce matin, un gros navire est entré dans la baie. Au moment de remonter l'estuaire, une barque s'en est détachée avec plusieurs hommes à bord. J'ai suivi son avance, me disant qu'elle allait forcément accoster dans la crique. Je suis donc descendu pour ouvrir la porte et faire payer ses passagers, mais ils ne sont jamais venus. Je les ai vus mouiller devant la grotte, tu sais, celle qu'on ne voit qu'à marée basse, et ils sont restés à bord. C'est curieux qu'ils repartent sans même avoir débarqué.

Mais le cœur de Ké s'était déjà emballé dans sa poitrine.

La coque de la barque s'ornait d'une gueule de dragon peinte. La même que celle tissée sur la tunique des cavaliers qu'ils avaient vus remonter du port. La même que celle gravée sur l'ornement de tête de leurs montures abandonnées.

Tous provenaient donc du même navire, celui que Gwilned avait vu gagner le port du Léguer.

Y a pas… Cet emblème… Je suis certain de le connaître. Mais d'où ?

Sa mémoire se déchira d'un bloc.

– Bourriquet de cornediable ! jura-t-il.

– Quoi ? Quoi ? sursauta Gwilned.

Ké ne prit pas le temps de répondre.

Il devait retourner chez Arthur. Maintenant. Vérifier qu'il ne se trompait pas. Que ce dragon était bien identique à celui qui ornait la vieille couverture d'enfance de son ami.

Quittant abruptement le géant stupéfait, il dévala l'escalier.

18.

Depuis le canot sur lequel Morgan avançait vers le continent à grands coups de rames, elle pouvait suivre la progression de l'incendie qui rongeait à présent l'île. Avant même qu'elle et Soriot n'aient embarqué, le feu s'était emparé des grands arbres qui avoisinaient le village. Peu à peu, la forêt tout entière devenait torche géante qui défiait l'horizon, mordorant sa grisaille métallique. Malgré son cœur pincé, Morgan était certaine qu'Aval voulait ainsi se protéger de l'intrusion de Vortigern et du Prince Rouge. Comme pour leur interdire de s'approprier la noirceur que la mort tragique d'Amalia y avait jetée. Et s'en purifier.

Tout en accélérant la cadence avec puissance et détermination pour s'en éloigner le plus rapidement possible, elle releva le menton, crânement. Qu'ils accostent et prennent cette terre sacrée n'avait plus d'importance. Plus rien ne subsistait qui les mènerait à celles qui l'avaient créée. Sans compter qu'ils se trouveraient désormais bloqués de l'autre côté, dans l'incapacité de traverser l'île. Quand bien même Vortigern aurait compris qu'elle le fuyait, le temps qu'il la contourne avec ses navires, Soriot et elle seraient à terre, hors de portée.

Le korrigan devait penser de même. Elle le sentait à la sérénité qui se dégageait maintenant de lui. Installé sur ses genoux, il observait lui aussi ce brasier qui croissait de seconde en seconde, craquant, soufflant, sifflant, réchauffant ce vent d'ouest jusque-là glacé qui les poussait vers la rive. De même que les bourrasques, les rouleaux avaient faibli depuis que Vivian et les dames d'Aval avaient traversé. La mer battait fermement la petite coque, mais ne menaçait plus de les engloutir à chaque creux.

Si bien qu'ils accostèrent dans la crique avec plus de facilité que Morgan ne l'avait espéré.

Elle tira la barque au sec, près de celles des prêtresses, remit les besaces en bandoulière puis reprit le korrigan sur ses épaules.

Alors seulement elle tourna résolument le dos à l'île d'Aval.

Devant eux, à l'autre bout de l'étroite plage de sable granité, un discret passage tracé entre les ajoncs en fleur remontait vers l'intérieur des terres.

– Il fait plus clair ici, nota-t-elle, soulagée.

– Je te l'ai dit. Chaque décision que tu prends influe sur ce qui nous entoure. Et il semblerait que, pour l'instant, elles soient meilleures qu'elles ne l'ont été. Nous sortirons de l'obscurité.

– Cela n'arrêtera pas Vortigern.

– Non. Mais c'est un début.

Il se pencha, déposa un baiser sur sa tempe. Une douceur infinie se répandit en elle, ramenant un peu plus de lumière dans les nues.

Lors, sans plus attendre, elle se hâta d'emprunter le maigre sentier.

Au fil des minutes, Morgan sentit s'alléger la pression autour d'elle. Elle avança plus vite, son pas se fit plus sûr et les petites mains de Soriot sur ses tempes devinrent plus légères. Son cœur restait lourd, pourtant. La culpabilité le rongeait presque autant que le chagrin au souvenir de la mort d'Amalia. Avant qu'elle ne la découvre sa rivale, elle aimait l'entendre rire, la voir ouvrir la main en direction d'une grive et lui caresser délicatement la tête dès qu'elle se posait dans sa paume. Amalia était une compagne joyeuse, pleine de vie, d'attentes, d'espoir.

Bienveillante...

Personne n'avait jamais dit cela d'elle. Et les dernières paroles de la jouvencelle résonnaient dans sa mémoire, lui rappelant ces moments où elle entrait dans une hutte et où les conversations cessaient, où les novices partaient devant pour les cueillettes, la laissant en retrait, près de Vivian ou de l'Aïeule aux Blanches Mains. Elle avait toujours pensé qu'on la tenait à l'écart parce qu'elle avait été élevée sur Aval, que les membres du conseil des Sages la considéraient comme leur fille. Et que ce statut privilégié lui valait un grand respect. Jamais elle n'aurait pensé qu'en réalité toutes avaient peur d'elle.

Il va me falloir beaucoup œuvrer si je veux un jour obtenir leur pardon, regagner leur confiance et les retrouver sans leur faire courir le moindre danger. Ce n'est pas gagné. Si j'en crois ce que m'a appris Soriot, le Prince Rouge a besoin de ma noirceur pour accroître sa puissance maléfique. Tout comme lui, Vortigern va me traquer, se désola-t-elle en songeant avec amertume qu'elle ne parviendrait jamais à lui donner le nom de père.

Elle avait quitté Aval pour ne pas se retrouver face à lui, pour ne pas offrir au Prince Rouge de plus grands pouvoirs. Quitté Aval pour protéger Soriot de ses griffes. Vivian lui avait assuré que c'était à elle de faire son choix entre la noirceur et la lumière. Elle l'avait fait. Elle avait désormais une chance de faire reculer l'ombre. Peut-être même de sauver la magie blanche que le sorcier voulait éradiquer. Même si elle ignorait comment. Même si tout ce qu'elle pouvait pour l'instant, c'était fuir ces deux hommes sans se retourner. Le plus loin possible des terres d'Armorique s'il le fallait.

— Prends ce sentier, sur ta droite, indiqua soudain Soriot.

Cela faisait plusieurs minutes déjà qu'elle s'était détachée de la voie romaine pour s'enfoncer sous le couvert des arbres. La forêt qui recouvrait presque toute l'Armorique était épaisse, puissante et mystérieuse. De nombreux mégalithes la ponctuaient, portes invisibles sur le petit peuple qui autrefois l'habitait. Soriot lui avait affirmé qu'il valait mieux la traverser plutôt que de suivre la grand-route. Elle avait approuvé. Nul ne devait pouvoir renseigner les hommes de Vortigern ou les disciples du Prince Rouge qui se lanceraient à sa poursuite. Il était déjà bien suffisant que ce maudit sorcier puisse sentir la présence de Soriot et s'en rapprocher.

Elle fronça néanmoins les sourcils. Le chemin qu'il lui indiquait était à peine visible au milieu des buissons. Dessous, l'ombre était plus dense. Or, tout en elle était désormais en quête de lumière.

— Où nous mènes-tu ? demanda-t-elle après quelques secondes en voyant se resserrer les futaies jusqu'à ne plus permettre que le passage d'un chevreuil.

Il se tassa contre elle pour éviter les branches basses, les ronces et les fougères qui s'entremêlaient.

— Le plus loin possible du tracé qu'aurait pu emprunter Vivian. Vortigern préférera suivre ta trace plutôt que la sienne.

— Bonne idée, mais qu'il nous retrouve ne me réjouit pas.

— Ce ne sera pas le cas. Pas cette nuit du moins.

Elle repoussa une épaisse liane de lierre qui leur barrait le passage.

— Tu es bien sûr de toi.

— Je connais un refuge. Indétectable. Cela nous permettra de nous reposer et de prendre le temps de réfléchir. Fuir pour fuir ne sert à rien, Morgan des Brumes. Il nous faut un plan pour contrer ton père. Sans quoi non seulement lui et le Prince Rouge répandront la désolation sur le continent, mais ils finiront par nous rattraper. Où que nous allions.

19.

Ké arriva devant la maison d'Arthur plus essoufflé encore que lorsqu'il avait atteint la tour. Il n'avait pas ralenti son allure, à aucun moment, ne regardant rien autour de lui, sinon l'enfilade des ruelles, avec le détestable sentiment que la vie de son ami dépendrait de sa diligence. Il ne croisa personne, les habitants se terraient toujours face à ce ciel plombé, comme si seul un ensoleillement total pouvait les sauver.

L'unique aide qu'il aurait pu espérer pour sauver Arthur était celle de Gwilned, mais il était parti sans rien lui dire et ne se voyait pas y retourner. Il n'en aurait pas le temps.

Si sa mémoire ne le trompait pas, si la couverture d'enfance d'Arthur portait bien le même emblème que ces cavaliers, il allait devoir gagner le port en toute hâte, trouver le moyen de grimper à bord du navire duquel s'était détaché la barque qu'ils venaient de voir remonter la baie. Arthur et lui avaient toujours été persuadés qu'il existait un passage secret qui reliait la cité à la grotte devant laquelle elle était restée si longtemps amarrée. Même s'ils ne l'avaient jamais trouvé, son instinct lui criait que la mort de Langrain était liée à l'arrivée des quatre cavaliers et que ceux-ci étaient repartis avec Arthur à bord de cette chaloupe. Il en voulait pour preuve leurs montures abandonnées, comme devenues inutiles. La seule chose qu'il ne comprenait pas, c'était pourquoi.

Pourquoi auraient-ils emmené Arthur et tué son père ?

Soufflant et ahanant aussi fort que le tonnerre, il poussa le battant. La chandelle brûlait toujours sur la table, telle qu'il l'avait laissée pour veiller sur l'âme de Langrain.

Aussi distingua-t-il parfaitement l'homme qui se tenait penché au-dessus de lui. Il était âgé d'une quarantaine d'années, affichait une chevelure cendrée sous le capuchon de sa tunique et des joues creuses, avalées, comme ses lèvres pincées, par une barbe noire parsemée de fils blancs.

Ké se cabra dans un cri de surprise.

— Ho !

— Tout va bien, Ké. Je suis un ami, assura l'inconnu en le transperçant de ses prunelles d'un vert moussu.

Les yeux de Ké s'arrondirent un peu plus. Si l'étranger ne portait pas l'emblème du dragon et semblait bien différent des cavaliers qu'il avait croisés, il marqua tout de même un pas de recul.

— Vous… Vous connaissez mon nom ?

Un sourire étrange lui répondit.

— Il semble que toi comme moi arrivons trop tard. Langrain est mort.

Ké haussa tristement les épaules.

— Je le savais déjà. Je l'ai trouvé il y a une bonne heure.

— Mais tu reviens sans Arthur, s'assombrit l'homme en secouant la tête.

Il venait d'avancer d'un pas, révélant une serpette à sa ceinture de corde et des sandales tressées.

— Êtes-vous druide ? demanda Ké, dont les craintes, spontanément, étaient retombées.

— En effet. Mais cela importe peu pour le moment. Ta mère est-elle sauve ?

Ké s'ébaubit de nouveau.

— Ma mère ? Elle doit être bouclée à la maison, à se cacher, comme les autres.

Le sourcil broussailleux du druide se releva sur son œil empli de reproches.

— Tu ne t'en es pas assuré ?

— Ben, non… J'étais chez mon maître, puis à la tour pour chercher Arthur, et puis cela ne vous concerne pas ! s'insurgea-t-il soudain.

— Au contraire, mon garçon, et plus que tu ne l'imagines. Nous devons retourner près d'elle.

— Comment ça, nous ?

— Lilwenn te l'expliquera elle-même. Viens. Le temps presse.

Ké évita cette main qui voulait lui prendre le bras.

Arthur devait rester sa priorité. Lui seul était en danger.

Contournant agilement le druide, il s'en fut vivement s'accroupir près d'un coffre rangé au pied du lit de son ami.

— Crois-moi, Ké, nous n'avons pas un instant à perdre…

Dédaignant de répondre, il releva le couvercle, fouilla dans les linges. Un cri de victoire lui échappa quand il en extirpa la vieille couverture, celle qui servait de toit à leur cabane quand Arthur et lui étaient jeunes enfançons. Il la ramena sous la lumière de la bougie.

— Le même dragon ! Je le savais !

— Où l'as-tu vu ? sursauta le druide tandis que Ké tournait et retournait le lainage dans tous les sens comme si son tissage était une clé qui lui permettrait de comprendre pourquoi on s'en était pris à Arthur et à son père.

— Sur le flanc d'une barque qui quittait la baie depuis la grotte. Et aussi sur la tunique des mages qui ont débarqué ce matin. Je pense que ce sont eux qui ont tué Langrain et enlevé Arthur. Et qu'ils sont en train de revenir avec lui, prisonnier, vers leur navire. Même si, bourriquet de cornediable, tout cela n'a guère de sens, ajouta-t-il dans un profond soupir.

— Cela en a pour moi. Gagnons le port. Vite.

Ké sursauta.

— Je croyais que vous vouliez voir ma mère ?

— Je dois d'abord m'assurer que tu ne te trompes pas.

Le ton, impérieux, suffit à Ké pour le rappeler à sa propre urgence. Abandonnant tout, il quitta la maison dans le pas pressé du druide puis, le voyant relever sa tunique à pleines mains, reprit sa course à ses côtés dans les rues désertes.

Droit vers le Léguer.

20.

Le menhir sur lequel le regard de Morgan venait de se poser devait mesurer plus de trois toises de haut et pas loin de deux de large. Elle n'en avait jamais vu de si imposant, ceux qui parsemaient Aval et l'île Grande, sa voisine, étant nettement plus modestes. Il se tenait au centre de la petite clairière formée par trois énormes chênes plantés en triangle, près de laquelle ils venaient de déboucher. En plein cœur de la forêt.

— On y est, annonça Soriot.

— Ici ? Je ne vois aucune cache, s'étonna-t-elle en pivotant sur elle-même pour sonder buissons et futaies qui les environnaient.

— Si tu pouvais la voir ou la ressentir, Morgan des Brumes, nous n'y serions pas plus en sécurité qu'ailleurs, se mit à rire le korrigan.

— C'est vrai, admit-elle en renonçant à chercher. Et on y accède comment ?

— Ça, c'est mon affaire. Mais ne t'approche pas de la pierre levée avant mon retour, recommanda-t-il en sautant de ses épaules sur l'une des branches basses.

Elle le regarda passer de l'une à l'autre jusqu'à disparaître dans la végétation, puis, résignée, s'assit sur un rocher qui affleurait un tapis de mousse et de bruyère.

À cet instant seulement elle mesura à quel point elle était épuisée. À en juger par la torsion de son estomac on approchait de midi et, en quelques heures, confrontée au pire, elle était passée de la colère au meurtre, du meurtre à l'abandon, de l'abandon à la découverte de ses origines, de la découverte de ses origines à la peur de devoir les affronter et de la peur de devoir les affronter à la fuite. Alors même qu'elle était harcelée de sentiments contradictoires face aux conséquences de ses actes passés et à celles qu'elle risquait encore de provoquer par ses choix futurs.

Soriot a raison. J'ai besoin de me reposer. De prendre du recul vis-à-vis de tout cela.

Elle s'attarda de nouveau sur les contours de l'imposant bloc de granit. Depuis quelques secondes les poils de ses bras s'étaient hérissés, ses cheveux électrifiés. Tous en direction du menhir.

Il a affirmé que nous serions en sécurité ici. Mais j'en doute. Je n'ai jamais ressenti un champ tellurique si puissant. Il va forcément attirer le Prince Rouge.

Sa crainte céda pourtant devant sa confiance en Soriot.

Il sait ce qu'il fait. Il sait toujours ce qu'il fait...

Elle récupéra sa gourde à sa ceinture de taille, regarda à l'intérieur. Bien qu'elle l'eût remplie à une fontaine avant qu'ils ne s'écartent de la voie romaine, son contenu avait nettement diminué. Elle hésita. Finalement, ne sachant quand ils rencontreraient un nouveau point d'eau, elle renonça à se désaltérer et voulut la refermer. Elle lui échappa des mains.

Le sol s'était brusquement mis à trembler, les oiseaux à s'envoler avec des cris stridents.

Tandis qu'affolée elle s'accrochait à ce qui se trouvait près d'elle, elle vit sa précieuse réserve dévaler la butée, éjecter son bouchon mal enfoncé contre une pierre et se vider en reprenant sa course folle.

Non, non, non, non, non !

Rompant toute prudence, elle se précipita dans la clairière pour tenter de la rattraper et sauver ce qui restait.

Ça va s'arrêter, oui ? s'emporta-t-elle, l'équilibre malmené par les vibrations, d'autant plus grandes à l'approche de la pierre levée.

Son vœu fut exaucé au moment où la gourde qu'elle s'apprêtait enfin à saisir disparaissait dans la cavité et l'escalier qui venaient de s'ouvrir devant elle.

Il était trop tard.

— Tu devrais commencer à écouter les conseils que l'on te donne, Morgan des Brumes ! Je t'avais dit de ne pas t'approcher, gronda le korrigan revenu à ses pieds.

Elle baissa les yeux sur lui, rencontra les siens, mi-moqueurs, mi-contrariés.

Elle croisa les bras sur sa poitrine, bougonna.

— Si j'avais su ce que tu allais provoquer, nous aurions toujours de quoi boire.

Il sauta sur un rocher, s'envola jusqu'à son épaule et revint se nicher dans son cou.

— Ne t'inquiète pas pour cela et descends.

Malgré son ardente curiosité, elle recula d'un pas. Au-delà des trois premières marches, elle n'y voyait plus rien. Mais elle entendait toujours sa gourde cascader sur la pierre.

— Je vais allumer une torche. Je veux voir où je mets les pieds.

Il trépigna.

— Pas le temps. La trappe va bientôt se refermer et je ne suis pas sûr de pouvoir l'ouvrir une nouvelle fois.

Elle sursauta.

— Comment ça ?

À cet instant, le sol se remit à trembler.

— Je t'expliquerai après. Vite ! Vite !

Elle hésita, rattrapée brusquement par l'idée d'être emmurée.

— Vas-tu bien descendre, bourrique ? s'emporta le korrigan en lui tirant les cheveux avec violence.

— Jure-moi que ce n'est pas dangereux !

Au lieu de cela, il se mit debout sur ses épaules et sauta.

— Soriot ! Non !

Dupant son instinct, la peur de le perdre la jeta à son tour dans l'escalier.

— Soriot ! appela-t-elle, le cœur cognant aussi furieusement dans sa poitrine que l'écho contre les parois.

Déjà, le sol de la clairière s'était reconstruit au-dessus de sa tête et la nuit avait repris ses droits dans une odeur de terre humide.

— Tout va bien, je suis là, entendit-elle avant de sentir son contact sur ses pieds.

Elle se laissa choir sur la marche, vidée cette fois de toute force. Sentit un sanglot remonter sa gorge. Lorsqu'il l'emporta, elle ne sut que refermer ses bras sur le korrigan revenu s'y blottir.

— Ne me refais plus jamais cela, supplia-t-elle.

— Tu ne m'as pas laissé le choix. Mais tout va aller, maintenant. Tout va aller, assura-t-il en l'embrassant tendrement sur la tempe.

Emportée par ses remords, sa culpabilité, ses regrets et ce chagrin qu'elle avait dû opposer à la tension de leur fuite en avant, elle ne parvint pas à le croire.

Elle hoqueta.

— Qu'en sais-tu ?

Un petit rire désabusé fusa dans l'étroitesse du passage.

— Je le sais parce que, ici, Morgan des Brumes, c'est chez moi.

21.

Courir vers le port avait usé les dernières forces de Ké. Il s'immobilisa en surplomb de l'estuaire du Léguer. Le visage rouge, les veines gonflées, les tempes bourdonnantes, il regarda en arrière. Tout à son sentiment d'urgence, il avait distancé le druide.

L'avantage de la jeunesse, se moqua-t-il intérieurement, conscient malgré tout d'avoir repoussé ses limites au-delà de l'ordinaire.

Plus qu'à l'attendre. Il en sait trop visiblement pour que je me passe de sa compagnie.

Soufflant comme un bœuf, les deux mains plaquées sur les genoux, il suivit du regard la ligne des quais flanqués de longs pontons qui épousait le pourtour de l'anse du Léguer, à l'est de la Vieille Cité. D'ordinaire, barques et barges chargées à la gueule allaient et venaient, vidant ou ravitaillant les bateaux qui mouillaient dans l'estuaire ou plus haut dans la rivière. Les passerelles desservaient les nombreux ateliers, échoppes, hangars et silos à grains qui, bâtis sur pilotis, gagnaient sur l'eau. Elles grouillaient de marins, de négociants, de manœuvriers et de marchands qui s'agitaient en tous sens. Mais les ténèbres avaient dispersé les gens, les maintenant probablement terrés dans les nombreux bâtiments de bois ou sur les navires, car il ne vit personne.

Seuls les oiseaux de mer défiaient ce ciel toujours pesant, même si le gris d'acier qui le plombait s'était adouci, même si des rayons plus ardents le transperçaient. Indifférents à sa menace, mouettes et cormorans tournoyaient autour des bancs de poissons, rappelant que toute vie n'était pas éteinte.

Ké sentit de nouveau l'abattement le gagner. Une vingtaine de navires à fort tonnage mouillaient dans la petite anse du Léguer. Mais aucun n'affichait de dragon sur ses flancs ou sa proue.

Un instant l'idée lui vint d'aller chercher de l'aide auprès de son père. Comme Langrain, il travaillait au déchargement des marchandises. Et leurs horaires à tous deux se chevauchaient. Arguël devait tout juste avoir terminé quand les ténèbres étaient tombées. Nul doute qu'il s'était réfugié dans l'une des tavernes. C'était toujours là qu'il échouait avant de rentrer chez eux, bien après la fin de sa journée.

Il sait forcément où est ancré le bateau que je cherche.

Aussitôt pensé pourtant, il y renonça. Son père ne manquerait pas de lui demander en quoi cela l'intéressait. Il allait devoir lui apprendre l'assassinat de Langrain, partager ses doutes sur l'enlèvement d'Arthur. Tout cela après avoir réussi à le dessaouler.

S'il me croit, ce qui n'est pas sûr, il voudra voir par lui-même et m'entraînera chez Langrain qu'il aimait comme un frère. Bref, tout ce que je vais gagner, c'est de me retrouver bouclé à la maison parce qu'il refusera de me voir courir le moindre risque. Et pendant ce temps-là, Arthur aura été transporté à bord du bateau qui lèvera l'ancre. Non, si je veux le sauver, mieux vaut que je fasse à mon idée.

Il tourna la tête vers le druide qui venait de le rejoindre, le souffle court.

– Il nous faut aller un peu plus haut sur la gauche. De là nous aurons une vue d'ensemble sur la rivière, l'estuaire et une partie de la baie. C'est par là que ne devrait pas tarder à remonter la barque. Nous verrons bien vers quel bateau elle se dirige. Venez, lui lança Ké.

Il le guida par un étroit sentier tapissé d'ajoncs jusqu'à l'extrême pointe du promontoire. Un puissant navire mouillait en contrebas, près de la rive opposée. Ses flancs baignés d'ombre le rendaient impossible à différencier des autres. Et aucune tunique pour le renseigner davantage. Les bancs de nage étaient vides.

À croire qu'ils sont tous terrés dans la cale. C'est fou, tout de même, songea-t-il en levant les yeux au ciel.

Les trouées étaient de plus en plus nombreuses, même si l'obscurité continuait à dominer.

On dirait qu'une toile gigantesque, sombre et mitée, a été déployée entre le ciel et la terre.

L'eau elle-même, d'ordinaire d'un vert profond au large, presque transparente près du littoral, se confondait avec les rochers de la côte dans des teintes puissantes de bronze. L'épaisse forêt qui la recouvrait disparaissait sous une chape sombre. Quant au vent, s'il ne tourbillonnait plus comme au plus fort de la tempête, il charriait toujours des parfums de soufre et de marée.

Pourtant, il ne parvenait pas à s'en inquiéter. Il venait souvent à cet endroit séparé du cœur de la cité par l'enceinte romaine. Et jamais, depuis son enfance, il n'avait vu la même couleur sur les terres, sur les rochers, sur le fleuve ou sur la baie. Jamais il n'avait senti les mêmes parfums.

Non, décidément, il ne comprenait pas ce qui effrayait les autres.

Sa seule angoisse résidait dans ses incertitudes concernant Arthur. Il suivait son instinct. Mais pas une fois auparavant il n'en avait éprouvé la fiabilité.

Près de lui, le druide gardait le front plissé et les mains crispées. Son œil clair balayait sans relâche les flots entre l'entrée maritime de la baie et le coude de la rivière le plus éloigné du port.

À cet instant seulement Ké fut certain que le sort d'Arthur lui importait presque autant qu'à lui.

— Vous connaissiez Langrain depuis longtemps ? demanda-t-il, touché.

— Bien avant la naissance d'Arthur.

Ké tiqua.

— Pourtant je ne vous ai jamais vu chez lui.

Le druide planta son regard dans le sien.

Un regard empreint de chaleur et de tendresse, s'étonna plus encore Ké.

— Pas plus que tu ne m'as vu chez toi. Pourtant, crois-moi, il n'y a rien de ce qu'Arthur et toi avez vécu depuis votre venue au monde qui me soit étranger.

— Comment est-ce possible ? se troubla Ké.

Le druide se fendit d'un sourire taquin avant de lui poser une main sur l'épaule.

— Je pourrais te l'expliquer. Mais ce me sera difficile. Tu ne crois pas à la magie.

Ké sursauta. Comment pouvait-il savoir cela ? Au lieu de le lui demander pourtant, il se ferma.

— Que je croie ou non à la magie ne change rien. Les druides ne sont pas des mages. Juste des devins et des sages capables d'utiliser le pouvoir bénéfique et guérisseur de ce qui les entoure. Vous ne m'impressionnez pas.

Le druide resserra le lien qui disciplinait sa longue chevelure cendrée avant, de nouveau, de plonger son regard puissant dans celui de Ké.

— Je ne cherchais pas à t'impressionner, mon garçon. D'autant que tu as raison. Je ne pratique pas la magie. Ce qui ne m'empêche pas d'en mesurer le danger. Particulièrement en ce qui concerne Arthur...

Ké haussa les épaules.

— Et bien sûr, vous allez me dire que ces ténèbres ne sont pas naturelles et qu'elles sont liées à lui...

— En effet.

Ké posa ses mains sur ses hanches, menton relevé dans une attitude de défi.

— Vous vous trompez. Les hommes qui ont tué Langrain et enlevé Arthur étaient là avec leur navire bien avant qu'elles ne surgissent. Ils ont juste profité de l'état de panique qu'elles ont provoqué, c'est tout. Et vous savez quoi ? J'espère bien que ce clair-obscur va perdurer jusqu'à ce qu'ils le ramènent à bord ! Comme ça, ils ne me verront pas nager jusqu'à eux, le délivrer et sauter à la mer avec lui à la première occasion.

Attiré par du bruit en contrebas, le druide se détourna brusquement de lui, et, durant les quelques secondes de silence qui suivirent, Ké fut persuadé d'avoir réussi à le convaincre que tout n'avait été que coïncidence.

Mais sa voix tomba soudain, grave, assombrie.

— J'étais comme toi au même âge. Fougueux. Empli de certitudes. Si nous sortons vivants de tout cela, je t'apprendrai à te méfier autant de toi-même que de celles-ci.

— Comment ça, si nous sortons vivants de tout cela ?

— Regarde en bas.

Jaillissant de la cale, des archers à la tunique ornée d'une gueule de dragon s'alignaient en masse à présent, face à la cité.

Ké sentit les poils de ses bras se hérisser en voyant l'un des hommes plonger la pointe de sa flèche enveloppée d'étoupe dans un tonneau placé devant lui. Un autre allumer un brasero à ses pieds.

De la poix…

Ce n'était pas seulement pour tuer Langrain et enlever Arthur que ces barbares étaient venus. Mais pour tout ravager.

La première flèche enflammée fusa au-dessus de leurs têtes, achevant de l'emplir de terreur.

— Les habitants ! Ils ne verront rien venir ! Il faut les avertir ! Les obliger à quitter leurs abris ! à fuir !

Le druide le retint par le bras, les traits tirés, l'œil douloureux.

— Il est déjà trop tard. Nous devons retrouver ta mère.

De fait, les traits de feu traversaient à présent le ciel à une cadence infernale. Ké voyait les premières lueurs de l'incendie par-dessus le mur d'enceinte. Elles montaient des toitures de chaume les plus proches.

L'une d'elles était peut-être déjà celle de sa maison.

— Et Arthur ? s'étrangla-t-il, bouleversé, hésitant pourtant entre rejoindre sa mère et sauver son ami.

— Je ne crois pas que la barque dont tu parles reviendra. Il doit y avoir d'autres navires comme celui-ci, répartis tout au long de la côte armoricaine, et elle se dirige probablement vers l'un d'entre eux. Crois-moi, Ké. C'est toute une armée de l'ombre qui s'est mise en marche. Et, seuls, on ne l'arrêtera pas. On a besoin de Lilwenn.

22.

— Chez toi ? Comment ça, chez toi ? Tu veux dire que nous sommes dans un trou de korrigan ? bredouilla Morgan dans l'escalier qui plongeait sous terre, au pied du menhir.

Soriot lui essuya les joues du revers de ses manches.

— Oui. Et non. Je t'expliquerai en descendant. Mais seulement si tu cesses de pleurer. Je n'aime pas quand tu pleures.

Elle refoula un dernier sanglot et, tandis qu'il revenait s'asseoir sur ses épaules, souffla bruyamment dans son mouchoir avant de le remettre en poche.

— Tu devrais allumer, maintenant. Il y a beaucoup de marches, annonça Soriot, bien calé dans son cou.

— Combien ? demanda-t-elle en détachant sa torche de sa ceinture.

Il ne répondit pas, la laissa fouiller dans sa besace, puis battre son silex. Le tissu entourant le bâton ne tarda pas à s'enflammer au contact de l'amadou crépitant, dessinant un puits devant eux.

Morgan tenta d'en éclairer le fond, mais elle n'y parvint pas. Au-delà d'une toise, les degrés se perdaient dans l'obscurité.

— Trois cent soixante-quinze, annonça alors Soriot.

Elle se rejeta en arrière, prise soudain de vertige.

— Combien ? répéta-t-elle, incrédule.

— Tu as bien entendu, Morgan des Brumes. Qu'imaginais-tu ? Pouvoir échapper au Prince Rouge si facilement ? Allons, en route.

Elle se redressa, entama sa descente, se demandant encore comment elle avait réussi à ne pas se rompre le cou en plongeant dans la cavité tout à l'heure.

— Ces marches n'ont pas été faites pour des korrigans, elles sont trop hautes et larges. J'imagine qu'elles datent de l'installation du menhir.

— C'est ce que mon peuple a supposé, quand il les a découvertes. Et c'est aussi pour cela que je n'étais pas certain de pouvoir y accéder de nouveau. Le mécanisme d'ouverture n'a rien de magique, Morgan. Il est antique, fatigué et se trouve dans le creux d'un arbre gigantesque, comme si celui-ci avait poussé autour pour le dissimuler tout en permettant à un petit être de l'atteindre. Je ne m'en suis servi qu'une seule fois, il y a quinze ans, pour mettre ma famille à l'abri tandis que j'attirais le Prince Rouge loin d'elle. Ma femme et mes deux fils.

Morgan perçut le trouble dans sa voix. Elle retint son souffle, descendit plus prudemment encore.

— As-tu su ce qu'ils étaient devenus ? demanda-t-elle.

La voix de Soriot se brisa dans sa nuque.

— Je pense qu'ils ont quitté ce refuge peu de temps après ma capture, espérant me revoir au village, et qu'ils l'ont trouvé détruit, car ils ont rapporté quelques affaires de chez nous ici. Et des vivres aussi. Ils ne pouvaient pas savoir que le sorcier les avait viciés.

— Oh blanche mère ! se glaça Morgan.

— Après avoir été délivré de lui par Vivian et découvert notre maison rasée, je suis revenu là… Trois ans s'étaient écoulés, Morgan des Brumes. J'espérais que mon épouse y aurait déposé un indice me permettant de les rejoindre.

Elle sentit trembler ses mains sous ses oreilles, se pinça les lèvres pour endiguer ce sanglot qui voulait remonter.

— Mais j'ai trouvé mes fils blottis contre leur mère. Leurs corps avaient été momifiés sous l'effet du poison. Depuis, à chaque anniversaire de notre séparation, je viens ici. C'est chez moi, Morgan. Parce que c'est ici que je les ai perdus en voulant les sauver.

Elle comprenait mieux pourquoi, une fois par an, il quittait mystérieusement Aval, puis, au retour, s'enfermait quelques jours dans son logis, coupant court à toutes questions. Elle avait fini par s'y faire, trop occupée au fil du temps par elle-même pour continuer à s'interroger. Elle s'en voulut soudain.

— Tout ce temps… Et je n'en savais rien. Je te demande pardon, Soriot. Pardon d'avoir été trop égoïste pour me rendre compte de ton fardeau.

Il lui frotta le dessus du crâne, emmêlant ses boucles blondes.

— J'ai perdu deux fils. J'ai gagné une fille. C'est ainsi. Je te l'ai dit, nos choix déterminent nos actes et notre avenir, Morgan des Brumes. On ne peut pas revenir en arrière.

Elle s'arrêta, les jambes vacillantes. Se souvint de la tristesse de son regard tandis qu'il lui présentait son poignard sur l'île.

— C'est pour cela que tu voulais que je te perce le cœur ?

— Pas plus que tout à l'heure, je ne supporterai de te perdre. Dans la noirceur ou dans la mort.

— Cela n'arrivera pas, Soriot. Cela n'arrivera pas, lui promit-elle avant de recommencer à descendre, le pas plus lourd à présent qu'elle savait ce qui, en bas, les attendait.

Les marches devinrent de plus en plus moussues et glissantes à mesure qu'elles s'enfonçaient sous terre. Pour ajouter à sa fatigue, elle ne tarda pas à manquer d'air et dut lutter contre elle-même pour rester sereine dans cet étroit conduit presque vertical.

— Quand je pense que tu fais ce trajet, aller-retour, une fois par an depuis au moins douze ans, mon Soriot...

Un petit rire triste fusa.

— J'aurais laissé les miens dormir en paix si cela avait dû être le cas.

Elle s'arrêta quelques secondes. Parler l'essoufflait.

— Je ne comprends pas. Ce n'est pas la seule entrée ?

— Non. Mon peuple a découvert cet escalier en explorant la salle dans laquelle nous ne devrions plus tarder à déboucher.

— Et on ne pouvait pas emprunter l'autre passage ? s'étrangla-t-elle.

Il lui tapota la joue affectueusement.

— Il n'est pas protégé par un champ tellurique aussi puissant que celui du menhir. Ce dernier a déjà avalé notre empreinte. Tout ce que pourront les disciples du Prince Rouge en arrivant devant la clairière, c'est constater que nous nous sommes servis de la magie qui y règne pour disparaître. Quand bien même il viendrait en personne et tenterait d'utiliser un sortilège pour nous retrouver, il n'obtiendrait que de le voir rejeté par le granit. Ceux qui ont élevé cette pierre à cet endroit savaient ce qu'ils faisaient.

Elle enserra délicatement sa petite main.

— Et toi aussi en nous conduisant là. Merci. Je devine ce que cela te coûte.

Il soupira.

— Si j'avais pris cet escalier au lieu de tenter d'éloigner ce sorcier, ma famille serait toujours en vie et j'aurais vu grandir mes fils. C'est grâce à Vivian que j'ai retrouvé la paix.

— Elle est déjà venue ici ? demanda Morgan en reprenant sa descente.

Rester immobile était finalement plus angoissant que d'avancer.

— Plusieurs fois. Elle y a trouvé des gemmes puissantes, comme celle qu'elle porte depuis à son cou.

Morgan se réappropria aussitôt le souvenir d'une belle pierre de lune enchâssée dans un cercle d'or. Elle avait toujours été fascinée par sa réflexion de la lumière lors de certains cycles astraux. Soriot avait raison. Vivian ne s'en séparait jamais et la faisait jouer entre ses doigts quand elle était tourmentée.

Comme tout à l'heure, avant qu'elle ne m'abandonne…

— Nous approchons, annonça le korrigan, l'arrachant à cette image.

Morgan sourcilla.

— Comment le sais-tu ? La torche éclaire à peine plus bas que mes pieds.

De fait, l'air s'étant raréfié, le flambeau ne distribuait plus depuis de longues minutes qu'une maigre lueur, menaçant à chaque instant de disparaître.

— J'ai compté les marches.

Morgan comprit que cela l'avait aidé à chasser la douleur réveillée par son récit. Elle reprit confiance en son pas, descendit plus vite et toucha enfin un sol plat.

— Il n'y a plus d'obstacle maintenant. Tu peux avancer sereinement. Tout droit, assura le korrigan.

Elle ne tarda pas à déboucher dans une salle. Ravivée, sa torche en éclaira les pourtours en forme de pentacle et le dolmen, à hauteur de taille, qui en occupait le centre. Elle remarqua des poteries sur sa gauche. Certaines, fendues ou ébréchées, avaient laissé échapper de la résine que le temps avait solidifiée. Mais son regard se fixa surtout sur des niches creusées à même les murs. On y avait déposé des crânes et, dans la rangée au-dessous, d'autres ossements humains.

— Nous sommes dans une nécropole sacrificielle, comprit-elle, glacée.

— Un lieu sacré. Ne te laisse pas impressionner, Morgan des Brumes. Il suffit d'y passer quelques minutes pour sentir la bienveillante présence de toutes ces âmes. Chacune d'elles a offert sa vie en conscience et en paix.

— Pas ta famille.

— Mais leur voyage vers l'Autre Monde a été protégé. Je n'ai jamais ressenti que de l'amour et de la douceur ici. Malgré mon infinie tristesse et mon sentiment de culpabilité. Vivian l'a confirmé. Il n'y a eu que de la magie blanche en ce lieu même si la noirceur du poison a emporté les miens.

— Crois-tu que ce soit la force de ces sacrifices consentis, de cet amour protecteur, qui augmente la puissance du champ tellurique et du menhir ?

— La table est pile au-dessous de lui, j'ai vérifié. Alors oui, je crois que tout est lié. Tu t'en rendras mieux compte en éclairant davantage. Il y a des coupelles à feu sur ta droite.

Elle s'approcha de l'une des vasques de fer posées à même le sol, l'embrasa puis s'en fut ramasser sa gourde aperçue deux pas plus loin.

– Vide, regretta-t-elle en la retournant, même si ce n'était pas une surprise.

– Il y a une source à une trentaine de coudées de là, dans le boyau qui mène à l'autre sortie. Mais je préférerais que tu me poses avant de t'y rendre.

Comprenant qu'il avait besoin de rester quelques minutes seul dans le souvenir des siens qu'une des niches abritait, elle obéit respectueusement.

23.

Les traits de feu fusaient en sifflant autour de Ké et du druide tandis qu'ils remontaient précipitamment la rue principale. Affolés par les premières flammes et la fumée, les riverains avaient ouvert portes et volets. Défiant leur peur, imaginant peut-être, songea Ké, que c'était un nouveau sortilège qui s'abattait sur eux, ils couraient tous, se heurtant, se piétinant presque pour fuir leurs maisons. Ils se précipitaient vers les quartiers proches de la halle que les flèches ne parvenaient à atteindre, conscients que le vent, lui, propagerait en un rien de temps l'incendie à la cité tout entière, aux bois et aux champs qui s'y trouvaient enclos.

L'horreur de ces corps qui se tordaient, qui en embrasaient d'autres en cherchant secours, qui communiquaient les flammes aux palissades, à la paille, au chaume ; la vue de ces êtres qu'il connaissait, qu'il aimait et que la mort prenait dans la plus effroyable des souffrances dévastait Ké. À chaque pas de plus au milieu de ces enfants qui hurlaient, de ces mères qui les protégeaient contre elles, il se demandait si la sienne était toujours sauve, si leur logis résistait.

Il regretta soudain d'avoir privilégié Arthur. En voulut brusquement au druide d'avoir lui aussi estimé que, finalement, sa mère pouvait attendre. Plus encore d'imaginer qu'elle était en mesure de les sauver de ces barbares, elle qu'il n'avait jamais connue que comme la douceur et la réserve incarnées.

C'est de la folie. Penser que l'on ait besoin d'elle pour repousser toute une armée. Il est fou. Totalement fou.

Il obliqua dans une venelle pour échapper à un groupe de fuyards qui se disputaient violemment un des chevaux arrachés tantôt du potager, ressortit plus loin. Sa maison n'était plus qu'à quelques foulées, mais l'extrême chaleur du brasier grandissait à mesure que se succédaient, sans interruption, les volées de flèches. La poix enflammée n'épargnait rien ni personne. Et il doutait à présent que sa mère soit restée sans rien faire, l'imaginant plus sûrement partie en trombe à sa recherche, tout à son amour et son devoir de le protéger.

J'y suis ! J'y suis ! Encore quelques pas…

Ses yeux ruisselants, irrités par la fumée, capturèrent devant chez lui l'image floue d'une personne habillée de cuir vert et éteignant le bras d'un vieillard avec un morceau de tissu.

Le vieil Alaric, comprit-il en reconnaissant l'allure voûtée de leur voisin. *Mais qui est l'autre ?*

Ké fronça les sourcils.

Nez dans le creux de son coude valide, toussant à s'en arracher la gorge, le vieillard se laissa emmener par ses filles à l'abri du bouclier qu'on venait de leur tendre.

Cet écu…

C'était celui de son père. Un bel écu d'étain martelé.

Même au milieu de cette fumée, il l'aurait reconnu entre mille. Il sentit monter sa colère à l'idée que l'individu en cuir vert l'ait volé, fût-ce pour aider Alaric, mais il n'eut pas le temps de l'exprimer.

La silhouette venait de faire volte-face au cri poussé par le druide derrière lui.

Et Ké eut l'impression que son monde achevait de s'écrouler.

— Maman ? bafouilla-t-il, statufié au milieu de la cohue et de la fumée ambiante.

— Tu ne lui as rien dit ? s'étonna Lilwenn en direction du druide qui les avait rejoints.

Parachevant l'ahurissement de Ké, l'inconnu baissa les yeux devant sa mère.

— Je venais d'entrer dans la cité quand les Ténèbres sont tombées. Je pensais te rejoindre avec Langrain, mais je l'ai trouvé mort et Ké est arrivé. Ensuite tout s'est enchaîné. Je ne m'attendais pas à ce qu'ils attaquent si vite après avoir ravi Arthur, Lilwenn.

— Pourtant si tu es là, c'est que tu avais anticipé. Tu aurais dû continuer et lui expliquer qui il est et ce que nous sommes en revenant avec lui vers moi. Cela nous aurait fait gagner un temps précieux, lui reprocha-t-elle avant de s'écarter pour céder le passage à un couple qui fuyait avec son bébé.

— Quittez cette rue, Thaodès, ou vous serez bloqués un peu plus loin, leur cria-t-elle.

L'homme, un de leurs voisins, la remercia d'un signe de tête avant d'obliquer dans une venelle.

Ké secoua la tête, espérant sortir de ce cauchemar. Mais autour de lui le bois des charpentes craquait sinistrement, le chaume crépitait, les tuiles éclataient, le vent faisait tourbillonner la fumée, les flammèches volaient au même rythme que ces flèches recrachant en plein vol de la poix enflammée. Et, bien que visiblement agacée par le druide, sa mère se comportait avec un calme déroutant.

Comme si rien dans ce chaos ne l'effrayait.

Sans compter qu'il l'avait quittée en tunique longue, celle, élimée, qu'elle portait au quotidien, suspendant des vêtements tout juste lavés à un fil. Il la retrouvait vêtue de cuir, de la poitrine corsetée sur des braies d'homme jusqu'aux bottes à lacets. Et armée non plus d'une pince à linge, mais d'un arc, reposant, comme la lanière d'un carquois empli de flèches, sur son épaule. D'où les avait-elle extirpés ? De ce coffre dans sa chambre ? Ce coffre dont il n'avait jamais eu le droit de s'approcher ?

— Maman ? Est-ce bien toi ? insista-t-il, refusant d'admettre ce qu'il voyait.

Comment l'aurait-il pu ?

Elle lui posa une main sur la joue. Il eut l'impression qu'elle la lui écrasait.

— Plus tard, Ké ! Tu comprendras tout plus tard. Il faut filer d'ici. Vite.

À cet instant, trois traits enflammés se fichèrent autour d'eux, d'autres sur le toit de leur maison. Ké vit sa mère et le druide échanger un regard entendu. La seconde suivante, il était poussé d'un côté, tiré de l'autre, et il se remettait à courir, la tête soudain vide, ne songeant plus qu'à suivre sa mère qui les guidait en zigzaguant avec une agilité insoupçonnée non vers la halle et la sortie de la ville comme le faisaient les autres, mais en direction du lavoir.

Folie. Tout n'est que folie, lui criait sa raison.

Son instinct, lui, faisait confiance à cette guerrière devant lui. Parce que la mère en elle, il le savait, ferait tout pour le mettre à l'abri. Même si cet abri n'était pas là où il l'aurait cherché.

Que sait-elle ? Qui est-elle ?

« Une personne capable de les aider à repousser une armée de l'ombre », avait affirmé le druide.

Une chose était certaine : cette fois, il le croyait.

24.

Morgan n'avait pas mis longtemps à trouver la source. Son murmure l'avait guidée sitôt qu'elle était sortie de la grotte par un étroit tunnel situé à l'opposé de l'escalier. Jaillissant du granit à trois coudées au-dessus du sol, une eau vive et fraîche s'écoulait dans un petit bassin carré.

Espérant se revigorer, elle piqua sa torche à un anneau de fer fiché dans la paroi puis s'agenouilla au-dessus de la surface limpide pour y plonger son visage. Elle eut aussitôt l'impression de se retrouver dans le réservoir de l'île d'Aval, juste avant qu'Amalia ne paraisse dans son champ de vision. Juste avant qu'elle ne la tue.

Affolée par la puissance du souvenir, elle se redressa, le cœur cognant sourdement dans sa poitrine.

Que m'arrive-t-il ? C'est comme si ma jalousie avait été ravivée... Comme si j'avais fait un bond dans le passé...

Assise sur ses talons, le souffle court, les mains tremblantes, elle inspira, expira à plusieurs reprises, se calma doucement.

Cette source n'est pas anodine... Il y a de la magie en elle, comprit-elle en s'apercevant soudain que la flamme de la torche avait cessé de s'y refléter.

Elle se pencha. Ne s'y mira pas davantage.

Elle est trop pure pour avoir été pervertie par la magie noire. Et puis Soriot m'aurait avertie. Il a forcément dû voir ce qu'il en était.

Alors qu'en penser ?

Elle attendit encore un moment, puis, curieuse, effleura la surface du bout des doigts.

L'intense fraîcheur la saisit de nouveau, remonta lentement le long de son bras jusqu'à la gagner tout entière, achevant de la convaincre de sa bienfaisance.

Aurait-elle le pouvoir de purifier l'âme ? Il n'y a qu'un moyen de s'en assurer...

Elle y plongea de nouveau son visage.

Ce fut Vivian qui lui apparut, cette fois. Vivian accroupie devant une retenue d'eau formée par l'entrelacs d'énormes racines.

— Regarde ! entendit-elle avant de voir d'autres traits se refléter près de ceux de la grande prêtresse.

Morgan ne les reconnut pas.

— Tu l'as trouvée, Vivian. Par le Dieu Cornu, tu l'as trouvée, trembla la voix de l'inconnue.

Elle les vit se serrer dans les bras l'une de l'autre, sentit leur émotion la gagner, puis la submerger.

À bout de souffle, elle ressortit la tête.

Que signifie tout cela ? Qui est cette femme ? Ai-je lu le passé ou l'avenir ?

Sans plus attendre, elle recommença, espérant une réponse. Vivian avait disparu, la cuvette entre les arbres aussi. Mais l'autre femme, vêtue de cuir vert, marchait le long d'un grand lavoir.

— Ici nous serons en sécurité, entendit-elle en la voyant s'approcher de la paroi rocheuse qui en fermait le bout.

Une voix jeune, masculine fusa.

— C'est absurde, il n'y a rien ici…

Morgan eut l'impression qu'elle se retournait vers lui en même temps que cette femme. Ses yeux s'écarquillèrent sous l'eau. Des traits enflammés cinglaient le ciel, visaient les arbres autour du garçon. Il n'était pas seul. Un druide, à en juger par son apparence, se tenait à ses côtés. Derrière eux brûlait une cité cossue.

— Fais-moi confiance, Ké, furent les derniers mots que perçut Morgan.

Elle avait retenu sa respiration au-delà de ce qu'elle en avait l'habitude. La tête lui tournait.

Consciente qu'elle se noierait si elle s'évanouissait, elle s'arracha à sa vision, s'assit à terre puis recula jusqu'à s'adosser contre la paroi opposée au miroir enchanté, aussi perplexe que prête à s'effondrer.

Ké aurait bien voulu faire confiance à sa mère. Mais les arbres les plus proches d'eux s'embrasaient tour à tour, telles des torches géantes. Et il avait maintenant l'impression que les flèches les suivaient à la trace, comme si sa mère elle-même les attirait. Le feu se propageait rapidement à l'intérieur de l'enceinte romaine. Alors comment imaginer survivre dans ce lavoir à peine plus profond que la hauteur de ses genoux ?

Il la vit pourtant escalader les gros rochers d'où l'eau s'écoulait, s'arrêter puis plaquer ses mains de chaque côté de son visage. La fraction de seconde suivante, elle avait disparu.

— À toi maintenant, mon garçon, l'invita le druide.

— Moi ? Mais… Mais…, bafouilla Ké, interloqué.

Comment pourrait-il réussir un tel prodige ? Comment sa mère en avait-elle, elle-même, été capable ? Et où donc était-elle passée ?

— Ne te fie pas à cette roche, Ké. Il y a une grotte derrière. Fais comme Lilwenn. Grimpe et pose tes mains sur la pierre, insista le druide en regardant ployer dangereusement au-dessus d'eux une branche que les flammes avaient attaquée.

Ké l'avait vue aussi. Rester dessous était suicidaire. Elle craquait douloureusement, éparpillait des flammèches sous l'assaut du vent qui s'enroulait autour. La clarté qui avait légèrement adouci l'obscurité s'effaçait peu à peu, voilée par l'épaisse et nauséabonde fumée qui montait du village. Bientôt de nouveau ils n'y verraient plus rien.

Et l'on sera pris au piège…

Il se hâta d'escalader les rochers.

Il avait à peine reproduit le geste de sa mère qu'il se sentit aspiré de l'avant. Il se retrouva au sol dans une cavité, sous le halo d'une coupelle à huile qui brûlait dans une anfractuosité de la roche.

— Ah ben ça ! jura-t-il, estomaqué, tandis que sa mère l'aidait à se relever.

Comprenant que le druide n'allait pas tarder à surgir lui aussi, il se décala avec elle sur le côté. Le temps qu'il s'adosse à la paroi et leur groupe était au complet.

— Je passe devant, annonça calmement Lilwenn comme Ké se sentait prêt, enfin, à s'installer.

— On ne reste pas ici ? lâcha-t-il, déçu autant qu'épuisé.

Depuis qu'il avait quitté la maison d'Arthur, il n'avait cessé de courir d'un endroit à un autre, le cœur chagrin et inquiet.

— Il y a une salle plus grande, un peu plus loin. Nous y serons plus à l'aise pour parler.

— Tout va bien, Morgan des Brumes ? bruissa contre son oreille la petite voix inquiète de Soriot.

Elle entrouvrit un œil, le referma puis hocha la tête mollement.

Elle le sentit se caler contre sa poitrine, comprit qu'elle était toujours assise face à la source enchantée. Elle se demanda un instant si elle s'était évanouie, avant de se dire que cela avait peu d'importance. Elle était si épuisée en venant s'adosser à la paroi que sombrer était inévitable.

Quelques minutes passèrent, bercées par le bruit régulier de leurs respirations.

Puis le korrigan s'excusa.

— J'aurais dû te prévenir du pouvoir de cette eau.

Elle fronça les sourcils, ouvrit les yeux.

— Comment sais-tu que je m'y suis essayée ?

Il se mit à rire, bougea, vint planter son petit visage devant le sien, puis enroula sa main à l'une de ses boucles blondes.

— Tu dégoulines encore.

Elle lui retourna la tendresse de son sourire.

— Alors ? Qu'as-tu vu ? demanda-t-il, l'œil pétillant.

Elle lui raconta, le vit lever les yeux, pencher la tête à droite, puis à gauche, comme il le faisait toujours quand il réfléchissait intensément.

— Ké, dis-tu… Jamais entendu ce nom-là.

— Et cette femme avec Vivian ?

— Cela ne m'évoque rien non plus. Aucune archère n'est venue sur Aval depuis que je m'y suis installé et je ne me rappelle pas que Vivian ou l'une des aïeules ait mentionné quoi que ce soit à son sujet. Mais une chose est certaine : si ces images te sont apparues, c'est qu'elles sont importantes pour toi.

Elle soupira.

— Et comment suis-je censée en découvrir la raison ? En m'immergeant de nouveau ?

— Je l'ignore, Morgan des Brumes. C'est par Vivian que j'ai découvert les propriétés de cette source. Elle l'a utilisée pour son compte sans me dire ce qu'elle en avait retiré. Juste que je devais me préparer à tout avant d'y recourir. Mais je n'ai pas voulu.

— Pourquoi ?

Son regard s'emplit de tristesse.

— Peur que l'on me montre l'agonie des miens. L'imaginer était déjà bien assez difficile.

Elle le serra contre elle, emplie d'amour et de compassion, eut l'impression soudain qu'une part d'elle se retrouvait. Sans doute le perçut-il lui aussi, car il frotta sa joue à la sienne, comme autrefois quand elle était plus petite et qu'elle voulait, par ce geste, faire fusionner leur aura.

Il leur sembla que la surface de l'eau devenait plus claire dans le petit bassin, la lumière autour d'eux plus dorée.

Complices. Nous serons toujours complices. Et plus encore à présent que je sais…, s'émut-elle.

Il ne lui permit pas de s'attendrir davantage. Il s'écarta, lui prit le visage entre ses petites mains et planta son regard vif dans le sien, humide.

— Assez d'apitoiement, Morgan des Brumes. J'ai faim.

25.

Ké s'était glissé derrière sa mère dans une faille qui déchirait la paroi de granit. Il aurait bien insisté pour rester et discuter là mais il n'avait pas osé. L'assurance et la connaissance dont elle faisait preuve l'impressionnaient. Elle lui avait toujours paru si faible face aux débordements de son père !

Bourriquet de cornediable ! Papa !

Poussé par le druide, il n'avait plus songé qu'à rejoindre sa mère qu'il croyait en danger, oubliant que son père devait toujours se trouver sur le port, dans la petite anse du Léguer, quand les premières flèches avaient été tirées. Comme tous les autres, il avait dû voir le ciel s'embraser ou en être informé par quelqu'un qui surveillait l'évolution des Ténèbres depuis une fenêtre. Si saoul qu'il soit, il avait dû vouloir se précipiter à leur rescousse.

Sauf s'il sait que maman n'est pas ce qu'elle paraît et qu'elle viendra ici se réfugier.

Il hésita à lui poser franchement la question, ignorant comment la nouvelle « elle » allait réagir. Il y avait tant de choses en cette inconnue, mi-guerrière, mi-magicienne, qui lui échappaient.

Il feinta.

— Est-ce que papa va nous rejoindre ? Le port n'était pas visé. Il en a sûrement réchappé.

Un petit rire de gorge, amer, fusa devant lui.

— Lilwenn ! la reprit le druide.

Un soupir, appuyé, navré.

— Il faudra bien qu'il sache, Merzhin…

Ké sentit de nouveau son cœur s'emballer, comme pour le préparer au pire.

— Pas de cette façon, insista le druide derrière lui.

— La vérité est ce qu'elle est. Y mettre des formes ne la changera pas.

— Quelle vérité ? De quoi parles-tu, maman ? Qu'est-il arrivé à papa ? se mit à trembler Ké.

Il venait de déboucher dans la salle évoquée par sa mère. Se retrouva face à elle, à la dureté de ses traits d'ordinaire si doux, à son regard empli d'une colère, d'une rancœur qu'il n'aurait jamais imaginé y rencontrer.

Effrayé, il recula, se heurta au druide qui suivait, sentit ses mains se refermer sur ses épaules. Étonnamment, face à cette femme, cette mère qu'il ne reconnaissait plus, il eut l'impression d'être en sécurité près de lui.

S'en rendit-elle compte ? Elle s'adoucit, répondit à l'œil implorant du druide par un soupir résigné.

— L'homme qui vit avec nous n'est pas ton père, Ké, même si, depuis que nous sommes arrivés dans la cité, il se fait passer pour tel.

Ké eut l'impression que ses jambes se dérobaient sous lui. Il s'affaissa, fut redressé par le druide, bredouilla :

— Tu veux dire que mon père n'est pas mon père ?

— Pas plus qu'il n'est mon époux. Nous donnions le change, c'est tout. Sa mission, comme la mienne et celle de Langrain, était de veiller sur Arthur. Mais il a trahi son serment en révélant à ses ennemis où nous le cachions.

Ké secoua la tête.

— Je ne comprends rien à ce que tu racontes, maman. Tout cela n'a pas de sens. La nuit est tombée en plein jour, Langrain est mort, des cavaliers portant l'emblème d'un dragon ont enlevé Arthur, d'autres brûlent la ville. Ce druide…

— Merzhin…, le coupa-t-elle en souriant tristement.

— Merzhin apparaît d'on se sait où, toi… toi tu te changes en… en… je ne sais même pas quoi. Et maintenant tu me dis que non seulement mon père n'est pas mon père, mais que c'est un traître ?

Elle vint lui cueillir la joue dans sa paume.

— Cela fait beaucoup en peu de temps, je sais. Et chaque question aura sa réponse, je te le promets. Mais pour l'heure, je dois regarder dans ce chaudron que tu vois là, au centre de cette salle. Parce qu'il y a de grandes chances que les ravisseurs d'Arthur s'y soient penchés aussi.

— Cela pourra t'aider à apprendre ce qu'ils lui ont fait ? demanda Ké, la tête bourdonnante de pensées, d'émotions contradictoires et de fatigue.

— Je l'espère…

Il hocha la tête.

— Si Arguël n'est pas mon père, alors je suis le fils de qui, maman ? demanda-t-il pourtant alors qu'elle s'éloignait.

Elle pivota, sourit, réveillant en elle celle qu'il chérissait.

— D'un homme que j'ai aimé plus que tout mais que mon devoir m'a contrainte à quitter. Un homme que je ne cesserai jamais d'aimer.

— Et tu sais où il est ? se troubla Ké, sans bien savoir s'il aurait ou non envie de le rencontrer.

L'œil de Lilwenn pétilla dans la lueur des coupes de feu disséminées dans la grotte.

— Juste derrière toi, fils... Juste derrière toi.

Ké se figea entre les mains du druide toujours posées sur ses épaules. Il lui fallut brusquement manquer d'air pour se rendre compte qu'il avait même cessé de respirer.

— Veux-tu que nous en parlions ? s'enquit Merzhin avec douceur.

Lilwenn s'était détournée d'eux et se dirigeait d'un pas vif vers ce gros chaudron qui occupait le centre de la cavité naturelle. Retardant sa réponse, Ké la regarda plonger la main dans la besace de cuir accrochée à sa ceinture, en arracher une poignée de simples et la jeter dans le récipient. Presque aussitôt, une fumée verdâtre s'en échappa.

Il fronça les sourcils.

— Est-ce de la magie ?

— Te voici prêt à y croire ? se moqua gentiment Merzhin.

Ké en profita pour s'arracher à cette étreinte qui, à présent, le dérangeait. Il s'était souvent dressé contre son père ces derniers mois, mais il l'aimait et ne se sentait pas prêt à en accepter un autre. Encore moins à admettre sans preuve qu'il ait pu se retourner contre eux et le mettre en danger.

Lilwenn avait renversé la tête en arrière. Elle inspirait à présent la fumée qu'elle attirait à pleines brassées.

— Pourquoi fait-elle cela ? s'étonna-t-il.

— Pour que les effluves agissent plus vite. Le temps nous est compté.

Ses yeux se révulsèrent d'un coup et Ké ne put réprimer un mouvement de recul.

— Tu n'as pas de raisons d'avoir peur. Même si je conçois que tout cela soit déroutant pour toi, mon garçon.

Ké consentit enfin à se tourner vers lui.

— Qui est-elle, Merzhin ? Qui est-elle en réalité ?

Le regard du druide se posa sur elle.

— Une druidesse. Une des plus puissantes que j'aie connues, répondit-il d'une voix emplie de tendresse et de fierté. Il n'est pas une plante en ce monde qu'elle ne sache utiliser à bon escient. Pas un animal qui ne s'écarte de son chemin. Pas une roche, un minerai, une gemme, une source dont elle ne comprenne la vibration. Je l'ai vue bander cet arc un nombre incalculable de fois, faire mouche à des distances incroyables mais ne tuer que si c'était vital pour elle ou les siens. Je l'ai vue mettre à terre et à mains nues des hommes bien plus grands qu'elle, usant de techniques de combat qui inspiraient crainte et respect. Son âme est d'une pureté absolue. Sa bienveillance aussi. Et veux-tu savoir le plus étrange ? Je fus son égal autrefois.

Ké lui décocha un regard suspicieux. Il voulait bien tout croire en ce qui concernait sa mère, mais comment le pourrait-il de cet homme qu'il avait déjà distancé à deux reprises dans sa hâte ?

— J'ai dit « autrefois », Ké, lui accorda Merzhin avec un petit sourire.

Ké le lui retourna avant de soupirer.

— Si elle était si exceptionnelle, pourquoi a-t-elle changé ?

Merzhin émit un léger rire cristallin.

— Est-ce le sentiment qu'elle te donne en ce moment ?

Ké se frotta le menton, râpa sa main sur sa barbe naissante.

— Non. Mais durant toutes ces années, elle n'était pas elle.

— Le meilleur moyen de l'atteindre aurait été de te supprimer. Elle devait se faire discrète pour te protéger.

— D'accord. Mais Arthur ? Pourquoi Arthur ? Pourquoi toute cette garde autour de lui ? Qu'a-t-il donc de si particulier ? insista-t-il en écartant les bras sous l'implosion de sa perplexité.

Cette dimension-là le dépassait.

Merzhin planta son regard dans le sien. Un regard profond et chaleureux.

— Il est l'héritier légitime d'un trône, Ké. Le trône de Bretagne.

26.

— Arthur ? Fils de roi ? Ah ben ça ! s'étrangla Ké d'une voix perchée avant de se racler la gorge et d'ajouter : Le sait-il ?

Le druide secoua la tête.

— Non. Il n'était encore qu'un enfançon quand il a quitté Londinium.

Ké arrondit un peu plus les yeux. Il avait entendu parler de cette cité avec laquelle commerçaient la plupart des armateurs et des marchands de la côte. Les marins l'évoquaient comme une ville flottant sur le brouillard, emplie de coupe-gorge, de femmes de mauvaise vie, de tavernes obscures. Ils mentionnaient en frémissant la haute tour qui dominait la Tamise, assurant qu'un terrifiant sorcier l'occupait et que quiconque le défiait disparaissait à jamais dans des souffrances inhumaines. Un sorcier au service d'un roi aussi fourbe, cruel et despote que lui.

Il réprima un frisson. Combien de fois avaient-ils ri avec Arthur de ces superstitions ? Brusquement il n'en avait plus envie.

— Et le père d'Arthur ? Qu'est-il devenu ? demanda-t-il après un bref regard en direction de sa mère.

Elle était toujours courbée au-dessus du chaudron dont les vapeurs vertes s'enroulaient autour des concrétions avant de disparaître à l'opposé d'eux, avalées par une autre faille du granit.

Merzhin aussi surveillait l'évolution de sa transe, conscient que Lilwenn lui laisserait peu de temps, une fois qu'elle aurait repris pleine conscience, pour tout expliquer à Ké.

— Il s'appelait Uther Pendragon. Il a été assassiné par Vortigern, l'usurpateur du trône, au terme d'une longue guerre, répondit-il.

— Et sa mère ?

— Quand le père d'Arthur a compris que Vortigern était prêt à tout pour gagner ce conflit, il m'a demandé d'emmener Ygerne et leur fils en sécurité. À cette époque, j'étais le conseiller d'Uther. Ygerne, Arthur et moi avons gagné l'Armorique, mais les hommes de Vortigern étaient à notre poursuite. Alors Ygerne a confié Arthur à Lilwenn, Langrain et Arguël, en lesquels elle avait une confiance absolue, puis elle et moi avons pris une autre route, espérant que l'on suivrait nos traces plutôt que les leurs. Nous nous sommes séparés à hauteur de Burdigala[1], une fois encore pour déjouer les poursuites. J'ignore ce qu'elle est devenue ensuite. Elle voulait protéger Arthur à tout prix, du coup, craignant qu'elle ne finisse par être repérée si elle revenait près de lui, elle nous avait fait promettre de veiller à ce qu'il ne lui arrive jamais rien. C'est la raison pour laquelle je suis moi aussi resté en retrait de ta vie et de celle de Lilwenn.

— Alors pourquoi êtes-vous revenu ?

— Tout au long de ces années, Vortigern n'a cessé de rechercher Arthur, envoyant ses espions partout. En vain.

1. Bordeaux.

Notre secret était bien gardé. Mais il y a quelques jours, un druide de mes amis est venu m'avertir. Il avait eu une prémonition. Vu les navires de Vortigern qui flottaient, en nombre, vers l'Armorique. Vu les Ténèbres tomber. Cela ne pouvait signifier qu'une chose : Vortigern et ses Saxons étaient prêts à piller, à enlever, à torturer, voire à retourner chaque pierre de ce pays pour le capturer. Vous n'étiez plus en sécurité. Plus personne ne l'était.

Ké baissa puis secoua la tête, désemparé.

— Je ne comprends pas. Pourquoi s'acharner ainsi ? Nous étions bien tranquilles, Arthur et moi.

Merzhin lui posa une main sur l'épaule, lui faisant relever le nez.

— Parce que le moment est arrivé. Se voyant perdu face au Prince Rouge qui l'acculait, Uther Pendragon s'est transpercé lui-même avec son épée enchantée. Il est devenu rocher. Or, il existe une prophétie. Une prophétie qui dit qu'un jour viendra où les Ténèbres recouvriront brutalement le monde. Ce jour-là, l'épée endormie appellera à elle les pouvoirs conjoints du bien et du mal pour se délivrer. Mais un seul pourra la retirer : le fils d'Uther. Voilà pourquoi Vortigern veut Arthur. Il va l'obliger à prendre la lame puis il le tuera et la brandira à sa place. Personne alors ne pourra plus s'opposer à lui. Car cette épée n'est pas seulement enchantée, elle est aussi la plus puissante de toutes celles qui existent en ce monde. Je le sais parce que c'est moi qui l'ai forgée.

— Vous ?

— Je te l'ai dit, Ké, j'étais un mage puissant à l'époque. Très puissant. J'ai renoncé à mes pouvoirs en même temps qu'à toi et à ta mère. Mais cela n'a rien changé. Quand ce druide est venu m'avertir, je n'ai plus songé qu'à revenir vers vous tous. Je pensais avoir le temps de vous mettre en sécurité.

— Alors, que s'est-il passé ? Comment les hommes de Vortigern ont-ils pu débarquer si vite ici, tuer Langrain, enlever Arthur ? Je n'arrive pas à croire que mon père ait pu nous trahir, explosa de nouveau Ké qui mesurait soudain à quel point sa vie d'avant avait été un leurre, un leurre qui n'aurait pourtant jamais dû s'achever.

— Je ne sais pas, mon garçon. Mais ta mère semble en être persuadée, et, de fait, il a dû voir arriver le bateau de Vortigern s'il travaillait sur le port. Il connaît son emblème. Sait repérer des mages noirs...

Ké frissonna au souvenir des cavaliers qui avaient remonté la rue principale tantôt. Merzhin avait raison. Son père ne pouvait pas ne pas les avoir remarqués quand ils avaient débarqué sur leurs chevaux. Ajoutant à sa détresse intérieure, le druide reprenait déjà :

— Le fait qu'il ne se soit pas précipité pour prévenir Langrain et ta mère ne plaide pas en sa faveur. Le fait qu'il ne nous ait pas déjà rejoints non plus.

— D'accord, lui concéda Ké douloureusement, mais pourquoi maintenant ?

Merzhin prit une grande inspiration avant de soupirer.

— Parce que quelqu'un a attiré les Ténèbres.

— Et ce ne serait jamais arrivé si Vivian avait fait ce que je lui avais commandé il y a de cela bien des années, tomba à cet instant la voix de Lilwenn.

Ils tournèrent la tête vers elle. Malgré son extrême pâleur, elle était de nouveau elle-même. Elle marcha en titubant légèrement jusqu'à eux, soutint leur regard interrogateur, puis annonça d'une voix glaciale :

— Elle aurait dû tuer la fille de Vortigern, au lieu de l'élever comme la sienne !

Le regard de Ké alla de sa mère au druide. Il le vit froncer les sourcils, devina sa contrariété. Mais cette fois, tout en lui se révulsa.

— Assez ! décida-t-il. Je ne veux pas savoir de quoi tu parles, maman. Fils de roi ou pas, Arthur est mon ami et il est en danger. Le sauver est la seule chose qui m'importe. Le reste, c'est vos affaires. Pas les miennes !

Lilwenn tourna vers lui un visage plus apaisé.

— Tu as raison, fils. De toute manière, il est trop tard. Ce qui est fait est fait.

Sa réponse allégea Ké, le ramena à l'essentiel.

— Alors ? Comment va Arthur ? A-t-il été violenté ? blessé ?

Elle lui pressa l'épaule, navrée.

— Je l'ignore.

— Mais… le chaudron ?

— Je n'ai pu y lire que les intentions des dernières personnes qui l'ont utilisé. Des disciples du Prince Rouge.

— On n'avait pas besoin de la magie pour cela ! grogna Ké en se laissant tomber sur une grosse pierre.

Il se sentait las soudain. Avait l'impression d'avoir perdu un temps précieux depuis sa rencontre avec le druide. Même si c'était stupide. Seul, il n'aurait pas fait mieux.

— Tu te trompes, Ké. Les mages n'auraient pas utilisé ce haut lieu de magie pour communiquer avec leur maître si celui-ci avait été à proximité, tempéra Merzhin.

Ké haussa les épaules. Qu'en avait-il à faire de l'endroit où se trouvait ce fichu sorcier tant qu'il récupérait Arthur ?

— J'ai pu voir que l'île d'Aval avait été incendiée, annonça calmement Lilwenn. Probablement par Vivian avant qu'elle ne la fuie avec les autres prêtresses, car aucune d'elles ne se trouve à bord des trois navires qui mouillent devant. Vortigern est sur le plus gros, avec le Prince Rouge. J'imagine que c'est de là qu'il va surveiller la progression de ses alliés saxons dans les terres. Tout comme le Prince Rouge celle de ses mages. Une fois qu'on lui aura ramené Arthur, il ne lui restera plus qu'à mettre la main sur Morgan pour accroître ses pouvoirs. Je ne le permettrai pas. Dussé-je l'abattre de mes propres mains ! Mais pour l'heure...

Ké la regarda arracher une flèche à son carquois.

— Que fais-tu ?

Elle sourit. Un sourire énigmatique qu'il ne lui connaissait pas.

— Il est temps de rappeler à Arguël qui je suis...

— Tu... Tu ne vas pas tuer papa, dis ? se dressa Ké, livide.

Elle lui retourna un œil agacé.

— Tu devrais dès maintenant perdre cette habitude de l'appeler ainsi. Ce n'est pas ton père.

— Si, Lilwenn, s'interposa Merzhin d'un ton sévère. Il l'a été pendant presque seize années. Tu ne peux pas le lui enlever.

— Et je n'en ai pas l'intention. C'est à Arthur de venger la mort de son père. Pas à moi. Rassure-toi, Ké. Cette flèche ne va tuer personne. Elle n'est destinée qu'à crever les Ténèbres. À rappeler à tous les serviteurs du Prince

Rouge que deux magies s'opposent et que la noire n'est pas destinée à l'emporter.

Leur tournant le dos, elle marcha résolument vers la faille par laquelle la fumée verte s'était envolée.

— Alors, lança-t-elle après quelques pas, vous venez ?

27.

— Est-ce bien prudent ? demanda de nouveau Morgan à l'instant de quitter l'abri voûté de la roche et de déboucher à l'air libre.

Ils n'avaient pas emporté de nourriture au départ d'Aval. Racines, jeunes pousses et baies sauvages ne manquaient pas en cette saison. Mais elle avait préféré avancer, avancer encore et encore pour mettre le plus de distance possible entre eux, Vortigern et son sorcier. Elle n'avait rien cueilli en chemin. Tout comme Soriot, elle était affamée.

— Cesse de t'inquiéter, Morgan des Brumes. Nous ne risquons rien ici. Nous sommes loin du grand menhir.

— De beaucoup ?

Toute notion de temps et d'espace s'était effacée dans ce boyau souterrain le long duquel, quittant la source enchantée, elle avait marché, le korrigan sur ses épaules comme à l'accoutumée.

— Presque une demi-lieue[1] et à l'opposé de l'escalier, assura-t-il. Même si le Prince Rouge ou ses disciples ont remonté notre trace jusqu'à la clairière, ils seront incapables de savoir dans quelle direction nous chercher.

1. La lieue gauloise valait environ 2 300 mètres à cette époque.

Ils vont mettre du temps à battre la forêt. Sans compter qu'elle n'est pas comme les autres. La magie blanche y a été puissante autrefois. La terre s'en souvient. Une part d'elle comme de ses eaux dormantes est notre alliée.

Elle se détendit un peu.

Il a raison. Ma peur est stupide...

D'une main décidée elle arracha les toiles d'araignées puis repoussa le lierre qui tombait en cascade épaisse devant l'ouverture. Sa barrière franchie, elle se retrouva cernée par une végétation luxuriante qui épousait les concrétions de granit verdies par la mousse. Une lumière diffuse tombait des frondaisons peuplées d'oiseaux invisibles mais dont les chants se répondaient.

– Le soleil semble avoir encore gagné sur l'ombre. On y voit assez pour trouver pitance.

– Alors ne tardons pas, la poussa le petit être dont l'estomac grognait à présent sans discontinuer.

Elle tourna pourtant sur elle-même, prit la mesure de l'épaisseur des troncs et des ajoncs en fleur, de la hauteur des fougères. Tout se ressemblait alentour. Quant à l'entrée du souterrain, elle était avalée entièrement par l'enchevêtrement des végétaux avec la roche.

De nouveau l'inquiétude la saisit.

– Je préférerais que l'on revienne manger dans la grotte. Puis que l'on s'y repose avant de décider ce que l'on doit faire face à Vortigern et au Prince Rouge. Sauras-tu y revenir si l'on s'en éloigne ?

Il haussa les épaules.

– Évidemment. Je te l'ai dit, il fut un temps où mon peuple régnait sur ces bois, en synergie avec les autres créatures de la forêt. J'en connais chaque sillon. Et si jamais, par je ne sais quelle aberration, je nous perdais, il me suffirait d'appeler un elfe ou une fée pour qu'ils nous ramènent ici.

Elle souleva un sourcil, surprise.

— Je les croyais tous disparus.

— Depuis que le Prince Rouge a ravagé la contrée, il y a quinze ans, ils se cachent comme les rares survivants de mon peuple et tous ceux qui utilisent la magie blanche. Mais ce sont nos amis, Morgan. Aie confiance et avance, ajouta-t-il en lui tapotant le dessus du crâne.

— Que préfères-tu ? Racines ou baies ?

— Ce que l'on trouvera en premier. Je mangerais un ours s'il se présentait.

Elle éclata d'un rire clair qui fit s'envoler un couple de geais, puis progressa précautionneusement dans la futaie.

Cinq minutes plus tard, sa besace débordait.

— Rentrons, décida-t-elle en y fourrant les dernières pousses de pissenlit.

Elle rattacha sa serpette à sa ceinture et pivota sur elle-même pour tenter de se repérer. Peine perdue. Elle n'avait regardé qu'à hauteur de ses souliers et de son nez, cueillant baies et jeunes pousses, grattant les tubercules dans l'humus ou sectionnant le pied des champignons.

— De quel côté doit-on aller ?

Soriot leva les yeux en direction des lueurs diffuses qui trouaient la grisaille du ciel. L'astre se devinait au travers de son épaisseur, preuve que pas à pas les Ténèbres reculaient.

— Sur ta droite, assura-t-il.

Confiante en son instinct et sa connaissance de ces bois, elle se remit en marche. Elle le sentait plus léger, comme si retrouver les gestes du quotidien avait redonné sens à leur complicité et éloigné la menace. Ce n'était qu'un leurre, elle le savait, mais comme lui elle avait eu besoin de ce court moment, de la vitalité déployée par ces hauts arbres, de la tonicité des jeunes pousses, de la fraîcheur vivifiante du sous-bois. Sa tristesse et son sentiment de culpabilité ne s'étaient pas atténués, mais elle avait compris que vivre avec l'aiderait à devenir meilleure qu'elle ne l'avait été.

Elle redressa le buste, emplie soudain de la certitude que Vortigern et le Prince Rouge ne parviendraient pas, quoi qu'ils fassent, à détruire tout ce que Vivian avait permis de faire éclore en elle.

La mort d'Amalia était un accident. Seulement un accident. Je refuse de céder quoi que ce soit de plus à la noirceur. Je refuse que le Prince Rouge se serve de moi pour accroître sa puissance maléfique. Je refuse qu'on souffre et meure encore par ma faute. C'est au règne seul de la lumière et de l'Amour que je veux me consacrer. Quel qu'en soit le prix, je suis prête, prête à tout pour que ce maudit sorcier soit anéanti et Vortigern destitué.

À cet instant, un cerf coiffé de bois immenses s'inscrivit entre les deux gros hêtres vers lesquels elle marchait. Il s'immobilisa en la voyant. Elle fit de même, saisie par la majesté qui se dégageait de lui.

— Le Dieu Cornu. C'est le Dieu Cornu, trembla de respect et d'émotion la voix de Soriot à son oreille.

Elle était aussi troublée que lui. L'animal fixait sur elle ses grands yeux noirs pailletés d'or. Il hocha la tête dans sa direction. Aussitôt, elle eut l'impression qu'une vague de douceur se répandait en elle. Elle croisa les bras sur sa poitrine, lui retourna son salut, vit des myriades de papillons bleus se poser sur les grands bois, comme attirés par une magie puissante.

L'animal recula d'un pas, puis d'un autre, sans cesser de la regarder, jusqu'à ce que les papillons se détachent de lui et s'approchent d'elle.

Comme elle ne bougeait pas, bouleversée par la beauté de la scène, ils se mirent à tourbillonner autour d'elle. Elle finit par se sentir poussée en avant.

— Suis-le. Ils veulent que tu le suives, comprit Soriot en même temps qu'elle.

Lors, n'écoutant que cet appel qui résonnait avec bienveillance dans tout son être, elle avança.

Et, brusquement, au-dessus de sa tête, le ciel regagna en clarté.

28.

Depuis quelques minutes, Ké suivait sa mère dans le passage étroit d'une faille obscure, à l'opposé de celle par laquelle ils étaient entrés dans la grotte au chaudron. Et il ne pouvait s'empêcher de se dire qu'il n'arriverait jamais au bout, voire à faire demi-tour. Il devait coller ses bras à son corps tant sa progression était lente et délicate. Il éprouvait l'étrange et angoissante impression que le granit se resserrait à chacune de ses respirations, comme s'il voulait l'étouffer.

Il s'efforça de dominer ce sentiment d'oppression en se disant qu'Arthur, lui, se demanderait surtout où ils allaient ressortir, si ce serait dans une nouvelle cavité ou à l'extérieur, et si l'incendie ne les cueillerait pas à l'arrivée.

En tout cas, c'est sûr, ça ne l'aurait pas arrêté. Je dois continuer à prendre exemple sur lui.

Il l'avait toujours connu plus combatif et téméraire que lui, plus curieux aussi. Même s'ils se ressemblaient beaucoup, Arthur avait quelque chose de plus. Aujourd'hui il comprenait enfin ce que c'était.

La stature d'un futur roi…

Il se sentit fier d'être son ami. Presque un frère.

Et se jura à cet instant qu'il ne le quitterait plus sitôt qu'ils se seraient retrouvés.

Jamais...

Il s'était un peu rasséréné à son souvenir, sous la ferveur de sa promesse, lorsqu'un air vif, chargé d'embruns, vint soudain battre ses narines. Ils approchaient d'une issue.

Je dois être près de la falaise et toujours à l'ouest, sinon, avec ce vent qui vient du large, ça sentirait la fumée.

Son œil accrocha enfin une trouée.

Il émergea entre plusieurs rochers, s'aida du tronc d'un arbuste qui avait poussé entre eux et masquait l'entrée de la faille pour s'en arracher. Il avança sur le tertre, se repéra aussitôt à l'énorme bloc de forme ovale qui se trouvait comme posé en équilibre au-dessus des autres. Il ne s'était pas trompé. À sa gauche, à une bonne centaine de pas sur un sentier de terre battue, se trouvait la tour dans laquelle il avait rejoint Gwilned. Une odeur de chaume et d'épis brûlés flottait dans l'air, par intermittence. Des crépitements, un souffle rauque, grondant, confirmaient la présence proche de l'incendie, mais, pour l'instant, ils en étaient protégés. L'esplanade qui courait jusqu'au bord de la falaise se trouvait légèrement en bas de la cité, des champs et de la forêt. Sa mère s'y était arrêtée, juchée sur le muret de l'enceinte romaine. D'un bond, il sauta près d'elle.

À cet endroit la vue était magnifique, ouverte à la fois sur la baie, la bande côtière et le grand large. Des reflets d'or en troublaient les flots agités, transpercés par les becs des oiseaux de mer qui plongeaient depuis un ciel redevenu d'azur.

Ké se sentit brusquement empli de fierté.

— Tu as réussi, maman. Tu as rappelé la lumière !

Elle tourna vers lui des traits songeurs.

— Je n'y suis pour rien, fils.

Il baissa les yeux sur l'arc qu'elle tenait à la main. La flèche y était toujours encochée.

— Alors qui, Lilwenn ? Nous savons tous deux qu'il n'existe plus personne, à part toi, capable de ce prodige. Capable de repousser une telle magie noire, lança Merzhin arrivé dans leur dos.

Elle ne répondit pas. Son œil venait d'être attiré vers le large. Celui de Ké aussi.

Une barque s'approchait d'un navire à proue et poupe en forme de dragon. Il mouillait dans un repli de la côte invisible depuis le port ou la tour ouest.

Même si la réverbération du soleil sur l'eau dénaturait le dessin sur sa coque, Ké n'eut aucun doute. Cette barque était celle qu'il avait guettée en vain. Et ce navire, celui sur lequel Arthur allait être conduit à Vortigern.

29.

Une bouffée de chaleur acide inonda le dos de Ké. Il eut l'impression que le sol se dérobait sous ses pieds.

Arthur...

Sa brusque faiblesse se transforma en rage. Il sentit ses poings se crisper, ses mâchoires se tétaniser. Il lutta contre lui-même, refoula cette peur panique qui venait de le faucher.

Non... non... non... non... je ne peux pas l'abandonner.

D'un bloc il pivota vers sa mère, la vit moucher le sortilège de sa flèche d'un souffle incantateur puis la remettre au carquois qu'elle portait sur l'épaule.

— Pourquoi ? Pourquoi n'utilises-tu pas ta magie pour faire reculer la barque et nous le ramener ? s'emporta-t-il.

— Ce n'est pas si facile, Ké.

Une pierre roula sous ses pieds, bascula dans le vide, frappa la grève en contrebas. Il repoussa la main de sa mère qui, dans un élan protecteur, voulait l'attirer à elle, la défia un peu plus en se rapprochant du bord.

Au-dessous, la mer frappait violemment les rochers.

— Ne fais pas l'enfant, Ké ! s'agaça-t-elle en le foudroyant du regard. Te rompre le cou ne servira aucune cause.

Il croisa les bras, espérant la faire plier, n'obtint que de la voir se détourner de lui, entraîner Merzhin dans son sillage. L'abattement le regagna. Il s'élança derrière eux en direction de la pierre branlante et du passage caché par les broussailles. Une cinquantaine de coudées au milieu des hêtres et des châtaigniers les en séparaient.

— Je suis sûr qu'on peut encore le sauver ! Il suffit de trouver un navire, de donner la chasse aux ravisseurs ! Tu dois bien avoir un sort en réserve pour les pétrifier, non ?

Lilwenn s'immobilisa dans un grand soupir, Merzhin dans un petit rire étouffé.

Elle se tourna vers Ké. Il attendait près d'un arbre creux, les bras ballants, la mine désespérée. Elle sentit son cœur s'emplir de tendresse, repousser cette froide détermination qui l'avait guidée ces dernières heures.

Elle secoua la tête, navrée.

— Cela ne marche pas ainsi, Ké. Je n'ai pas le pouvoir du mal.

— Même au service du bien ? plaida-t-il, l'œil humide, suppliant.

— Même au service du bien. Je peux protéger, guérir, sauver. Mais je ne peux pas attaquer, blesser ou tuer quelqu'un intentionnellement.

— Alors Arthur va mourir…

Elle revint vers lui, saisit ses mains qui s'étaient mises à trembler.

— Ces hommes vont le livrer à Vortigern, c'est certain. Mais, jusqu'au solstice d'été, il restera son prisonnier et sera bien traité.

Il soutint son regard confiant.

— Comment peux-tu en être si sûre ?

– Parce que Vortigern serait terrassé s'il tentait d'arracher lui-même l'épée à son roc. Il a besoin d'Arthur pour cela, affirma Merzhin en s'approchant à son tour. Et pas à n'importe quel moment.

– On ne peut tenter de retirer l'épée qu'une fois l'an, le jour anniversaire de la mort d'Uther Pendragon. Soit dans cinquante-deux jours, confirma Lilwenn.

Ké se sentit rassuré l'espace d'un instant. Mais cela ne dura pas. Presque aussitôt l'évidence revint le frapper.

– Mais après... Après il le tuera, n'est-ce pas ?

Merzhin accrocha le regard de Lilwenn. Mentir ne servirait à rien. Elle hocha la tête.

– Oui. Il le tuera et, fort de la lame, affirmera son pouvoir et sa légitimité.

– Cinquante-deux jours..., soupira Ké.

Il eût préféré avoir au moins la moitié d'une année.

– On peut faire beaucoup de choses en cinquante-deux jours, crois-moi, assura Lilwenn en lui soulevant le menton avec son poing.

Ké resta dubitatif jusqu'à ce qu'une flamme ardente embrase le regard de sa mère, réchauffant d'un coup son cœur tourmenté. À cet instant seulement il fut convaincu qu'elle savait, profondément, ce qu'elle faisait. N'avait-elle pas renoncé à l'amour de Merzhin, à sa vie de druidesse, pour protéger Arthur ? Rien n'était plus précieux pour elle. Sinon sa sécurité à lui, son propre fils.

– D'accord, accepta-t-il avec confiance. Que fait-on maintenant pour la cité ?

Elle sourit. Il était comme elle. Prêt, toujours, à se mettre au service du bien, du juste, de l'action. Quel que soit le danger. Là encore, alors que la chaleur du brasier s'intensifiait de seconde en seconde. Elle savait qu'avant longtemps la végétation dense qui soudait l'empilement des énormes blocs de rochers crépiterait comme le reste, fragilisant l'équilibre précaire de celui qui se trouvait tout en haut, bloquant peut-être à jamais l'accès vers la grotte. D'autant que les tirs de carreaux enflammés ne faiblissaient pas. Elle continuait à les attirer.

Elle prit le temps de lui répondre. Merzhin lui-même l'en suppliait d'un œil insistant. Un œil qui malgré elle, réveillant leur amour passé, la troublait.

— Nous ne pouvons plus rien pour cet endroit, Ké. Je sais à quel point tu y es attaché, mais nous devons rester concentrés sur Arthur.

— Pourtant tu viens de dire que l'on ne pouvait rien faire ? s'étonna-t-il.

Elle rit.

— Ne pas courir après ses ravisseurs ne signifie pas que j'aie l'intention de le leur laisser. Nous allons revenir à la grotte et de là prendre un autre tunnel qui conduit vers l'ouest, au-delà de l'enceinte. Ensuite nous gagnerons la forêt de Brocéliande, où ma sœur Vivian s'est probablement réfugiée en voyant s'approcher la flotte de Vortigern.

— J'ai une tante ? la coupa Ké, les yeux écarquillés.

De nouveau le rire cristallin de Merzhin fusa.

— Et pas des moindres, mon garçon. C'est elle qui m'a enlevé mes pouvoirs pour empêcher que le Prince Rouge ne les capte. Nulle autre ne peut me les rendre. Et crois-moi, face à la menace qui sourd, j'ai hâte à présent de les recouvrer.

Ké fronça les sourcils, suspicieux.

— Comment se fait-il que maman ait gardé les siens ? N'étiez-vous pas son égal masculin ?

— Si. Mais à l'inverse d'elle, je n'aurais pas été capable de cesser d'en faire usage. Mon côté hâbleur sans doute.

Ké lui rendit son sourire. Somme toute et bien qu'il refusât encore de le considérer comme son père, ce druide hirsute au regard profond lui plaisait. Lui vint à l'idée qu'une fois rendu à sa puissance il se montrerait certainement moins humble et en retrait. Cette perspective le réjouit. Amplifia cette confiance en demain que sa mère avait réveillée.

— Je dois aussi découvrir qui a réussi à faire reculer les Ténèbres générées par Morgan des Brumes, la fille de Vortigern. J'espère que c'est l'œuvre de Vivian, qu'elle y est parvenue en la supprimant, comme cela aurait dû être fait après qu'elle l'avait enlevée, enfançonne, à son père, ajouta Lilwenn, l'œil en direction du large.

Le timbre de sa voix s'était assourdi et Ké prit conscience de la colère froide qui probablement gangrenait son cœur depuis longtemps.

— En quoi cette Morgan est-elle une menace pour Arthur ? s'enquit-il cette fois pour tenter de comprendre.

Un soupir.

— Elle possède en elle quelque chose d'unique. L'opposition des deux forces, le bien et le mal, l'obscurité et la lumière, à un degré jamais égalé encore. Vivian la croit capable de contrer la sorcellerie du Prince Rouge, capable de conduire Arthur à l'épée enchantée, capable de l'aider à reconquérir son royaume.

— Alors pourquoi la tuer ? s'horrifia Ké.

— Parce que la noirceur qui est en elle est plus grande encore. Si le Prince Rouge s'empare d'elle et achève de la convertir à son côté obscur, leur puissance conjointe au service de Vortigern sera sans limites et nous ne pourrons plus rien pour Arthur. Nous ne devons pas, je ne dois pas accepter ce risque. D'autant que, quoi qu'en pense Vivian, nous n'avons pas besoin de Morgan pour protéger Arthur. Une fois ses pouvoirs récupérés, Merzhin en sera parfaitement capable.

— Surtout si Vivian et ta mère sont à mes côtés, assura ce dernier en recouvrant l'épaule de Lilwenn d'une main tendre, réveillant dans son regard un début de brasier.

30.

Le Grand Cerf précédait toujours Morgan et Soriot de sa puissante stature. Ses hauts bois étaient redevenus perchoirs pour les papillons et il sembla à Morgan que la végétation s'ouvrait devant eux, que les branches basses se soulevaient d'elles-mêmes pour ne pas gêner leur progression.

Comme si la nature ressentait et exhalait la magie qui sourd de lui.

Elle songea à Vivian, à la fierté qui aurait été la sienne en cet instant. Les dames d'Aval invoquaient et célébraient le Dieu Cornu à chacun des solstices, mais jamais auparavant il ne s'était invité à leur cercle.

C'est un immense honneur qui m'est offert, comprit-elle, emplie d'une émotion profonde.

Mais pourquoi ? Je ne le mérite pas.

— Regarde, chuchota à cet instant Soriot en lui dirigeant la joue de côté.

Elle aperçut trois lapins debout sur une grosse souche, plus bas une énorme tortue près de laquelle se tenaient plusieurs hérissons. Ils les regardaient.

De sa petite main, Soriot fit pivoter sa joue vers l'autre bord du sentier. Un loup gris était assis sur son postérieur. Il salua leur passage d'un hochement de tête, de la douceur dans son regard d'acier. Près de lui, légèrement en retrait, une famille de renards côtoyait une biche et son faon.

Eux aussi se tenaient immobiles, en respect.

Paix et sérénité..., se troubla Morgan.

Quelques brindilles chutèrent sur son front, l'obligeant à lever la tête. Un lynx achevait de se coucher sur une grosse branche transversale, près d'une couleuvre.

Une bouffée d'amour emporta son cœur. Elle sentit celui de Soriot tambouriner contre sa nuque. Il s'était collé à elle, partageant son émerveillement.

Les auras des végétaux, des roches et des animaux s'ouvraient comme des roses au petit matin. Ils les voyaient se mélanger, fondre leurs rouges, jaunes, bleus, verts, mauves, orangés en une palette miraculeuse pétillante d'or.

– As-tu déjà vu quelque chose de si beau ? souffla-t-elle à Soriot.

– Autrefois. J'avais oublié, Morgan des Brumes, trembla la voix du korrigan.

Il renifla, et Morgan comprit qu'il pleurait. Ses yeux se mouillèrent. Ils s'emplirent de larmes lorsque son regard accrocha deux créatures ailées posées sur une tige. Deux créatures au regard humain et chaleureux, au visage d'une grâce absolue. L'une tenait une flûte dans sa main, l'autre un tambourin.

Des fées...

Il lui sembla soudain entendre la voix profonde de l'Aïeule aux Blanches Mains, racontant que quelques secondes dans le monde des humains se transformaient en heure dans celui de féerie. Elle se prit à espérer que ce rêve éveillé ne finirait jamais.

Le cerf s'arrêta devant un étang enchâssé dans une clairière.

Elle eut alors l'étrange impression qu'il était alimenté par la source souterraine dans laquelle elle avait plongé son visage.

La même énergie hypnotique s'en dégageait.

Comme elle s'en approchait, irrémédiablement attirée, le Dieu Cornu tourna son front couronné vers elle. Leurs regards se croisèrent, se fondirent.

À cet instant une voix profonde éclata dans sa tête.

Tu veux savoir pourquoi je t'ai conduite ici, Morgan des Brumes ? L'équilibre des forces repose sur un principe simple : une vie pour une vie. Puisque tu en as pris une, tu dois sacrifier la tienne en échange. En seras-tu capable ?

31.

Lilwenn s'était délicatement détachée de la douce emprise de Merzhin. Ce simple contact l'avait embrasée. Outre que ce n'était ni le lieu ni le moment, elle refusait de s'abandonner de nouveau à ses sentiments pour lui. Cela faisait trop longtemps qu'ils avaient été séparés l'un de l'autre. Trop longtemps que le devoir avait dû étouffer l'amour. Elle lui était restée fidèle, au grand désespoir d'Arguël qui avait fini par s'aigrir, boire, céder à la violence. Verbale. Physique. Envers elle. Envers Ké. Mais elle avait toujours su que c'était par bravade plus que par méchanceté. Pour l'obliger à réagir, à redevenir elle-même, tant il s'était mis à détester cette mère qu'elle s'était contentée d'être. Elle n'avait jamais cédé. Forçant Ké à prendre sa défense, à gagner en force, en adresse, en ruse. Pour la protéger. Pour les protéger. Aujourd'hui, bien qu'une part d'elle fût consciente d'avoir sûrement participé à la trahison d'Arguël par son refus, elle s'en félicitait.

L'un et l'autre avaient forgé le caractère du jeune homme, avaient fait de lui quelqu'un sur qui Arthur pourrait solidement s'appuyer le moment venu.

Elle l'avait lu dans ses gestes, dans son ardeur, dans sa colère, dans sa peur, dans ses actes. Elle l'avait lu dans son regard.

Un regard qu'elle devinait encore pesant tour à tour sur elle et sur Merzhin. Ké tentait de découvrir si leur histoire était terminée. Alors même qu'elle était, elle, incapable de se prononcer.

Elle était encore dans ses pensées, l'œil perdu vers le carré d'ombre que formait l'étroit passage entre les blocs et les racines, lorsqu'une main en émergea. Une main lourde, ensanglantée, qui, cherchant support, marqua le granit de son empreinte. Le temps qu'elle arrache son glaive à sa ceinture, la silhouette d'Arguël apparaissait, voûtée, et Ké hurlait :

— Papa !

Elle ne put l'empêcher de se précipiter. Arguël venait de relever la tête, de révéler des traits blêmes et tirés sous ses longs cheveux noirs. Ils pendaient, plats et humides de sueur, sur ses vêtements déchirés, sur cette paume qu'il pressait contre son flanc.

Blessé. Il est méchamment blessé, comprit-elle en même temps que Merzhin et Ké.

Et malgré sa rancune, elle courut, le glaive à la main, craignant autant qu'il soit suivi par les hommes de Vortigern et n'entraîne Ké dans un piège que de le voir mourir brutalement aux pieds de son fils. Déjà, Ké le soutenait, l'aidait à s'extraire du passage, à s'asseoir à l'écart, entre les racines protubérantes d'un gros hêtre.

— Papa..., répétait-il, bouleversé.

Arguël lui enveloppa la joue d'une main rouge, humide.

— Tu es sauf. J'avais peur... Ne t'inquiète pas, mon garçon. Ça va aller. Ça va aller maintenant que je t'ai trouvé, assura-t-il avant de saluer Merzhin d'un discret signe de tête puis de lever les yeux vers elle.

Elle le foudroya des siens.

– Je suis seul, Lilwenn.

Refusant de le croire et plus encore de lui pardonner, elle s'engouffra, vindicative, entre les blocs de rochers.

La forêt s'était brusquement tue. Et Morgan eut la sensation étrange que chaque brin d'herbe, chaque animal visible ou invisible, chaque rocher, chaque arbre, et jusqu'à cette étendue limpide devant elle avait cessé de respirer. L'aura que la marche tranquille du Grand Cerf avait permis de déployer autour d'elle ondulait en des couleurs changeantes, irisées, telles ces aurores que décrivaient les marins du Grand Nord. Mais leur mouvement semblait s'accorder au rythme sourd des battements de son cœur.

Même Soriot l'avait perçu. Elle le sentait tendu contre sa nuque.

Comme lui, le Dieu Cornu attendait sa réponse.

Serait-elle capable, ici, maintenant, de sacrifier sa vie en échange de celle qu'elle avait prise ?

Il fixait toujours sur elle ses immenses yeux en amande. Elle n'y lisait aucune pression, aucun jugement. Juste de la bienveillance. Elle ne parvenait à en détacher les siens. Ainsi grandit en elle la certitude. La certitude d'avoir déjà fait ce choix. Sur l'île d'Aval, devant le corps d'Amalia, face à la menace que représentaient son père et le Prince Rouge, face à sa propre histoire, à son propre passé. Face aussi à ses remords, à sa tristesse, au deuil. Face au regard de Vivian à l'instant de leurs adieux, face à sa confiance renouvelée malgré le crime qu'elle venait de perpétrer.

Elle franchit la courte distance qui la séparait de l'animal puis porta ses mains derrière sa nuque pour soulever Soriot et le déposer sur une vieille souche envahie par le lierre.

Elle ne demanda pas comment elle devait s'y prendre. Si des adieux s'imposaient. Si elle souffrirait.

Une vie pour une vie.

Mourir au nom de la lumière lui sembla si évident qu'elle rejoignit le bord sans même s'en rendre compte.

Au moment où son pied allait toucher l'eau, le timbre désormais familier du Dieu Cornu résonna de nouveau. Elle s'immobilisa sur son ordre, attendant le suivant, quelque cérémonie peut-être, une incantation. Elle éprouvait le sentiment étrange d'agir en pleine conscience et tout à la fois d'appartenir vraiment et pour la première fois de son existence à quelque chose de plus grand. D'unique. Une appartenance qui mettait enfin son âme en osmose avec le Grand Tout.

Un mouvement détourna son œil de l'onde. Soriot achevait de s'installer entre les bois du Grand Cerf.

Ce n'est pas seulement lui que je vais sauver par mon abnégation, ce sont tous les gens que j'aime. Mais aussi tous ceux que Vortigern tient sous son joug.

Une bouffée de tendresse gonfla un peu plus son cœur. Elle hocha la tête pour leur signifier à tous deux qu'elle n'avait jamais été aussi prête.

Le Grand Cerf frappa l'onde d'un coup vif du sabot. En une fraction de seconde, répondant à la vibration créée par le choc, le gel emprisonna la surface.

Suis-moi, entendit Morgan tandis que déjà l'animal avançait.

Perplexe, elle obtempéra.

Durant quelques instants, elle craignit de le voir glisser, chuter sur la glace. Mais la magie qu'il venait de créer était à son image : protectrice. De sorte qu'ils parvinrent sans encombre au milieu de l'étang. La surprise de Morgan monta d'un cran. Au-dessous d'elle, profondément enfoui dans l'eau, se trouvait un cercle de pierres au centre duquel trônait la statue d'un homme agenouillé, buste en arrière, tête renversée vers le ciel. L'épée qu'il tenait encore à pleines mains lui transperçait le haut de la poitrine. Comme s'il l'y avait lui-même enfoncée.

– Je ne comprends pas. Qu'est-ce que ceci ? Qu'attendez-vous de moi ? bredouilla-t-elle, perdue, en relevant la tête vers l'animal.

L'homme-rocher que mes pouvoirs te permettent de voir ici fut Uther Pendragon, le dernier grand roi de Bretagne, entendit-elle. *Acculé de toutes parts par les hommes de Vortigern, il trouva le courage et la force de retourner contre lui la magie blanche de son fer, interdisant à quiconque qui ne soit de sa lignée de s'en emparer. Agenouille-toi, Morgan des Brumes, et pose ta main sur la glace.*

Devinant que viendraient en leur temps toutes les réponses aux questions qui fusaient en elle, elle s'exécuta. Aussitôt, elle eut l'impression qu'un trait de feu remontait de sa paume jusqu'à son épaule.

Elle hurla, retira sa main. Trop tard. Elle dut s'asseoir, livide, soutenir son bras tant la douleur restait insupportable. Comme si on lui gravait le dessin de cette épée dans la chair...

Ce n'est pas qu'une impression, Morgan, entendit-elle de nouveau. *Tu es liée à cette lame et à celui à qui elle est destinée. Tu détiens le pouvoir de le protéger de l'influence maléfique du Prince Rouge. Voilà ton sacrifice. Voilà la mission à laquelle tu dois désormais consacrer ta vie : retrouver l'héritier d'Uther Pendragon, l'aider à s'entourer des meilleurs compagnons qui soient, puis le mener en Bretagne, là où se trouve réellement cette statue enchantée, afin qu'il reprenne le royaume dont Vortigern l'a dépossédé.*

32.

L'œil troublé de Morgan revint se river sur ce bloc au-dessous d'elle. Malgré la puissance du sortilège qui les enveloppait, elle ne parvenait pas à mesurer la portée des paroles du Grand Cerf.

Une quête... Je suis donc venue au monde pour cela : affronter les Ténèbres pour mieux les chasser. Jusque dans ma chair. Ramener la lumière en un royaume. Guider un futur roi. C'est un honneur. Pas une punition... Un symbole de vie. Pas de mort. Malgré ce que j'ai fait...

Une partie d'elle se sentit spoliée de ce pardon qu'elle savait ne jamais pouvoir s'accorder. Un pardon qu'un instant elle avait cru possible en passant dans l'Autre Monde. Le visage et le sourire d'Amalia dansèrent dans sa mémoire, puis le sang sous son crâne, le sang dans l'eau du réservoir juste avant que les Ténèbres ne s'emparent du jour. Et si le destin d'Amalia avait été de mourir ainsi, de sa main, pour que tout cela lui soit révélé ?

Un frêle espoir, un instant. Avant qu'elle ne se souvienne des paroles du Grand Cerf.

Une vie pour une vie.

Elle en revenait toujours au même constat. Amalia n'avait été qu'une victime de sa noirceur. Elle ne méritait pas si triste fin. Aucune des prêtresses ou des novices ne méritait de quitter Aval de cette manière. Dans la sidération. Dans l'urgence. Dans la peur.

J'aurais accédé aux mêmes devoirs, aux mêmes responsabilités si je n'avais pas versé dans l'obscurité. Vivian m'y préparait. À moi de trouver le moyen de me mettre en paix avec la mémoire d'Amalia, avec mes remords, avec mon cœur, avec mon âme.

À cet instant elle sut. Elle ne se donnerait pas à cette mission pour ce qu'elle représentait d'attente, de justice et de renouveau pour le peuple de Bretagne. Elle s'en acquitterait au nom d'Amalia et de tous ceux et celles que la noirceur de son père et du Prince Rouge avait terrassés.

Une lueur irisée traversa le corps du roi-rocher sous la glace, réveillant la douleur sur l'arrondi de son épaule.

Elle déligne les contours de la lame, dans le roc et sur ma peau. Comme pour m'assurer que j'ai enfin compris ce qu'elle attend de moi.

Elle ne s'en troubla que davantage.

— Je ressens son aura comme si elle était réellement là. Pourtant ce n'est pas le cas, n'est-ce pas ?

En effet, répondit le Grand Cerf. *L'épée se trouve au sommet d'un tertre, au centre d'un îlot marécageux situé sur la Tamise, face à la forteresse royale. C'est là qu'a choisi de mourir Uther Pendragon. Pour que Vortigern puisse chaque jour contempler cette lame qui défie la magie noire de son sorcier.*

— Je connais cette épée, assura Soriot resté jusque-là enfermé dans ses pensées. Je pouvais la voir depuis la tour du Prince Rouge. C'est en face d'elle que je t'ai fait boire ce philtre contenant les sangs mêlés de ton père et du sorcier. En face d'elle que nous avons atterri dans la barque de Vivian. Je me souviens d'avoir prié tandis que nous nous échappions dans la brume en frôlant l'île. Prié pour qu'un jour l'épée ne soit plus dans ce roc mais dans la main puissante d'un roi qui réparerait mes propres exactions au service du Prince Rouge. Je te tenais dans mes bras. J'avais les doigts, les vêtements encore imprégnés de sang. Toi aussi. Celui de ta mère. Celui de la potion que tu avais tenté de rejeter. En face de moi, imperturbable, Vivian ramait. Pour moi aussi tout prend sens, Morgan des Brumes. Aucun sacrifice n'est vain. Jamais. Si Vortigern ne m'avait pas ravi aux miens, s'il ne m'avait pas forcé à le servir, et, ce faisant, à te pervertir, tu ne serais pas ici.

Elle repoussa une mèche qu'un souffle de brise venait de balayer sur ses lèvres, secoua la tête.

De nouveau une pointe de doute, de tristesse.

— Pour l'instant je ne suis qu'une meurtrière, Soriot, pas une sauveuse.

Il pointa son index vers l'azur dans lequel de nouveau le soleil brillait, sourit.

— Tu te trompes, Morgan des Brumes. Tu as déjà commencé ta mission en chassant ces Ténèbres que ton geste avait appelées. Tu es plus puissante que tu ne l'imagines.

Plus puissante qu'aucune autre druidesse de ma connaissance, confirma le Dieu Cornu.

— Tout comme ton père, désormais, le Prince Rouge le sait, ajouta Soriot.

— Ce qui signifie qu'ils feront tout pour m'empêcher de retrouver et de protéger l'héritier. Savez-vous où se cache Arthur ? demanda-t-elle au Dieu Cornu.

De nouveau sa voix chanta dans sa tête.

Non. C'est Merzhin, l'homme qui a forgé cette épée, qui l'a fait sortir en son temps de Bretagne, et il a soigneusement effacé leurs traces. Mais j'ai confiance en la force du destin qui vous lie, Arthur et toi. Tu sauras le rejoindre. Sers-toi de l'eau de la source située dans la grotte des Anciens. Elle possède de grands pouvoirs. Comme celui qui vient de se manifester.

— C'est elle qui abreuve cet étang, n'est-ce pas ?

Plus pour longtemps. Sitôt que nous aurons regagné la berge, les créatures de féerie couperont son fil. Si le Prince Rouge parvenait jusqu'ici, il ne devrait en aucun cas pouvoir le remonter. Va, à présent, Morgan des Brumes. Nous nous reverrons quand ta quête sera achevée.

Morgan le regarda disparaître, altier et puissant, entre les arbres tandis que l'onde redevenait liquide et frisottait sous un vent léger.

— Rentrons, nous ne sommes qu'à quelques pas du souterrain, lui enjoignit Soriot, revenu s'asseoir derrière sa nuque.

Elle se laissa guider jusqu'aux abords du passage.

— Ké. Il s'appelait Ké, le garçon dont j'ai eu la vision tout à l'heure. Crois-tu que ce soit lui, l'héritier du trône ? demanda-t-elle, brusquement rattrapée par l'appel de la source. Merzhin aurait pu le renommer pour plus de sécurité.

— C'est possible. Tout ce que je sais, c'est qu'il doit avoir une quinzaine d'années. Et puis cela aurait du sens.

Elle contourna une grosse fourmilière, l'esprit bouillonnant de spéculations.

— D'autant que la femme qui le guidait semblait proche de Vivian dans ma précédente vision... Oui. C'est forcément lui... Plus qu'à trouver l'emplacement de ce village incendié.

— Et découvrir quand il a brûlé. Tu sais comme moi que la magie se rit autant du temps que de l'espace.

— Je suis sûre que c'était récent, Soriot, assura-t-elle en revoyant le visage de jouvenceau puis les traits enflammés derrière lui. Il est fort possible que les soldats de Vortigern en soient à l'origine. Les navires que nous avons vus s'approcher d'Aval ne devaient pas être les seuls.

La voix de Soriot se fit grave.

— Alors cela voudrait dire que les hommes de Vortigern ont déjà retrouvé sa trace. Et ce n'est pas bon, Morgan des Brumes. Non ce n'est pas bon, frissonna-t-il en rentrant la tête dans ses épaules tandis que, sur eux, le rideau de lierre se refermait.

33.

Rattrapée par la crainte de Soriot, Morgan s'élança le long du boyau, un sentiment d'urgence chevillé au cœur. Elle ne consentit à s'arrêter qu'une fois parvenue au bord de la source.

— Ne veux-tu pas te reposer un peu avant d'y regarder de nouveau ? demanda Soriot en s'asseyant au sol.

Elle secoua la tête.

— Plus vite nous saurons où a été caché Arthur, plus vite nous pourrons le soustraire à la convoitise de Vortigern.

Il renonça à la faire changer d'avis, bien qu'il ne fût pas convaincu par l'idée de quitter leur abri trop tôt. Arthur pouvait se trouver n'importe où. Y compris dans l'endroit le plus reculé d'Armorique. S'ils reprenaient la route maintenant, la nuit les saisirait forcément avant qu'ils n'arrivent à destination. Or, les pouvoirs maléfiques du Prince Rouge étaient décuplés par les Ténèbres, qu'elles soient naturelles ou non. Il les repérerait vite, enverrait des hommes les capturer. Il ne tarderait pas à exploiter les faiblesses de Morgan et jusqu'à la colère qu'elle éprouvait à son égard, à l'égard de Vortigern, pour nourrir sa noirceur.

Il avait confiance en elle, en sa décision, en sa détermination. Mais il avait vécu trop d'années au service du sorcier pour sous-estimer la malignité de celui-ci, sa puissance destructrice. Morgan était encore trop vulnérable. Quand bien même sa part de lumière l'avait, pour l'heure, emporté.

Je lui parlerai quand elle sera revenue de son voyage intérieur. Elle sera épuisée, devra reprendre des forces, manger. Elle sera plus facile à convaincre à ce moment-là, jugea-t-il en la voyant repousser ses tresses en arrière puis immerger son visage.

Elle avait posé sa besace. N'ayant rien de mieux à faire qu'attendre, il passa la tête sous le rabat et préleva une poignée de baies.

De son côté, Morgan n'avait eu besoin que d'une fraction de seconde pour se retrouver projetée auprès de Ké. Cette fois, elle le vit en larmes, penché au-dessus d'un homme affaissé contre un tronc d'arbre. Un homme mal en point.

— Laisse-moi examiner son entaille, Ké, insista un autre, d'une quarantaine d'années.

À la longue bure de serge et à la serpe accrochée à la ceinture de cuir qu'il portait, elle comprit que c'était un druide.

Ké s'écarta. L'homme blessé souleva la paume qu'il compressait sur son flanc.

Morgan se crispa. Le sang coulait par saccades de la plaie, tachant tunique et braies.

Cela n'annonce rien de bon, conclut-elle.

La grimace du druide le lui confirma.

— J'aurai préféré te revoir en de meilleures circonstances, Merzhin, crissa l'homme blessé tandis que le druide fouillait dans sa sacoche.

Morgan se troubla.

Merzhin... Le druide qui a forgé l'épée...

Elle commençait à manquer d'air, s'obligea pourtant à tenir encore.

— Si elles avaient été meilleures, Arguël, je ne serais pas là, rétorqua Merzhin en saisissant une pochette de cuir fauve.

Morgan ne put en écouter davantage. Ses poumons la brûlaient. Elle releva la tête, prit une grande bouffée d'air puis, sans s'occuper de Soriot qui l'observait en mastiquant, replongea.

Las, capricieuse, la source lui offrit un autre visage. Celui de Vivian. Les traits tirés, regardant constamment par-dessus son épaule, la grande prêtresse avançait au cœur d'une forêt sombre et profonde.

Des oiseaux de proie invisibles criaient au-dessus du convoi, attirés par le cadavre d'Amalia que quatre membres du conseil portaient sur une civière. Bien que la novice fût recouverte d'un drap, les charognards guettaient.

Nul doute qu'à la moindre occasion ils attaqueront. Voilà pourquoi Vivian est aux aguets.

Son cœur se serra. La grande prêtresse aurait tout aussi bien pu s'arrêter, prendre le temps, malgré la menace de Vortigern, d'enterrer la novice.

Non. Ce serait lui faire injure que de l'inhumer ailleurs qu'en terre sacrée. Quels que soient les risques du trajet, elles la porteront et la protégeront jusqu'au bout, comprit-elle.

Refusant de se laisser rattraper par le chagrin et la culpabilité, elle se rejeta en arrière, inspira profondément.

— Tout va bien, Morgan des Brumes ? s'inquiéta cette fois Soriot en la voyant décomposée.

— Oui. Oui, répondit-elle par réflexe avant de se fondre de nouveau au miroir d'eau.

Elle n'avait pas obtenu de réponses. Elle ne savait toujours pas où aller.

Où es-tu, Arthur ? Si nous sommes liés toi et moi comme l'affirme le Dieu Cornu, alors tu dois pouvoir m'entendre, me guider vers toi ! Arthur !

Elle eut soudain l'impression que son corps se mettait à tanguer. Tout d'abord elle ne vit rien. Puis, comme si ses yeux s'habituaient peu à peu à l'obscurité autour d'elle, elle reconnut à sa forme le ventre creux d'une embarcation. Le bruit des vagues contre la coque, celui des rames crevant les flots en cadence au rythme d'un tambour, le cri étouffé des oiseaux de mer le lui confirmèrent.

Un navire… Celui de Vortigern ? se troubla-t-elle, craignant soudain que le Prince Rouge ne perçoive son intrusion.

Prudente, elle allait s'arracher à sa vision lorsque lui apparut un jouvenceau étendu sur le dos.

Inconscient ou endormi ? se demanda-t-elle.

Il avait un visage doux, agréable, de longs cheveux blonds et bouclés souillés de sang séché.

Que fais-tu ici ? Qui es-tu ?

Elle s'enfonça davantage, espérant y voir mieux, se rapprocher un peu plus de lui.

Un trait de feu lui embrasa l'épaule.

Au même instant, l'inconnu ouvrit les paupières et s'assit dans un cri.

34.

Hagard, Arthur frotta son épaule, le souffle court. La brûlure qui venait de l'arracher à son inconscience refusait de céder. S'y ajoutait à présent l'étrange impression qu'il n'était pas seul.

Sur le qui-vive, il interrogea l'obscurité environnante en quête d'un bruit, d'un mouvement. Mais tout ce qu'il perçut était étouffé. Il n'en devina pas moins, au mouvement de tangage comme au claquement des rames, qu'il se trouvait sur l'eau.

À bord d'un bateau… et à fond de cale, en déduisit-il une fois qu'il eut tâtonné autour de lui et récupéré quelques échardes au contact d'une varangue.

Sang de sang de korrigan, comment ai-je atterri ici ?

Il tenta de se redresser. Aussitôt un vertige le saisit. Il passa la main à l'arrière de son crâne, sentit sa chevelure poisser sous ses doigts. Il les porta à ses narines.

Du sang. J'ai été frappé par-derrière. Mais quand ? Par qui ?

Il tenta de se souvenir. À cet instant, un sentiment de panique l'envahit. Ce qui précédait, tout ce qui précédait n'existait plus. Il ne se souvenait de rien. Pas même de son nom.

Instinctivement, il se recroquevilla sur lui-même. Il resta quelques minutes ainsi, prostré, désorienté, à l'affût, avant, peu à peu, de retrouver une respiration plus régulière.

Réfléchir. Je dois réfléchir. Me concentrer. C'est sûrement ce coup à la tête qui m'a fait perdre la mémoire. Ça va passer, parvint-il à se raisonner.

Il inspira, expira à plusieurs reprises, domptant peu à peu les élancements à l'arrière de son crâne, soulagé en partie par la disparition de sa douleur à l'épaule.

Bientôt, il se sentit mieux. Pas rassuré pour autant, mais davantage maître de ses émotions.

Il fit jouer ses articulations les unes après les autres, se mit à quatre pattes, fit le tour de la carène. À l'exception d'un rouleau de corde et de quelques barriques, il ne trouva rien. Au-dessus de lui, par contre, le bois craquait sous le poids des hommes qui allaient et venaient sur le navire. Un, plusieurs, il n'aurait su dire qui marchait. Il devina deux rangées de rameurs, une de chaque côté de la coque sur une belle longueur.

Le navire était imposant.

Était-il l'un des matelots ? Avait-il commis quelque sottise qui justifiât qu'on l'ait puni, enfermé là ?

Il se palpa en quête d'un indice, fouilla dans ses poches. *Vides.*

Il se pencha en avant.

Des sandales. C'est donc sûr. Je ne suis pas un marin. Ils vont toujours nu-pieds et équipés au moins d'un couteau.

Une voix, forte, criarde, fusa au-dessus de sa tête. À défaut d'en comprendre le discours, il en reconnut l'accent. Guttural, glacé.

Son cœur s'emporta aussitôt dans sa poitrine.

Des hommes du Nord.

Ils commerçaient paisiblement avec les côtes armoricaines depuis une vingtaine d'années, mais il arrivait parfois qu'un de leurs chefs déroge aux règles du négoce et profite d'une aubaine pour rançonner et piller les riverains.

Une sueur froide le parcourut. Il ne savait toujours pas comment il avait atterri à leur bord, mais il fut certain d'être leur prisonnier.

S'il ne voulait pas être vendu comme esclave, il devait trouver le moyen de leur échapper. Et vite !

35.

Ké tourna la tête vers sa mère. Lilwenn venait de s'arracher du passage entre les énormes blocs de granit.

— Personne dans la grotte, annonça-t-elle en remettant son glaive au fourreau. Il est venu seul.

— Je te l'avais dit, tenta de sourire Arguël.

Mais il était si pâle, si défait sous cette mèche plate lui fauchant la moitié du visage, que Ké y vit seulement une grimace de douleur supplémentaire.

— Je ne suis pas responsable de leur attaque, Lilwenn. Je n'ai pas trahi notre cause, insista Arguël, comme s'il avait deviné qu'elle le pensait.

Elle hocha le menton pour lui signifier qu'elle lui accordait le bénéfice du doute. Ne serait-ce que pour Ké.

Accroupi sur un rocher légèrement en surplomb, tendu, le jouvenceau se tordait les mains d'angoisse. Il surveillait chacun des gestes de Merzhin. Ceux-ci commençaient à porter leurs fruits. Le sang avait cessé de couler.

— Garde ta paume sur la couche de feuilles, Arguël, recommanda le druide avant de se tourner vers Lilwenn. Je ne peux rien de plus pour lui ici. Je dois faire bouillir de l'eau, nettoyer et assainir la plaie avant d'appliquer mon baume cicatrisant. Il faut le ramener à l'intérieur.

— Pas encore, Merzhin, tempéra Arguël en lui prenant le bras. Je me sens trop faible. J'ignore combien de temps je resterais inconscient si je m'évanouissais pendant le trajet. Mieux vaut que vous sachiez tout. Maintenant.

— Je suis d'accord, approuva Lilwenn en s'approchant de Ké dont le regard venait de s'embuer.

Devinant que son père craignait de mourir, il s'était redressé, les poings serrés sur sa détresse. Lilwenn le prit par les épaules et l'attira contre elle. Juste assez pour le réconforter sans lui donner le sentiment de sous-estimer son courage. Il allait en avoir besoin.

— D'accord, Arguël. D'accord, murmura à son tour Merzhin. Fais ce que tu dois. De mon côté, je vais m'activer dans la grotte. Si la fièvre ne monte pas une fois que j'aurai recousu ton entaille, tu auras une chance de te rétablir. Mais elle est mince. Il ne faut pas tarder.

Il se leva, laissa Lilwenn et Ké approcher à leur tour.

Ké s'agenouilla, s'empara des doigts ensanglantés que lui présentait son père, les serra doucement.

— Que s'est-il passé ? demanda Lilwenn en s'accroupissant de l'autre côté.

Le regard d'Arguël se fondit au sien et elle comprit : s'il devait mourir là, devant Ké, que ce soit dans l'illusion de cette famille qu'ils lui avaient donnée. Elle noua ses doigts aux leurs par-dessus sa poitrine.

Elle eut aussitôt l'impression que sa respiration s'apaisait.

— Je sortais d'une des tavernes de la cité lorsque j'ai vu passer quatre cavaliers portant blason de Vortigern sur leurs tuniques, commença-t-il sans cesser de la regarder. Ils se dirigeaient vers la maison de Langrain. J'ai aussitôt compris qu'ils venaient pour Arthur. J'aurais dû faire demi-tour, t'avertir, mais j'étais plus près de chez lui que de chez nous, alors, au pas de course, j'ai emprunté une rue parallèle dans l'espoir de les devancer et de prévenir Langrain. Las, quand il m'a ouvert, les autres me talonnaient déjà. Avant même qu'il ait pu verrouiller la porte, ils l'enfonçaient. Nous nous sommes battus comme des lions. Langrain surtout.

Il baissa la tête, la bougea de droite à gauche, reprit, la voix brisée.

— Moi j'étais trop saoul. Violent, belliqueux, ça oui, mais...

— Empoté, comprit Lilwenn en évitant de regarder Ké dont la mâchoire s'était mise à trembler.

Regrets, colère, honte ou chagrin, en cet instant, peu lui importait quels sentiments dévastaient son fils. Elle ne voulait pas lui montrer qu'elle les partageait. Tous.

— Je me suis pris les pieds dans un tabouret, continua Arguël en soupirant. Je me suis étalé au sol. Le temps que je me redresse, l'un avait saisi Langrain par-derrière, un autre lui décochait un direct au foie tandis qu'il tentait de se libérer. Le troisième sortait sa lame. Je ne sais pas comment j'ai réussi à échapper au quatrième qui fondait sur moi. L'instinct de survie j'imagine, quand j'ai vu Langrain tomber, la gorge tranchée. J'ai fui par la porte ouverte.

Ses mâchoires se crispèrent. Il ferma les yeux un instant, crissa :

— Comme un lâche. J'ai fui comme un lâche, Lilwenn. Quel déshonneur pour le guerrier que je fus !

Ké serra le poing. Des images défilaient devant ses yeux. Le souvenir, pas si lointain, de ces fois où il avait levé son bâton contre cet homme pour l'empêcher de s'en prendre à lui ou à sa mère. Sans imaginer un instant ce qu'ils étaient vraiment l'un et l'autre. L'un pour l'autre. Cela aurait-il changé quoi que ce soit ? Il l'ignorait.

— Continue, Arguël, le pressa Lilwenn pour distraire Ké de cette échappée en lui-même.

— Ils m'ont coursé et rattrapé un peu plus loin, à l'abri des regards. J'ai tenté de me défendre, mais je craignais de donner l'alerte, qu'une de nos connaissances ne s'approche pour me venir en aide et finisse comme Langrain. Ils m'ont coincé dans un angle de mur, à quelques pas seulement de la forge, me pressant de coups pour que je leur dise où trouver Arthur. Je n'ai pas cédé, Lilwenn. Je te le jure.

— Je te crois, papa, assura Ké.

Son père avait perdu son estime depuis longtemps, mais il était certain, il l'avait été depuis le début, qu'il était un homme d'honneur. Qu'il n'avait trahi personne.

Arguël l'en remercia d'un clignement des paupières avant de se tourner de nouveau vers Lilwenn.

— Je me refusais toujours à le leur livrer quand les Ténèbres sont tombées. J'ai senti la lame me perforer, entendu les chevaux s'éloigner, regagner la grand-rue. Ensuite, je ne me souviens de rien. Quand j'ai repris connaissance, la cité flambait. Je me suis douté que tu ne la quitterais pas. Que tu viendrais au chaudron si Arthur était pris. J'ai tenté le coup. Je ne voulais pas mourir sans vous avoir revus tous deux, sans vous avoir dit à quel point je regrettais. Sans être sûr que vous étiez en sécurité.

— Plus pour longtemps si l'on reste là, rétorqua Lilwenn en se redressant brusquement.

Tout pardon, si elle en était capable, viendrait plus tard.

L'incendie se rapprochait.

Au-dessus des rocs qui masquaient le passage, des broussailles s'étaient mises à crépiter.

36.

Soriot avait écouté Morgan sans l'interrompre. Il connaissait désormais dans le détail le contenu de ces visions qui l'avaient laissée épuisée au point qu'elle doive s'asseoir et, comme il l'avait prévu, manger.

— Qu'en penses-tu ? demanda-t-elle enfin en reculant jusqu'à la paroi de granit pour se caler le dos.

— Tu dis que le garçon dans la cité n'est pas le même que celui dans la cale du navire, mais qu'ils paraissent avoir le même âge, c'est bien cela ?

Elle réfléchit, se réappropria leurs visages, discrètement ourlés de barbe fine, naissante.

— Quinze, seize ans, je dirais.

— Tous deux pourraient être Arthur, en déduisit Soriot en sortant sa pipe et sa tabatière de sa petite besace de ceinture.

Fumer l'aidait toujours à se concentrer. Elle rejeta ses cheveux bouclés en arrière.

— Oui mais lequel ? Ké ? Le fait qu'il soit en compagnie de cette femme, proche de Vivian, et de Merzhin qui a forgé l'épée, penche en sa faveur. Et cet homme blessé près d'eux n'a pu l'être que par les hommes de Vortigern, si j'en crois l'incendie qui les encercle.

— Mais l'autre t'a semblé prisonnier et la douleur s'est réveillée à ton bras quand tu as voulu te rapprocher de lui.

Elle hocha la tête.

— Il y a autre chose dont je viens de me souvenir à propos de lui. Parmi les bruits qui me parvenaient, je suis sûre d'avoir entendu de l'anglo-saxon.

— Alors c'est lui qu'il faut privilégier, décida Soriot en tirant une bouffée.

C'était aussi ce que lui dictait son instinct, même si elle se sentait irrémédiablement attirée vers Ké. Comme s'il était aussi important qu'Arthur. Comme si leurs destins étaient entremêlés.

Elle soupira.

— Si tu as raison, Vortigern a été plus rapide que nous.

— Mais rien n'est joué. D'après la légende, c'est seulement à la date anniversaire de la mort du roi Pendragon que l'on peut tenter de retirer l'épée. Arthur ne risque rien jusque-là. Nous avons encore une chance de le sauver.

— Tu crois que Vortigern va le garder près d'Aval ?

— J'en doute.

Il se leva, s'en fut boire une gorgée de la source. Si enchantée soit-elle, elle n'en restait pas moins délicieuse et régénératrice. Puis il se tourna vers elle, la barbiche dégoulinante.

— Tu as réussi à repousser les Ténèbres que tu avais attirées, Morgan des Brumes. Vortigern va te craindre, désormais. Il mettra Arthur en sécurité à Londinium, dans l'une des geôles du palais.

— Alors, dans la mesure où nous ne pouvons pas le délivrer en mer, il faut que nous nous rendions là-bas aussi. Nous y serons toujours moins en danger qu'ici si le

Prince Rouge reste pour nous traquer. Et puis cela nous laissera le temps de préparer son évasion.

Il hocha la tête.

— Le port le plus proche permettant de rallier la Bretagne est celui de la Vieille Cité. Si nous coupons par la forêt dans un premier temps puis ressortons plus bas sur la côte et prenons une barque pour terminer le trajet par la mer, nous y serons largement avant la nuit. Nous n'aurons plus qu'à nous glisser discrètement dans le premier navire marchand prêt à appareiller au lever du jour.

— Ne tardons pas, décida Morgan en sautant sur ses pieds.

Elle se sentait ragaillardie, déterminée.

Elle lui tendit le bras. Il s'empressa d'y grimper.

37.

Un grincement à l'autre bout de la cale alerta Arthur, épuisé à force de fouiller dans sa mémoire vide. Il avait l'imprcssion quc cela faisait des heures qu'il essayait de se remémorer qui il était.

Un rayon de soleil tomba sur les clins, révélant les marches d'un escalier et confirmant ce qu'il avait déjà deviné : quelqu'un venait.

C'est peut-être ma seule chance de fuir... À condition que ce fichu navire ne soit pas en pleine mer.

Il repoussa un sursaut d'angoisse.

Bah, je verrai bien.

Discrètement, profitant de l'ombre qui l'enveloppait, il s'étendit sur le côté et feignit d'être toujours inconscient.

Le cœur battant, concentré sur la certitude qu'on le ligoterait s'il manquait son coup, il entendit craquer les marches, puis le plancher.

Les pas s'arrêtèrent près de lui. Au bruit du fer sur le bois, il comprit que l'homme déposait de la vaisselle. Une odeur de vin et de poisson lui chatouilla les narines.

Il releva légèrement les cils, jaugea son geôlier.

Pas très grand, sec. Il était capable d'en venir à bout.

Il attendit qu'il lui tourne le dos pour détendre ses jambes et le frapper brutalement à l'intérieur des genoux.

Déséquilibré, l'homme partit en avant, lâcha un juron. Arthur se jeta sur lui pour achever de le plaquer au sol puis, sans vergogne, ayant récupéré le cruchon au passage, le lui écrasa violemment sur le crâne. Une fois, deux fois. À la troisième, l'homme ne bougea plus. Saisi par la rapidité de l'attaque, il s'était à peine défendu.

Assis sur lui, Arthur s'immobilisa, le souffle court, l'œil en direction de la trappe refermée, inquiet d'en voir un second surgir, alerté par le bruit.

Rien…, finit-il par se rassurer.

C'était ce qu'il espérait. Entre le vacarme du tambour scandant la cadence des rameurs, le claquement de l'eau et les cris des oiseaux de mer, les risques étaient minces qu'il ait attiré l'attention des hommes du pont.

Je dois agir vite. Avant que quelqu'un ne s'inquiète de ne pas le voir reparaître.

Il abandonna son visiteur toujours sonné, se guida au bois de charpente pour compenser le roulis, gagna l'escalier et se hâta d'en monter les marches.

Si je me trouve nez à nez avec un autre, mon sort sera scellé…

Il souleva légèrement le dessus de la trappe. Rassuré de voir que l'équipage lui tournait le dos, il se hissa un peu plus afin d'embrasser l'horizon.

Se découvrir au large des côtes armoricaines lui fit l'effet d'un coup de fouet. Sa mémoire lui revint en bloc.

Les ténèbres… j'ai suivi ces cavaliers.

Il les revit disparaître derrière le lavoir, puis dans la grotte, en transe au-dessus d'un chaudron exhalant une fumée verte.

Ils n'étaient que trois…

Il couvrit instinctivement l'arrière de son crâne. Maintenant il savait. Il avait été assommé par le quatrième. Assommé et enlevé.

Son soulagement devant le ciel dégagé et lumineux ne dura que le temps d'apercevoir l'épaisse colonne de fumée qui dominait le promontoire rocheux sur lequel avait été bâtie la Vieille Cité. Il eut l'impression que son cœur se broyait sous l'effet d'une main invisible. Quoi qu'il se soit passé là-bas depuis sa perte de connaissance, tous devaient se battre contre les flammes.

Je dois y retourner, m'assurer que papa, Ké, dame Lilwenn et Arguël vont bien !

Il prit une grande inspiration, jaillit d'un bloc de la trappe. Le temps qu'on le reconnaisse et sonne l'alerte, il s'était jeté à l'eau, plus inquiet pour les siens que pour lui-même.

En quelques solides poussées, il s'écarta du navire. Mais il n'était pas dupe. La ligne de côte était distante de plusieurs centaines de brasses. Pour l'atteindre, il allait devoir lutter contre les courants, contraires à cet endroit. Auxquels s'ajoutaient à cette heure ceux du changement de marée. Et les récifs sur lesquels il risquait de se déchirer à tout instant.

Pourtant, sa plus vive inquiétude restait de ne pas retrouver les siens, qu'ils aient péri dans les flammes ou sous le glaive des Saxons.

Il retint sa respiration le plus longtemps possible, les yeux ouverts sur des profondeurs obscures, rejaillit à bout de souffle, prit le temps, cette fois, de regarder en arrière.

L'espoir de voir ses geôliers poursuivre leur route le quitta aussitôt. Une quarantaine de rameurs se trouvaient à bord, manœuvrant ce gros navire de forme allongée pour le diriger sur lui avec une aisance qui le déconcerta.

Au milieu d'eux, les trois mages et le soldat qu'il avait suivis jusqu'à la grotte s'agitaient comme des mouches bourdonnantes, le doigt tendu dans sa direction.

Pourquoi ne renoncent-ils pas ?

Somme toute, il n'était qu'un jouvenceau insignifiant. Un jouvenceau que la curiosité avait poussé à se trouver au mauvais endroit au mauvais moment. Qu'allaient-ils gagner à le reprendre ? Son silence ? La Vieille Cité était en flammes et quand bien même il aurait trouvé une oreille attentive, il aurait été bien incapable de dire à quoi, en vérité, il avait assisté dans la grotte.

Il se remit à nager.

S'il changeait régulièrement de cap, les obligeant chaque fois à rectifier leur trajectoire, ils finiraient peut-être par se lasser, par considérer que tant d'efforts ne valaient pas le prix qu'ils tireraient de lui sur un marché aux esclaves.

Il s'appliqua à son plan, allant dans un sens, puis dans l'autre tout en essayant de se rapprocher du rivage. Il ne tarda pas à s'épuiser. Il finit par s'immobiliser, resta droit dans l'eau, ballotté par la houle, le temps de reprendre ses forces, de juger de l'efficacité de sa méthode. Non seulement on lui donnait toujours la chasse, mais il repéra des têtes qui émergeaient de l'écume à intervalles réguliers. Il comprit alors que trois de ses poursuivants avaient plongé.

Sang de sang de korrigan ! jura-t-il en recrachant un peu d'eau salée.

Tout en continuant à mouliner des bras et des jambes pour se maintenir au ras des flots, il chercha à apercevoir une crique au milieu des étocs sur lesquels s'écrasaient violemment les lames. Il n'en vit aucune. La côte à cet endroit était trop rocheuse et déchiquetée. Il allait lui falloir avancer parallèlement au rivage pour en trouver une.

Il sentit le découragement le gagner. Le simple fait de rester statique dans le fort courant sous-marin le ramenait en arrière, réduisant la distance qui le séparait des Saxons. Il n'y arriverait pas. Pas dans ces conditions... Il devait changer de tactique. Laisser croire qu'il s'était noyé pour les forcer à abandonner.

Oui, c'est ça. Feindre une crampe, me laisser couler. Ils se laisseront berner. Ils ignorent que je ne crains pas la froidure de l'eau.

Il sourit en lui-même, se souvenant de toutes ces fois où Ké et lui jouaient à imiter les poissons, collant leurs bouches à la surface le temps de respirer et de mettre en place une farce à l'intention des pêcheurs de la Vieille Cité. Il lui suffirait de faire de même jusqu'au bateau, puis de s'accrocher à la poupe de la petite barque qu'il traînait. Ils ne penseraient pas à regarder là. Sitôt qu'il aurait repéré une anse accueillante, il nagerait sous l'eau pour s'en rapprocher tandis que les Saxons poursuivraient leur route.

Il se mit à agiter les bras en criant à l'aide, se laissa couler une première fois, remonta en donnant l'impression d'avoir avalé un paquet de mer, s'enfonça de nouveau, revint à la surface puis, feignant le désespoir et l'épuisement, disparut tout à fait.

38.

— Il est trop faible, maman, il ne pourra pas nous accompagner jusqu'à Brocéliande, chuchota Ké, un œil inquiet en direction d'Arguël qui suait à grosses gouttes, torse nu, sous les mains expertes de Merzhin.

Il reposait désormais sur le sol de la grotte, près de ce feu que le druide avait ravivé sous le chaudron pour remplacer la potion verte par un bouillon de simples.

Lilwenn planta un regard navré dans le sien, désemparé.

— Je sais, fils.

— Ta magie ne peut-elle rien pour lui ?

Elle lui caressa la joue.

— Elle permettra de le soulager quand Merzhin aura fini de le recoudre, de renforcer son aura pour lui permettre de guérir s'il s'accorde à la patience, mais je ne suis pas une faiseuse de miracles. La magie blanche n'existe que pour s'opposer à la noire, pour maintenir l'équilibre entre les forces, entre les énergies. Elle est protectrice, bienveillante, régénératrice. Elle lui donnera du temps.

— Mais nous, nous n'en avons pas assez pour attendre qu'il aille mieux...

— Non.

Ké sentit de nouveau ses yeux piquer. Il secoua la tête tristement.

— C'était déjà bien assez difficile de laisser Arthur aux mains de ses ravisseurs tout à l'heure. De ne pouvoir rien faire. Je ne peux pas recommencer, maman. Je ne peux pas aussi abandonner papa à son sort. Sans quelqu'un pour s'occuper de lui, il mourra, c'est sûr. Je ne me le pardonnerais pas.

Elle l'avait déjà compris. Elle l'attira contre elle.

— Merzhin et moi pouvons partir seuls. À la condition que tu me promettes de te montrer extrêmement prudent jusqu'à notre retour. Ta tante Vivian a fractionné et caché les pouvoirs de Merzhin dans plusieurs objets dont elle est la seule à connaître l'emplacement. Je ne pense pas que les récupérer et les lui rapporter pour qu'elle inverse le sortilège nous demandera plus d'une quinzaine de jours. Mais cela implique qu'elle se trouve bien à Brocéliande, comme je l'espère.

— Ne t'inquiète pas, maman. Je ne prendrai aucun risque. Je sais me débrouiller.

Elle le pressa dans ses bras. Elle avait souvent regretté qu'il ait grandi si vite. Aujourd'hui elle s'en félicitait.

Durant quelques minutes, Ké mémorisa consciencieusement chacun des gestes de Merzhin : dosage des simples à jeter dans l'eau du chaudron portée à ébullition, durée de décoction, filtration, application, nettoyage de la plaie.

Arguël n'avait pas prononcé un mot, concentré sur la douleur, refusant de la laisser s'exprimer. Seul son front perlé de sueur la trahissait. Front qu'à intervalles réguliers Ké épongeait, rafraîchissait.

Le druide avait approuvé sa décision de rester. Arguël devait bouger le moins possible pour avoir une chance de se remettre.

— Comme tu le vois, fils, j'en ai vu d'autres. Je survivrai, sourit l'ancien guerrier comme Ké promenait son index sur une cicatrice ancienne, de l'autre côté de la plaie béante.

Il ne s'était jamais demandé comment il avait pu s'abîmer autant, sur le torse, dans le dos.

Peut-être parce qu'il l'avait toujours connu avec ces marques.

Si elles faisaient partie de lui, au même titre que son rire, ses maladresses ou ses égarements, aujourd'hui il lui sembla que chacune d'elles racontait une histoire, un exploit, une part de lui qu'il aurait aimé connaître.

— Comment l'as-tu reçue, celle-ci ? demanda-t-il pour le distraire tandis que Merzhin faisait rougir une tige de fer dans les braises.

— En sauvant une fois de plus ta mère d'une situation délicate. Il y a une vingtaine d'années, lâcha Arguël en soutenant le regard soudain gêné de Lilwenn.

— Eh bien tu auras tout le temps de lui en raconter les détails, maugréa-t-elle.

Les traits d'Arguël se durcirent.

— Et toi celui de te demander comment tu as pu, une seule seconde, douter de mon intégrité après tout ce que nous avons traversé par le passé.

Elle le foudroya du regard, les poings serrés.

— Peut-être parce que en ce temps-là tu n'avais pas le vin stupide et mauvais…

— Suffit, vous deux, tempéra Merzhin en voyant Ké pâlir. Vous réglerez vos comptes quand tout cela sera derrière nous.

Ké lui sut gré de s'être interposé. Sa curiosité avait été éveillée, mais moins que sa confusion en voyant sa mère répondre ainsi à celui qu'il considérait toujours comme son père. Il n'avait pas mesuré à quel point elle avait dû prendre sur elle pour se montrer soumise à son autorité, à ses débordements.

Un jour, faudra qu'elle m'explique pourquoi...

Même si une part de lui le savait déjà. Sa mère s'en était tenue à son rôle. Toutes ces années. Pour le bien de sa mission. Que serait-il arrivé si elle s'était retournée contre Arguël, si elle avait fait voler en éclats cette famille artificielle ?

Rien de plus peut-être que ce qu'il est advenu aujourd'hui.

Mais Arthur et lui auraient-ils été capables, à ce moment-là, d'affronter leur destin ? Ce n'était pas sûr.

— Finissons-en, Merzhin, lança Arguël.

Ké retint son souffle, vit le fer rougi s'approcher de la plaie, s'y poser dans un crissement détestable et une odeur de chair brûlée.

Muscles tendus, étouffant un cri de douleur entre ses dents serrées, Arguël broya la main de Ké revenue dans la sienne tout en soutenant d'un œil de défi celui de Lilwenn. Il ne le baissa pas avant que Merzhin ait fini de cautériser la plaie puis de la recoudre.

Comme s'il avait voulu lui prouver que, malgré ses travers, il était toujours, lui aussi, celui d'autrefois... courageux, fort, digne de confiance et de respect..., songea Ké, livide, en sentant remonter en lui l'estime qu'il lui avait ôtée.

— À ton tour, mon garçon, lui lança le druide en lui présentant une boîte ronde au contenu cireux et odorant. Cet onguent va l'aider à cicatriser. Tu devras en enduire les points matin et soir après les avoir nettoyés. Ensuite, il te faudra bander sans trop serrer.

Ké s'appliqua à sa tâche, respectueux des recommandations du druide.

Lorsqu'il eut terminé, malgré l'extrême pâleur de ses traits, Arguël lui rendit en souriant la gourde qu'il lui avait tendue.

– Beau travail, mon fils. Je me sens déjà mieux.

– Parfait, lança Lilwenn.

Elle se décolla du mur contre lequel elle s'était appuyée pendant que Ké soignait Arguël, ajouta :

– Y a-t-il autre chose que nous devrions savoir avant de prendre la route, quelque chose que tu aurais repéré en venant jusqu'ici ?

Sa voix avait perdu son agressivité. Son regard posé sur lui aussi. Il hocha la tête.

– Des Saxons. Une quarantaine, je dirais. Ils se dirigeaient vers la halle. Je suppose qu'ils prévoyaient de passer la tour portière et de s'enfoncer dans les terres. Probablement en quête de prisonniers à revendre comme esclaves. Vous allez devoir redoubler de prudence sur le chemin.

Elle se tourna vers son fils.

– Toi aussi, Ké. Une fois que l'incendie n'aura plus rien à ronger dans la cité, ils y reviendront et en fouilleront les décombres en quête des biens qui auraient subsisté. Ici vous êtes en sécurité. Il y a peu de risques qu'ils explorent le promontoire et découvrent la faille qui mène ici depuis les gros blocs de rochers. Aucun de la cité ne l'a jamais remarquée tant l'ombre qui y règne donne l'illusion d'un cul-de-sac. Mais par mesure de prudence, je te suggère d'en boucher l'issue avec des pierres. La grotte n'en manque pas.

— D'accord maman, mais comment ferai-je pour sortir ? Je ne sais même pas comment on a pu entrer depuis le lavoir.

— La magie est un don avant de devenir une pratique. Tu le possèdes, Ké, et l'enchantement de ce lieu l'a ressenti. C'est pour cela qu'il t'a laissé passer. Tout comme il autorisera l'accès à ceux qui t'accompagneront. Les mages noirs étant repartis en emmenant Arthur, aucun danger ne viendra plus de là...

Elle détacha la pierre de lune qu'il lui avait toujours vu porter, la lui passa autour du cou, ajouta :

— ... Mais pour plus de prudence, garde ceci avec toi. Cela renforcera ces pouvoirs dont tu n'as pas encore conscience.

Il eut l'impression qu'une force nouvelle entrait en lui. Il s'en émut, enserra le bijou dans sa paume, bredouilla.

— Merci maman.

Elle lui décocha un clin d'œil complice avant de poursuivre.

— Sache aussi qu'il existe une troisième issue, tout au fond de cette cavité. Un boyau naturel qui court sur une cinquantaine de pas avant de se diviser en deux. Le premier descend à la grotte marine, qui, comme tu le sais, est immergée à marée haute. C'est probablement par là que les mages ont embarqué Arthur sur l'esquif. Il devait les attendre au pied de la falaise. Le deuxième ressort à plusieurs lieues de la Vieille Cité, près de la voie romaine, sous un dolmen. C'est lui que nous allons emprunter. Voilà, mon fils. Tout est dit. Nous devons y aller, à présent.

Elle le prit dans ses bras, déposa un baiser sur son front puis se détourna, Merzhin dans son sillage.

Elle fit quelques pas en direction du fond de la salle plongée dans l'obscurité puis ajouta, la gorge nouée :

– Exception faite de ces derniers mois, tu as été un merveilleux père pour Ké, Arguël. Fais en sorte de continuer…

39.

Morgan fronça les narines, le nez soudain agacé par une forte odeur de fumée. Elle s'immobilisa dans la futaie.

— Entends-tu ? s'affola soudain Soriot.

Malgré sa petite taille, il avait l'ouïe plus fine qu'elle. Elle tendit l'oreille. Perçut du vacarme, des craquements et des hurlements à peine étouffés par l'épaisseur des feuillus.

Elle avança prudemment. Cela faisait une petite heure qu'ils avaient quitté la salle située sous le menhir. Soriot l'avait guidée avec assurance dans la forêt marécageuse puis, au fur et à mesure que la terre était devenue plus ferme, jusqu'au littoral. Ils se trouvaient encore masqués par les arbres, mais la lisière n'était plus qu'à une soixantaine de pas et derrière, lui avait appris le korrigan quelques minutes plus tôt, ne se trouvait plus qu'une esplanade buissonneuse. Une langue de terre affleurant le haut de la falaise qui surplombait la mer et sur laquelle étaient rassemblées une quinzaine de huttes proches de la plage. Si elle y mettait le prix, l'avait-il convaincue, les habitants lui céderaient une de leurs barques de pêche.

— Cela provient du village, ajouta-t-il, inquiet.

Morgan l'avait déjà compris. Et cela ne lui disait rien qui vaille. Elle avança jusqu'au dernier tronc, épais et branchu, regarda en direction des bâtisses de bois. Ils n'en étaient séparés que par deux cents pas tout au plus. Son cœur se serra aussitôt. Le rempart de terre et de pierres qui clôturait le hameau ne suffisait pas à cacher l'ampleur du drame qui se jouait derrière. Une vingtaine de Saxons avaient envahi les lieux. Certains pillaient dans des hurlements de victoire avant d'incendier les toitures, d'autres rassemblaient les habitants terrifiés devant les portes défoncées de l'enceinte. Les hommes qui tentaient de résister étaient violemment battus, frappés de coups de masse ou de glaive. Une pucelle terrifiée se décida brusquement à fuir. Morgan la vit s'élancer en direction de la grève en contrebas. Elle fut aussitôt rattrapée par une brute hirsute qui la jeta au sol, puis la ramena parmi les autres en la tirant par les cheveux. Ses hurlements de douleur le faisaient rire à gorge déployée.

— N'essaie même pas, Morgan des Brumes. Ou c'est nous qui serons perdus, la freina Soriot dans son élan pour venir en aide à ces gens désespérés.

Morgan dut se faire violence pour l'écouter, des larmes brûlantes au fond des yeux.

— Je pourrais... Je pourrais...

— User de magie ? Obliger ces barbares à fuir en leur donnant l'illusion qu'un monstre surgi de nulle part va les dévorer ? Et après ? Regarde la mer, Morgan des Brumes, regarde...

Elle tourna la tête. Une imposante flotte, ancrée au large, suivait la ligne de côte.

— Il n'y a pas que ce village qui est attaqué. Tous le sont ou le seront bientôt, hélas, se lamenta Soriot en secouant douloureusement la tête.

Un sanglot remonta le ventre de Morgan.

Des dizaines de petits villages ressemblant à celui-ci ponctuaient le littoral armoricain et cet azur qu'elle avait réussi à ramener vers la lumière se trouvait de nouveau voilé par des colonnes de fumée. Il n'était pas difficile d'imaginer que tout lieu habité était en flammes et sa population aussi rudement traitée que celle-ci.

Elle dut reculer, s'adosser au tronc creux, les jambes fauchées par ce constat d'impuissance, un nœud dans la gorge.

– Signale ta présence, et ta mission sera morte avant même d'avoir commencé. Nous devons rester discrets, Morgan des Brumes. Si difficile que cela te soit. Il n'y a que l'héritier de l'épée enchantée, il n'y a qu'Arthur qui puisse s'opposer à Vortigern. Il est le seul, avec ton aide, à pouvoir le chasser de Bretagne. À pouvoir empêcher que ce que tu vois là se reproduise. Voilà pourquoi il ne faut s'occuper que de le sauver de ses griffes.

Elle savait qu'il avait raison, mais c'était une part d'elle qu'elle eut le sentiment d'abandonner avec ces familles.

– Que vont-ils leur faire ?

– Ce qu'ils font toujours. Les réduire en esclavage. Pour leur compte ou sur les marchés du Nord. C'est ainsi que Vortigern les paie pour leurs services. En les laissant massacrer, piller, prendre… détruire…

Sa voix s'était brisée. Il savait de quoi il parlait. Il avait déjà vécu cette scène, quinze ans plus tôt, dans son propre village, avec sa propre famille.

Elle lui prit la main, la serra entre ses doigts tout en revenant sous le couvert des arbres. Désemparée, elle se laissa choir sur une souche morte.

– Et maintenant ? J'imagine qu'il faut changer de plan si l'on veut atteindre la Vieille Cité et son port.

— Pas nécessairement. Les Saxons ont la réputation de craindre les malades au point même d'hésiter à les tuer de peur de contaminer leurs armes. Si tu parviens à leur faire croire que tu représentes un danger pour eux, ils ne s'approcheront pas.

Elle regarda autour d'elle, avisa quelques pieds d'ortie.

— Je vais me frotter avec. Ma peau sera vite rouge et couverte de cloques.

— Ce sera douloureux…

— Pas autant que de fermer les yeux sur le sort de ces gens. Et puis j'ai emporté de l'onguent. Je l'appliquerai une fois que nous serons en sécurité. Il faut trouver le moyen de descendre sur le rivage et de revenir vers les barques sans passer devant le village. Je ne suis pas sûre de rester maîtresse de mes réactions si l'une de ces brutes s'en prend à un enfant.

Il approuva d'un hochement de tête.

— Remontons vers le nord par la forêt. On ressortira un peu plus loin sur la falaise et on cherchera un accès. Mais mieux vaudrait que tu aies déjà l'air contagieuse pour le cas où l'on serait surpris par une autre troupe en quittant le couvert des arbres.

— D'accord. Cache-toi dans la besace. Et prie la déesse mère pour que la chance soit de notre côté.

Elle attendit qu'il ait rabattu le revers de cuir sur lui pour se pencher et arracher une poignée d'orties. Puis, sans hésiter, espérant que la douleur physique atténuerait celle de sa conscience, elle s'en frotta vigoureusement le visage, les bras, les mains et les pieds.

40.

— Je vais essayer de trouver de la nourriture dans la cité. Avec un peu de chance, les Saxons n'y seront pas encore revenus, annonça Ké une fois que sa mère et Merzhin eurent disparu.

— Bonne idée, fils. J'en profiterai pour dormir un peu. Après nous parlerons. Il y a des choses que tu dois savoir. À propos de ce foutu druide... et de ta mère.

Ké s'accroupit à côté de lui, un sourire triste en réponse au sien.

— Je sais déjà. Elle m'a tout raconté. Je sais que c'est lui mon père. Mais cela ne change rien pour moi. Ce n'est pas lui qui m'a appris tout ce que je sais. Ce n'est pas lui qui...

— Te battait ces derniers mois sans autre raison qu'un vin mauvais, le coupa Arguël en soutenant son regard. Je n'en suis pas fier, Ké. J'ai failli partir plus d'une fois après avoir dessaoulé. Pour éviter de recommencer. J'aurais fini par le faire, je crois, si tu n'avais réussi à prendre le dessus, à me remettre à ma place. J'avais besoin que quelqu'un le fasse. J'avais besoin que ta mère le fasse. Mais...

Ké hocha la tête. Quelques jours plus tôt, Arguël avait levé le poing sur lui pour une broutille. Il le lui avait retourné derrière le dos, lui avait écrasé la joue sur le plateau de la table, l'y avait maintenu jusqu'à ce qu'il soit calmé. À l'autre bout de la pièce, un torchon dans ses mains mouillées, sa mère l'avait regardé faire. Sans rien dire. Sans bouger.

Il lui tapota l'épaule.

— Dors, papa. Nous aurons tout le temps de discuter. De cela et de tes exploits passés aussi. Je serai de retour bientôt.

Il se redressa, s'assura, avant de se glisser dans la faille ramenant au lavoir, que son père s'abandonnait au sommeil, puis marcha d'un pas vif jusqu'au mur enchanté.

Quelques minutes plus tard, il parvenait dans la Vieille Cité et prenait la mesure du désastre. L'incendie avait déjà décimé les bâtisses de bois et de torchis. Seuls les baraquements romains, faits de briques, étaient encore debout, mais certains de leurs murs étaient éventrés et des flammes rongeaient toujours les charpentes. Le feu continuait à courir d'arbre en arbre, dévastant ce qu'il léchait, grondant comme une forge que le vent de nord-ouest attisait.

La gorge et les poumons griffés par la fumée, il pénétra dans les décombres d'une petite habitation. Le plafond avait crevé, libérant le ciel. Des solives charbonneuses, brisées, rongées à demi, zébraient la pièce de vie. Il avança prudemment sur le sol chaud, évitant les morceaux de tuiles et les brandons rougeoyants, inquiet des craquements suspects au-dessus de sa tête. L'air lui-même brûlait. Il parvint à réunir trois petits pots de terre cuite contenant de la graisse et une modeste bonbonne de vin épicé. Rien qui leur permettrait de faire bombance et de tenir jusqu'au retour de Lilwenn…

Il les fourra malgré tout dans une besace au cuir noirci et craquelé qu'il récupéra à un clou, se promettant de dédommager son propriétaire si un jour il revenait.

Il sortit, le cœur lourd, par un pan de mur éventré, zigzagua entre les débris, se dirigea, aux aguets, vers la rue principale. Un silence de tombeau régnait sur la Vieille Cité, uniquement troublé par le crépitement lugubre de l'incendie sur la forêt.

Chaque maison encore debout était un défi qu'il se devait de relever s'il voulait que son père survive.

Et un chant d'adieu à son passé.

41.

Arthur atteignit l'arrière de la barque à la limite de l'évanouissement. Des papillons devant les yeux, il s'agrippa à la poupc, comptant sur sa haute forme arrondie pour le dissimuler des occupants du navire.

Imiter les poissons dans la baie ou le Léguer était facile. Au large, avec le brassage des vagues, c'était bien plus hasardeux qu'il ne l'avait imaginé. Il avait avalé autant d'eau que d'air. Finalement, à mi-parcours, il avait dû sortir la tête, prendre une profonde inspiration, en priant pour que les membres de l'équipage ne l'aperçoivent pas. Avant de replonger, il avait vu le mage resté à bord avec l'homme qu'il avait assommé scruter méticuleusement la mer. Il n'était pas certain de ne pas avoir été repéré.

La joue écrasée contre le relief, le cœur cognant douloureusement dans la poitrine, il attendit. Personne ne tira sur la corde pour rapprocher la barque du navire et le saisir. Lors, il s'écarta légèrement, regarda en direction des nageurs. Ils disparaissaient sous l'eau puis émergeaient à intervalles réguliers autour de l'endroit où il avait feint de couler.

Ils le cherchaient toujours.

Pourquoi perdre tant de temps avec moi ?

Ajoutant à son incompréhension, le ton venait de monter sur le navire. Deux hommes s'invectivaient. S'il ne comprenait pas ce qui se disait, il pouvait déceler une profonde anxiété dans leur échange.

On dirait qu'ils ont peur de ne pas me repêcher. C'est à n'y rien comprendre. Je ne représente pas une meilleure valeur marchande qu'un autre de mon âge. Au contraire, ma mort devrait les soulager, si leur crainte était que je dévoile le secret du lavoir.

Il revint se coller à la poupe, se positionna de manière à se reposer. Convaincu qu'ils finiraient par se lasser, il s'arma de patience, les yeux fermés.

Il comprit que les recherches avaient enfin cessé lorsque l'un des deux querelleurs s'époumona.

— Non, non, non ! Je vous interdis de remonter à bord. Vous ne pouvez pas abandonner !

L'homme avait parlé en gaulois cette fois.

Est-ce parce que celui à qui il s'adresse en est un ?

Comme pour lui donner raison, une voix puissante, ulcérée, couvrit le cri des oiseaux de mer.

— Plongez donc vous-même !

— Je l'aurais fait si je savais nager. Tout plutôt que retourner auprès de Vortigern sans lui !

Arthur suspendit son souffle.

Vortigern ? Le roi de Bretagne ?

— Alors saisissez-en un autre !

— Un autre ne retirera pas l'épée du roc !

L'épée enchantée. Ils me prennent pour l'héritier de l'épée enchantée. Voilà qui explique tout, s'amusa intérieurement Arthur qui avait plus d'une fois entendu parler de cette légende par la bouche des bardes venus distraire les habitants de la Vieille Cité.

– Eh bien vous n'aurez qu'à dire que vous vous êtes trompé !

– Fol ! Vous êtes devenu fol ! Il finira par connaître la vérité. Il finit toujours par connaître la vérité. Et la vérité est que vous l'avez laissé filer !

Il avait dû se tourner, désespéré, vers l'homme qu'Arthur avait assommé, car la réponse de celui-ci fusa.

– Cela ne serait pas arrivé si vous l'aviez ligoté ! Il s'est jeté sur moi comme un diable !

– Suffit ! tonitrua la voix puissante. Nous sommes tous responsables.

– Que proposez-vous ? Vortigern nous attend avec lui. Nous serons morts avant même d'avoir parlé si nous ne l'avons plus, lança une voix aigrelette qui ne s'était pas encore exprimée.

Un silence, lourd, pesant, enveloppa le navire.

– Vous êtes des mages noirs. Ne pouvez-vous donc ramener son corps à la surface, le ranimer ?

De nouveau cette voix puissante, autoritaire.

Ce doit être le quatrième, celui qui m'a assommé dans la grotte, déduisit Arthur de plus en plus perplexe.

– Ne soyez pas stupide ! L'Autre Monde n'est pas un royaume d'où on revient si facilement. Nous n'avons que deux options : fuir Vortigern ou lui avouer qu'Arthur est perdu.

Arthur se tendit.

Arthur ? L'héritier de l'épée se nommerait donc comme moi ? Voici qui justifie leur méprise, même si je me demande bien comment ils m'ont identifié. C'est moi qui les ai suivis jusqu'à la grotte.

Un instant il imagina que des centaines d'autres mages parcouraient l'Armorique à la recherche de tous les garçons se prénommant Arthur, faisant tomber les Ténèbres et lançant des sortilèges pour que ceux-là, comme lui, soient appelés à les rencontrer. Il frissonna. Hier il aurait trouvé cette idée stupide, mais hier encore il ne croyait pas à la magie. Aujourd'hui, après ce qu'il avait vu au lavoir, dans la grotte, il ne savait plus que penser.

Quoi qu'il en soit, cela ne change rien. Je n'ai aucune envie d'être présenté à ce despote. Je dois leur échapper.

— Attendons encore un peu. Son corps ne devrait pas tarder à flotter s'il s'est réellement noyé. Dans le cas contraire, nous longerons la côte. Mort ou vif, nous finirons bien par le retrouver, lança finalement le meneur, arrachant un soupir agacé à Arthur.

Fuir n'était pas encore gagné.

42.

Morgan posa enfin un pied ferme sur l'un des innombrables rochers dont était formée la grève. Les éboulis qu'elle venait de descendre au sortir du couvert des arbres avaient monopolisé toute son attention. Elle avait dû prendre garde aux cailloux qui roulaient sous ses sandales, menaçant de la précipiter au pied de la petite falaise, et subir, à chaque faux pas, la griffure des pierres tranchantes sur ses chevilles déjà tuméfiées par les piqûres d'ortie. Elle ressortait de cette descente les muscles tétanisés.

— Nous y sommes, lança-t-elle, soulagée, à Soriot toujours dissimulé dans la besace. Personne alentour pour l'instant.

Il redressa la tête, inspira un peu d'air frais, l'œil en direction de cette flotte qui barrait l'horizon redevenu d'azur. Elle était ancrée à quatre cents brasses d'eux environ et chacun de ces gros navires ressemblait aux cyul[1] qu'ils avaient vus s'approcher de l'île d'Aval. Même

1. Cyulae au singulier. Nom des bateaux germains de l'époque. Mus par trente ou quarante rameurs, capables d'atteindre une vitesse de huit nœuds, ils étaient munis d'une quille à peine saillante qui leur permettait d'échouer sur une côte sableuse et de petites barques, accrochées à la traîne, pour aborder n'importe quel autre rivage soumis à de fortes variations de marée ou parsemé d'étocs.

ligne très allongée[1], parfaitement symétrique. Certains affichaient une tête de dragon à la proue et à la poupe, d'autres sur la coque. Celui qui leur faisait face n'était plus occupé que par une poignée d'hommes accoudés au plat-bord. Fort heureusement, la petite taille de Soriot leur interdisait de découvrir ce qu'il était : un korrigan que le Prince Rouge avait rendu visible aux humains pour, à l'époque, l'empêcher de s'évader. Un sortilège que Vivian n'était, hélas, jamais parvenue à inverser.

— Si je pouvais les faire disparaître, tous, d'une seule pensée, soupira Morgan qui avait toujours aimé regarder cette mer cristalline, oscillant entre le bleu, le vert profond et le turquoise, tel un bijou qu'enchâssait le rose grisé des récifs et qui chatoyait sous le soleil.

Une merveille, d'ordinaire.

Une merveille que cette barrière de dragons écrasait.

— Tu le pourras. En accomplissant ta mission. Vaille que vaille, Morgan des Brumes, ce qui doit advenir est déjà tracé, tu le sais bien. Sans quoi l'on ne pourrait rien prédire.

Les yeux plissés sous l'éclat de cet astre qu'ils avaient tant espéré au cœur des Ténèbres, elle sourit tristement. Malgré les nombreuses leçons que dispensait l'Aïeule aux Blanches Mains aux novices, elle avait toujours détesté regarder dans une boule de cristal. Peut-être parce que son don de double vue ne s'était jamais ouvert. Elle se demanda un instant si Vivian ne l'avait tout simplement pas bloqué pour lui épargner d'entrevoir son destin trop tôt.

Quel qu'il soit, il est lié à Arthur. Il l'a toujours été. Allons, mieux vaut ne pas tarder, cela pourrait éveiller les soupçons des Saxons restés à bord.

1. 23 mètres sur 3,25 dans la plus grande largeur.

Elle avança précautionneusement sur les amas de rochers. Par endroits, leur surface polie par le jeu des marées ou couverte de lichens était plus glissante qu'une plaque gelée. À d'autres, les coquillages qui s'y accrochaient étaient si nombreux qu'elle devait faire attention que l'un d'eux ne lui entaille pas les orteils à travers ses sandales de corde. Elle se rapprocha ainsi de l'aplomb du village, perturbée de plus en plus souvent par les lamentations des familles de pêcheurs qui se mêlaient aux cris des mouettes. Le cœur broyé mais d'autant plus déterminée, elle parvint enfin devant une avancée rocheuse qui lui masquait la plage et les barques convoitées.

— Je vais te secouer un peu, prévint-elle le korrigan en changeant la besace d'épaule pour ne pas risquer de le cogner contre le roc.

Elle s'accrocha à pleines mains à ses anfractuosités, s'y colla pour amoindrir la pression des vagues sur ses mollets puis, l'ayant contourné, reprit pied de l'autre côté sur la grève formée de galets. À une centaine de pas de la pente douce qui la reliait au village.

— C'est bon, je suis passée. Mais nous ne sommes pas sauvés pour autant, soupira-t-elle le cœur serré. J'avais espéré qu'ils seraient toujours sur la falaise et que je pourrais passer inaperçue, mais c'est trop tard. Ils embarquent déjà leurs prisonniers.

Elle sentit son tourment monter d'un cran. L'un des Saxons venait de tendre son index dans sa direction.

— Je suis repérée. Ne bouge plus surtout. Le moindre de tes gestes animera le cuir de la besace et pourrait éveiller leur curiosité malgré mon aspect.

Le vent s'était levé, ce vent de nord-ouest qui annonçait toujours le changement de marée. Elle secoua la tête pour chasser une mèche venue lui chatouiller le visage. Un supplice sur les cloques qui l'embrasaient. Mais une bénédiction peut-être si leur stratagème fonctionnait.

Elle se cassa légèrement en deux, reprit sa marche au-devant de deux barbares qui s'étaient détachés du groupe et fonçaient vers elle en hurlant, dague et massue au poing.

Ils ralentirent en ne la voyant pas s'enfuir, puis s'immobilisèrent, frappés d'effroi, lorsqu'elle fut suffisamment près d'eux pour que ses tuméfactions leur apparaissent. Elle fit mine de trébucher, de tousser, plissa des yeux comme si elle était hagarde, passa le revers de sa manche sur son front, laissant supposer qu'elle était en proie à la fièvre. Cela suffit pour qu'ils échangent un regard et repartent aussitôt en courant et en agitant les bras.

Leurs hauts cris tuèrent jusqu'à celui d'un cormoran qui s'époumonait au-dessus des flots.

Avant même qu'elle n'ait atteint les barques de pêche, tous, terrifiés, avaient chargé leurs prisonniers et ramaient à toute allure en direction de leur navire.

43.

Ké s'adossa au portail éventré d'une taverne. Partout le même constat navrant. Ce qui était consommable avait été la proie des flammes. Même les bonbonnes de vin avaient éclaté. Il avait à peine réussi à récupérer quelques pots de sardines à l'huile et une longe de porc séchée. Rien qui lui permettrait de tenir la semaine. Alors davantage… Les volailles étaient si calcinées dans les poulaillers qu'il n'avait pas seulement pu décrocher un reste de chair sur un os. Il en était de même pour les deux cochons de lait qu'il avait découverts sous une charpente. Ce qui n'était pas écrasé, inaccessible, était irrécupérable. Il aurait bien tenté de dégager les gravats pour découper un morceau de viande pas trop mâchée, mais c'était un risque qu'il ne pouvait prendre. Les Saxons étaient susceptibles de revenir à n'importe quel moment. Qu'il soit capturé, et son père mourrait.

Ne pas se décourager. Il reste la cave de mon maître…

De là où il se trouvait, prisonnier de cette fumée qui refusait de se déliter, il lui était difficile de savoir si l'ancien baraquement romain avait résisté. Il en avait bon espoir au vu des autres moins imposants, abîmés mais toujours debout. Si l'accès à l'escalier n'était pas bouché, il trouverait dessous de quoi se sustenter, bien plus longtemps qu'il ne le faudrait. La réserve du verrier passait pour la mieux garnie de la cité. Il lui arrivait même, souvent, de dépanner un voisin dont la récolte avait été moins bonne qu'espéré.

Ké se décolla de son appui et remonta la rue, gardant le repli de son coude en travers du visage pour limiter l'irritation de son nez et de sa gorge. Il eût aimé pouvoir protéger aussi ses yeux qui larmoyaient, mais il devait vérifier le sol avant chaque pas tant il était encombré de débris et de cadavres calcinés percés de flèches.

Il parvint enfin à l'adresse du verrier. La bâtisse semblait debout. Les volets toujours bouclés. Il tenta d'ouvrir la porte.

Verrouillée.

Un sursaut d'angoisse le saisit. Tout semblait tel qu'il l'avait laissé en partant.

Serait-il encore là ? Avec sa famille ?

Il était inconcevable que la toiture ait été épargnée quand les autres avoisinantes s'étaient effondrées.

Je dois vérifier.

Il s'engagea dans l'impasse attenante. À l'extrémité se trouvait l'entrée de la cour intérieure. C'était par là que l'on accédait à l'atelier d'un côté, à l'arrière de la maison de l'autre. Au bout de quelques pas, son cœur se serra un peu plus. Une partie du pignon s'était écroulée. Pierres charbonneuses et bois calcinés prouvaient qu'ici aussi le feu avait fait rage. Si son maître avait choisi de rester, affolé comme il l'était par les Ténèbres, il y avait peu de chances pour qu'il en ait réchappé.

Il continua à longer les décombres, puis le mur de clôture, espérant passer par le portail. Las, il n'en demeurait rien. Rien qu'un amoncellement de tuiles, de brandons rouges, si fumants encore qu'il fut pris d'une violente quinte de toux et dut rebrousser chemin.

Désespéré, il fit le tour de la bâtisse. Enfin, le mur nord lui offrit l'occasion qu'il espérait. Déchiré en deux, il permettait le passage d'un homme. Ké n'hésita pas davantage. Précautionneusement, il escalada l'éboulis et se glissa dans la faille. De l'autre côté, l'odeur de brûlé était encore plus forte, les débris plus nombreux.

La cave… Je dois trouver la cave, c'est ma priorité…, se focalisa-t-il en luttant contre une brutale migraine.

Une fois qu'il serait assuré de pouvoir nourrir son père, il fouillerait les ruines, même s'il eût préféré ne pas savoir, rester dans l'hypothèse que son maître avait filé avec les siens au début de l'incendie.

Il avança, au jugé, contournant les obstacles à l'aveugle, se rapprochant peu à peu. Au détour d'un couloir, l'espoir revint. Le corps de logis était en meilleur état qu'il ne le craignait. Il lui sembla même apercevoir de la lumière dans la pièce principale. Il s'approcha davantage de l'entrée.

On dirait le halo d'une lampe… Ce serait un vrai miracle…

Il allait appeler son maître lorsqu'un rire gras éclata dans le silence, aussitôt suivi d'un rot magistral et de quelques mots d'anglo-saxon.

Il se figea, désenchanté, retint son souffle.

Leur repaire. Je suis tombé dans leur repaire.

Une plainte s'éleva.

— Donnez-nous au moins à boire.

Il reconnut aussitôt la voix fluette de l'épouse de son maître.

Le cœur suspendu, se doutant déjà de ce qu'il allait découvrir, il ôta ses chaussures, les glissa dans sa poche puis progressa sur la pointe des pieds jusqu'à l'encadrement de la porte. Un regard discret par l'ouverture lui permit de compter huit guerriers et une quinzaine de prisonniers, encordés ensemble, parmi lesquels le verrier, sa femme, leur fils, le forgeron et son frère.

Impossible de les aider pour l'instant, songea Ké, désemparé. *À la nuit tombée peut-être... quand les gardes dormiront...*

Pour l'heure, il devait revenir à l'essentiel : assurer la survie de son père.

Le plus silencieusement possible, il parvint à l'escalier de la cave. L'accès avait lui aussi été épargné.

Il descendit, vida le contenu des étagères jusqu'à emplir sa besace, puis ressortit de la bâtisse comme il était entré.

44.

Les rameurs avaient repris leur cadence sur le cyulae, entraînant la barque et Arthur, qui s'y accrochait toujours, dans leur sillage. Lassés de scruter la surface des flots, les mages leur avaient ordonné de longer la côte dans l'espoir que le courant y ramènerait son corps. Ils s'en étaient rapprochés d'autant, permettant à Arthur de l'atteindre sans danger. Il s'armait donc de patience depuis plusieurs minutes, guettant la moindre trouée de sable entre les avancées rocheuses et déchiquetées. Il finit par apercevoir une berge caillouteuse qui n'était pas enchâssée dans des récifs. Elle remontait en éboulis jusqu'aux premiers arbres d'une forêt. Gravir ces roches instables avec sandales et vêtements trempés ne serait pas facile, mais au moins saurait-il s'y diriger. Il s'y était déjà aventuré pour chasser avec son père. Il attendit d'en être le plus proche pour se détacher mollement de l'esquif. Il resta un long moment le nez affleurant la surface, faisant du surplace. Puis, lorsqu'il jugea que le navire s'était suffisamment éloigné, il se remit à nager.

Une dizaine de minutes plus tard, il reprenait pied sur la grève avec le sentiment, enfin, d'être sauvé. Il se pencha en avant, les mains sur les cuisses pour reprendre son souffle avant d'attaquer sa grimpée.

Son répit fut de courte durée.

Porté par le vent, un hurlement de rage ne tarda pas à lui parvenir aux oreilles.

Il tourna la tête par réflexe, mais il savait déjà.

Peu importait qui l'avait repéré, les trois mages avaient le regard braqué sur lui.

Quelle portée peut bien avoir un sortilège ? se demanda-t-il, anxieux.

Il n'en avait aucune idée. Mais il n'avait pas envie de le vérifier.

Au moins, puisqu'ils me veulent vivant, n'ai-je pas à craindre leurs flèches, se consola-t-il.

Il avança au milieu des rochers. Il entendit fuser des ordres, le tambour changer de cadence. Les rameurs ne seraient pas longs à venir échouer le bateau à l'endroit même où il se trouvait et à en jaillir pour se lancer à sa poursuite.

Vite… Je dois fuir au plus vite…

Il gagna le pied de la falaise. Il en avait sous-estimé la hauteur depuis le large. Elle culminait à presque deux toises, mais il n'avait pas le temps d'explorer la crique, de chercher un meilleur passage.

Il commença à escalader la coulée de granit qui lui faisait face, s'agrippant des mains, poussant des pieds. Plusieurs fois, une pierre se détacha sous sa semelle, faussant son équilibre. Il parvint pourtant à se maintenir, renforcé par la certitude qu'il devait, coûte que coûte, échapper à ces hommes pour rentrer chez lui.

Il atteignait le sommet, soulagé, lorsque s'éleva le son d'une corne. Il attendit d'être sous le couvert des arbres pour regarder en bas. Le navire n'était plus qu'à une dizaine de brasses du bord. C'était un des mages qui avait claironné. Il recommença. C'est alors qu'il les vit. Les autres navires. Armée de dragons dont les gueules peintes regardaient en direction des terres. Il en compta quatre au nord, trois au sud, mais il fut certain à cet instant qu'ils étaient plus nombreux, qu'ils verrouillaient les côtes armoricaines.

À la recherche d'Arthur. Et désormais à ma recherche, frémit-il en entendant d'autres cors répondre à celui du mage.

Pris de terreur, il se mit à courir, sautant comme un cabri par-dessus les arbustes, zigzaguant entre les troncs épais. Lorsqu'il se jugea suffisamment avalé par la végétation, sans ralentir son allure, il obliqua en direction du Léguer.

La rivière se jetait dans la mer à une grosse demi-heure de là, s'il ne s'était pas trompé dans ses repères. Il devait atteindre son bord, coûte que coûte. Ensuite, il faudrait qu'il traverse à la nage pour rejoindre le port puis la tour portière qui marquait l'entrée nord-est de la Vieille Cité.

Y arriver avant eux. Avant qu'ils ne me reprennent.

Il devait savoir quel avait été le sort des siens.

C'était sa seule motivation. Son seul souhait.

Ensuite adviendrait que pourrait.

45.

Ké n'en pouvait plus. À force d'avoir respiré trop longtemps ces fumées nocives dans la cité calcinée, sa tête était devenue lourde. Ses poumons sifflaient, sa gorge et son nez étaient irrités, ses yeux larmoyaient. Se retrouver dans la petite cavité située au-dessus du lavoir lui donna le sentiment de pénétrer dans un sanctuaire.

Il prit le temps de récupérer un peu pour ne pas inquiéter son père puis gagna la grotte.

Arguël y somnolait, le front perlé d'une sueur aigre. Malgré la tiédeur du lieu, il grelottait.

La fièvre, s'affola Ké.

Il déboucha sa gourde, la lui porta aux lèvres, le forçant à soulever les paupières.

— Merci, fils, sourit Arguël après avoir bu quelques gorgées. J'avais la bouche sèche.

Ké lui toucha le front.

Brûlant.

Il ne s'était pas trompé.

Il se redressa.

— Repose-toi. Je vais préparer ce qu'il faut.

Il se dirigea vers le chaudron que Merzhin avait nettoyé puis regarni d'eau pure avant de partir. Le foyer était au ralenti dessous, les morceaux de bois à peine attaqués. À son approche, les flammes jaillirent, léchant en quelques secondes le cul de fer.

Probablement l'effet de mon collier. Il doit raviver le charme que maman a jeté.

Il l'avait vue souffler sur les braises en chuchotant. Il regretta seulement qu'elle ne l'ait pas fait jusque-là. Cela lui aurait épargné de nombreuses corvées.

Tandis que l'eau montait en température, il récupéra l'un des sacquets de toile que le druide avait déposés sur une roche plate. Il en avait laissé trois, tous tirés de la lourde besace qui lui barrait la poitrinc.

À croire qu'il a emporté la moitié de sa cabane, s'était-il fait pour réflexion quand il l'avait vu la vider.

Ké défit la cordelette qui fermait le pochon, porta le contenu à ses narines.

Rhizome de chiendent, chardon-Marie, écorce de saule blanc, racines de réglisse et de chicorée, petite centaurée, oseille, énuméra-t-il ainsi que sa mère lui avait appris à le faire.

Il sourit en comprenant qu'elle n'avait finalement jamais cessé d'être elle-même. Sans en avoir l'air, elle lui avait transmis une part de son savoir. Si besoin était, il pourrait de nouveau récolter ces simples et les doser judicieusement. Aucune fièvre n'y survivait longtemps.

Une bouffée de tendresse le submergea.

Elle m'a préparé. Tout au long de ces années. Elle m'a préparé à me débrouiller seul.

Brusquement, il prit conscience qu'Arthur et lui savaient faire bien plus de choses que les autres de leur âge. Et c'était à Langrain, Arguël et Lilwenn qu'ils le devaient.

Il jeta une poignée du mélange dans l'eau frémissante puis revint s'asseoir près de son père.

– Ce sera prêt dans une dizaine de minutes.

– Aide-moi à me redresser un peu, fils.

Ké chercha de quoi lui soutenir le dos, opta pour quelques pierres rondes qu'il disposa en monticule derrière lui, s'excusa.

– Je n'ai pas mieux.

– C'est déjà beaucoup, assura Arguël en se calant pour en dompter la rudesse. Il fut un temps où je ne dormais pas ailleurs que par terre, sous les étoiles et par n'importe quel temps. Un poignard dans une main et les sens aux aguets. En permanence. En ce temps-là, ta mère, Langrain, Merzhin et moi formions une solide équipe au service du roi Pendragon. Nous l'avons accompagné à tous ses combats. Sauf au dernier, soupira-t-il.

Des images épiques effleurèrent les yeux de Ké.

Des images où ces quatre-là se soutenaient, se protégeaient les uns les autres. Guerriers et druides confondus, partageant la même quête au nom du juste.

Il hocha la tête.

– Merzhin m'a raconté en quelques mots. Votre mission auprès d'Arthur. Ma naissance. Vos choix respectifs.

Arguël opina.

– J'ai aimé ta mère au premier regard que j'ai posé sur elle. Elle est toujours belle, mais en ce temps-là aucune autre, sinon Vivian, sa sœur, ne lui arrivait à la cheville. Alors décider de jouer les époux ne m'a pas été difficile. Comprendre qu'elle n'oublierait jamais Merzhin, qu'il resterait son unique amour non plus au début. Je me serais contenté des miettes, je crois. Pouvoir la tenir dans mes bras quelques nuits, même en sachant que c'était à lui, en pensée, qu'elle se serait offerte. Elle n'en a pas été capable. Comme en chacun de ses actes, ta mère fut d'une fidélité et d'une droiture exemplaires, Ké. Veux-tu que je te dise ? Cela ne la rendait que plus désirable. Plus chérissable. C'est ainsi que je suis devenu fou. À force d'espérer en vain qu'elle me verrait autrement que comme l'ami cher, le père de substitution qu'elle t'avait donné.

Il secoua la tête tristement.

— Cela n'excuse rien. Et si je te demande pardon pour mes débordements, je n'attends pas que tu me l'accordes. Je connaissais l'effet du vin sur mon caractère. La première fois, j'ai bu en toute connaissance de cause, sachant que cela me rendrait mauvais. Je voulais la punir, elle. C'est resté sans effet. J'ai recommencé. Ta mère s'est maintenue froide, enfermée dans son rôle. Refusant d'évoquer le passé. Au fil de ces derniers mois, tout ce que je suis arrivé à obtenir, c'est que tu t'éloignes, puis que tu te dresses contre moi. C'était mon dernier pichet aujourd'hui. Je l'avais décidé avant de quitter la taverne. Vois comme le destin est pernicieux, mon fils. Si j'avais pris cette décision hier, Langrain serait peut-être encore en vie et Arthur à nos côtés. Quant à moi...

Ké sentit des larmes lui piquer les yeux. Une part de lui sentait la rédemption dans la voix de son père. L'autre n'oublierait jamais ses yeux fous, ses gestes brutaux, ses poings levés.

Il fit son choix, pourtant. Parce que c'était le seul qui s'imposait.

— Je n'ai jamais douté de ton amour, papa, alors ne doute pas du mien. Cinq mois d'errements ne peuvent éteindre seize années de tendresse et de complicité. Et puis, ta perte de contrôle n'a pas engendré que du mal.

Elle m'a contraint à devenir meilleur au bâton, à enseigner son maniement à Arthur. Elle a fait de nous des hommes plus tôt que la vie ne l'aurait permis. Demain cela fera une différence. Quand nous devrons nous battre pour chasser Vortigern de son trône. Ce jour-là ce n'est pas le père aimant que je voudrais avoir à nos côtés. Mais l'autre. Le violent. Le guerrier.

Arguël l'attira contre lui, le serra à s'en étouffer.

– Tu l'auras, fils. En mémoire de Langrain, vous l'aurez.

Ké s'écarta doucement. Durant un court moment, ils restèrent plongés dans les yeux l'un de l'autre, embrasés par cette émotion qui les unissait, puis Ké détourna la tête, le nez chatouillé par les effluves qui se répandaient dans la grotte.

– Ta médication est prête. Je vais la chercher.

46.

Tandis que les Saxons entraînaient leurs prisonniers en direction du navire, Morgan avait poussé l'une des barques de pêche à l'eau puis s'était empressée d'y monter. Refusant de s'attarder sur les modestes huttes de bois devenues brasiers qui lui faisaient face, elle s'était aussitôt mise à ramer avec puissance pour s'écarter du rivage.

Son stratagème avait fonctionné, mais Soriot et elle n'étaient pas sauvés pour autant. Si elle voulait éviter d'être prise pour cible par les occupants des autres navires au fur et à mesure qu'elle s'approcherait de l'embouchure du Léguer et du port de la Vieille Cité, elle allait devoir longer la côte au plus près des récifs. Or, avec cette marée qui commençait à descendre, ils seraient de plus en plus affleurants et dangereux. Et quand bien même elle parviendrait à les éviter, le risque était encore grand de voir surgir une embarcation emplie de Saxons depuis une autre plage. Certes, en découvrant son visage boursouflé, ils fuiraient aussi vite que les premiers.

Mais mes cloques ne dureront pas…

Si elle avait bien songé à prendre de quoi recréer cette apparence inquiétante avant de sortir du bois, elle avait finalement dû choisir : les orties ou Soriot dans sa besace.

L'évidence s'était imposée.

Rien à regretter. Seulement, sitôt que je n'aurai plus le moyen de terrifier ces barbares, je devrai me préparer au pire...

L'angoisse au ventre, refusant d'y penser, elle ne put pourtant s'interdire de se demander si finalement ils n'auraient pas mieux fait de rallier les berges du Léguer par la forêt. Cela leur aurait pris plus de temps, certes, mais, dans les circonstances actuelles, ils auraient été moins exposés.

Trop tard pour revenir en arrière. Ce qui est fait est fait. Ils ne pouvaient pas prévoir que Vortigern serait venu en force, que sa flotte ciblerait tout le littoral.

Elle jeta un coup d'œil à Soriot. Il était sorti de la besace dès qu'elle l'avait déposée dans le fond de l'embarcation. Trop petit pour y être repéré, il s'était adossé au bardage. Depuis, visage offert au soleil, mains croisées derrière la nuque, un genou replié sur l'autre relevé, il donnait l'illusion de paresser.

Elle savait pourtant qu'il n'en était rien. Que son attitude, son apparent relâchement, étaient uniquement destinés à lui faire lâcher prise quant au sort des villageois, à la rassurer quant au leur. Elle n'y parvenait pas. Tous ses sens étaient en alerte. D'autant plus que ses coups de rames les plaçaient à présent entre une avancée rocheuse autour de laquelle s'enroulaient des remous bouillonnants et le navire vers lequel voguaient les Saxons et leurs prisonniers. Elle sentait peser sur elle, à une centaine de brasses au large, le regard des deux qui avaient couru dans sa direction sur la grève. Comme une menace latente dont elle ne parvenait à se défaire.

Elle souqua plus fermement encore, décidée à mettre le plus de distance entre eux. Et durant quelques minutes, s'efforçant de maintenir un cap au sud tout en surveillant le fond cristallin autour d'elle, luttant contre les courants contraires qui par moments l'attiraient vers les récifs et à d'autres voulaient la repousser vers le large, elle ne s'en occupa plus.

Elle attendit de longer une zone moins dangereuse pour regarder de nouveau dans leur direction. Ils avaient atteint le bateau. Les derniers villageois quittaient les barques à tête de dragon, poussés sans ménagement les uns derrière les autres sur l'échelle de corde. Sur le pont, on les parquait à toute allure. Anormalement.

Alertée, elle plissa les yeux sous la morsure du soleil pour mieux suivre les mouvements à bord. Les hommes reprenaient leurs places aux rames, mais d'autres, sous l'impulsion de ceux qu'elle avait effrayés, s'alignaient face à elle. Quand elle vit chacun d'eux s'armer d'un arc tandis que s'élevaient les flammes d'un brasero, son instinct s'affola.

— Soriot ! hurla-t-elle pour l'alerter.

Il grimpa à toute allure sur ses genoux, prenant le risque d'être vu.

Un premier jet de feu déchira l'azur. Il mourut dans l'eau, sur leur droite.

— Cornebidouille ! jura Soriot en blêmissant.

Morgan se mit à souquer plus vite. Mais que pouvait-elle face à une trentaine de rameurs qui manœuvraient le navire pour offrir aux tireurs le meilleur angle d'attaque possible ?

Une volée de flèches vint les encercler. L'une d'elles faucha une mouette en plein vol, la précipitant dans les vagues, une autre se planta sur le banc, à quelques pouces d'eux. Affolée, Morgan dut lâcher les rames, éteindre le tissu de sa manche que la poix enflammée avait éclaboussé. Elle avait à peine terminé qu'un autre trait crevait le ventre de la besace.

Ils échangèrent un regard paniqué. Les tirs allaient se faire de plus en plus précis. À cet instant, elle comprit. Les Saxons qu'elle avait effrayés n'avaient pas osé la tuer de leurs mains sur la terre ferme, mais la superstition qu'elle avait déclenchée les tiraillait toujours. Revenus à bord de leur cyulae, ils avaient décidé de s'en prémunir en la faisant brûler.

À moins de retourner s'échouer sur la grève et de tenter de fuir en remontant sur les hauteurs, ils étaient perdus. Elle regarda par-dessus bord, déchanta aussitôt. De nouveau, d'imposantes aiguilles de granit rose affleuraient la surface, leur interdisant d'accoster. Le temps qu'ils s'en éloignent, ils seraient tous deux embrasés.

— Pas le choix, cria-t-elle à Soriot venu se réfugier derrière ses mollets.

Elle se dressa dans la barque, leva les bras aux cieux. Défiant les archers autant que l'Autre Monde, elle en appela de toutes ses forces à la protection de la magie.

Avec toutes les conséquences que cela risquait d'impliquer.

47.

Ké était soulagé. Son père avait bu consciencieusement la décoction qu'il lui avait présentée. Il lui prit le hanap vide des mains, le posa sur une pierre voisine, à côté du broc qu'il avait rapporté de ses pérégrinations et dans lequel il avait réservé le contenu du chaudron.

Il humecta un linge, le lui passa sur le front, soulevant de nouveau des senteurs aromatiques.

– Ta fièvre devrait vite descendre à présent, assura-t-il en voyant ses traits se détendre.

– Sa poussée ne doit pas t'inquiéter, fils. Cela arrive toujours dans les heures qui suivent le nettoyage d'une plaie. La chair n'aime pas être malmenée. Elle le fait savoir. Quant à Merzhin, j'ai toute confiance en son talent. Il a recousu chacune de mes blessures par le passé. Et celles, tout aussi nombreuses, de Lilwenn…

Ké fronça les sourcils. Il n'avait aperçu du corps de sa mère que le haut d'un mollet ou d'un poignet. Il n'aurait jamais imaginé qu'elle avait un jour pu être blessée.

– Est-ce pour cela qu'elle ne se baignait pas avec nous l'été ?

Dès que la chaleur devenait étouffante, hommes, femmes, enfants se retrouvaient nus à marée basse dans le Léguer. Tous s'éclaboussaient joyeusement, profitant de l'absence de danger.

— Oui. En prétextant qu'elle avait mieux à faire, sourit Arguël. Les traces de sa vie aventureuse auraient fait poser beaucoup trop de questions.

— J'imagine, se mit à rire Ké. Moi-même, j'ai hâte que tu me racontes vos exploits !

Un bâillement décrocha la mâchoire anguleuse d'Arguël.

— Une autre fois, fils. Une autre fois.

— D'accord. Je vais te laisser te reposer, mais avant, il faut que je te dise…

Il lui raconta sa découverte dans les ruines de la maison de son maître, puis ses intentions à leur sujet.

Arguël tordit la bouche.

— Leur capture m'attriste et me révolte autant que toi. Mais je ne suis pas en état de t'accompagner. Et je ne peux pas te laisser y aller seul.

Ké se renfrogna.

— Je peux y arriver, papa. Les Saxons qui les gardaient avaient remonté du vin de la cave. L'un des tonnelets était déjà éventré. Avant même que la nuit ne soit tombée, ils seront fin saouls. J'attendrai qu'ils ronflent à gorge déployée.

— Ceux-là seront une moindre menace, j'en conviens, mais d'autres seront peut-être revenus. Tu pourrais être surpris par l'un d'eux à n'importe quel coin de rue…

Ké refusa d'entendre.

— Si je devais abandonner maître Johan et sa famille à ces brutes, je ne me le pardonnerais pas. Il a toujours été bon avec moi, avec nous. Et puis, il y a autre chose. Il a eu une étrange réaction quand les Ténèbres sont tombées. Comme s'il pensait qu'elles étaient liées à Arthur.

Arguël poussa un soupir navré.

— Il m'a raccompagné, un soir que j'étais trop ivre pour rentrer seul. Il ne comprenait pas pourquoi je me mettais dans un tel état. Nous étions amis depuis plus de dix ans. Il voulait m'aider. Alors je lui ai tout raconté puis fait jurer de garder le secret.

Ké blêmit, brusquement frappé par une folle idée.

— Crois-tu qu'il aurait pu trahir sa promesse ? que ce soit lui qui nous ait vendus à l'un des espions de Vortigern ?

— Non… Non… C'est un homme juste et droit. Il m'a serré dans ses bras en me remerciant de ma confiance. N'espérant que de voir un jour l'épée revenir à Arthur et Vortigern tomber. Comme chacun de nous ici, il avait bien trop souvent entendu parler de ses exactions par la bouche de ceux qui arrivaient de Londinium. Et de la prophétie des Ténèbres aussi.

Ké se sentit soulagé.

— Je comprends mieux pourquoi il était terrifié. Pourquoi il m'a envoyé chez Langrain. Ce que tu dis ne fait que renforcer ma détermination, papa.

— Si tu es pris, tu ne sauveras personne.

Ké se frotta le menton. Son père avait raison.

Il se mit à réfléchir à toute allure. Soudain la solution fut là.

— La tour ! La tour de guet qui donne sur la baie ! Elle n'a pas été touchée par l'incendie ! Je suis sûr que Gwilned s'y est enfermé. Il m'escortera si je le lui demande. En lui aussi j'ai toute confiance.

Arguël hocha la tête. Il connaissait et appréciait le géant. Pour sa fiabilité autant que pour la puissance de sa cognée.

— D'accord, céda-t-il. Va le chercher tant que le gros des barbares est à l'extérieur de la cité. À votre retour, nous mettrons un plan solide sur pied.

48.

Morgan et Soriot retenaient leur souffle.

Avant même qu'elle ne se soit rassise dans la barque, un brouillard d'une blancheur immaculée s'était levé au ras des flots et les avait enveloppés d'un cocon épais. Les traits de feu avaient cessé. En quelques minutes à peine, l'horizon tout entier avait disparu, avalé par les volutes.

Il régnait à présent autour d'eux un silence étrange, comme s'ils étaient entrés dans une autre réalité.

— Impressionnant, Morgan des Brumes. Vraiment impressionnant, finit par lâcher le korrigan en acceptant enfin de remonter sur ses genoux.

Elle devait le reconnaître. Jamais elle n'avait vu un résultat semblable même lorsque Vivian invoquait ce sortilège. Loin d'en être fière, elle se sentait glacée.

— Crois-tu que nous soyons dans l'Autre Monde ? finit-elle par frissonner tandis qu'il regagnait ses épaules.

Il se mit à rire, lui secoua l'oreille.

— Tu serais une bien piètre enchanteresse si tu obtenais un effet si éloigné de l'incantation que tu as prononcée. Non. Tu gagnes seulement en puissance. Par quel miracle, je l'ignore. Tout comme j'ignore la portée de ta magie. Ou sa durée. Alors reprends-toi et éloignons-nous le plus rapidement possible. Le Prince Rouge ne tardera pas à se manifester.

— Je l'avais oublié, celui-là, grinça-t-elle.

Elle reprit ses rames, souqua, sentit à peine l'embarcation glisser. La brume était si épaisse qu'elle avait l'impression de la toucher. Elle s'enroulait autour d'eux comme une écharpe à la douceur veloutée, caressante. Et pourtant dangereuse pour naviguer.

Elle devait garder la tête froide si elle ne voulait pas que leur esquif s'empale sur les aiguilles de roche qu'elle avait repérées. Au bout de quelques minutes, à force de vouloir s'en maintenir éloignée, elle eut le sentiment détestable d'avoir dérivé.

— Le jusant nous éloigne du bord qu'il nous faudrait continuer à longer pour rallier le port de la Vieille Cité. Je le sens qui nous tire vers le large.

— Hors de question d'utiliser de nouveau la magie, sans quoi le Prince Rouge saura dans quelle direction nous sommes allés. Cette brume nous protège. Laisse-la se déliter devant toi et écoute. Tu connais le bruit du ressac sur le trait de côte. Sers-t'en pour te guider. Et fie-toi à ton instinct.

Elle soupira.

— Pas certaine que cela suffise. Alors, garde le tien vigilant. Si nous nous retrouvons en pleine mer, nous aurons bonne mine !

— Ne peux-tu cesser de chouiner ? la rabroua-t-il. Songe plutôt à tous ces villages qui n'ont pas encore été attaqués. Songe à tous ces innocents qui vont pouvoir s'enfoncer dans les terres et y disparaître avant que les barbares ne débarquent. Ils savent que la magie blanche vient de les sauver. Ils ne savent pas qui l'a invoquée, mais ils lui sont reconnaissants. C'est cette bienveillance, cette reconnaissance qui va nous guider. Qui va te guider si tu ouvres ton cœur et tes sens. Fais donc confiance à ton destin, Morgan des Brumes.

Un sourire lui fendit le visage. Et elle sut. Oui, elle sut qu'il avait raison.

Autour d'elle, la brume s'était mise à chanter, comme autant de voix d'hommes, de femmes et d'enfants qui la remerciaient.

Malgré la densité de la forêt, Arthur courait aussi vite qu'il le pouvait. La fraîcheur de la mer avait trompé sa migraine, mais ce sang qui battait férocement ses tempes chaque fois qu'il sautait par-dessus un obstacle la ranimait de minute en minute. À plusieurs reprises, il dut porter la main à l'arrière de son crâne. Une belle bosse témoignait toujours du coup qu'il avait reçu dans la grotte. La coiffer de sa paume limitait les pulsations. Pas assez pourtant pour qu'il soit soulagé.

Il se prit à rêver d'un grand baquet d'eau fraîche quand il dégoulinait encore. Un baquet dans lequel il pourrait immerger sa tête une fois sa soif étanchée. Las, devant lui ce n'était que futaie sombre et épaisse. Il ne s'en plaignait pas. Ces troncs puissants, ces fougères aux larges nervures, ces bosquets de ronces ou de genêts plongés dans la pénombre lui permettaient d'échapper à la traque qu'on avait lancée.

Bientôt, il le savait, ce serait plus difficile. La forêt s'ouvrirait sur des canaux. La végétation serait plus basse, moins épaisse. Il devrait regarder avec attention les plantes autour de lui, éviter celles qui annonçaient une tourbière. Cela lui prendrait plus de temps, réduisant d'autant son avance.

Il refusa de s'en inquiéter. Il connaissait l'endroit, il y venait une fois l'an avec son père. Ils partaient plusieurs jours, rapportaient du gibier d'eau, mais aussi des plantes dont dame Lilwenn se servait pour ses teintures. Il avait appris beaucoup de choses, parfois subtiles, dans ces sous-bois marécageux, sans jamais vraiment comprendre pourquoi ils étaient si différents, aux yeux de son père, d'autres plus proches de la Vieille Cité.

Une fois, ils avaient croisé une vieille femme qui tressait du jonc pour ses paniers. Elle était assise au milieu de nulle part, sur une souche, avait ri quand il lui avait demandé pourquoi elle venait là pour travailler.

— Parce que ce lieu est enchanté, mon garçon, avait-elle répondu. Et que j'aime écouter le rire des fées.

Il avait fait semblant de la croire, l'avait remerciée puis avait continué son chemin. Un peu plus loin, il avait demandé à son père ce qu'il en pensait. Langrain l'avait pris par les épaules, l'œil amusé.

— La magie est invisible à qui refuse de l'accepter, Arthur. Ton jour viendra. Sûrement…

Malgré ce qu'il avait vécu depuis quelques heures, il n'y était toujours pas prêt.

Et cette histoire de légende ne change rien.

Ils s'étaient souvent amusés avec Ké à se croire d'héroïques chevaliers aux portes d'un destin flamboyant avant de se regarder, de rire et de se dire qu'ils étaient bien plus heureux comme ils étaient.

Aujourd'hui, tout ce qu'il se demandait, c'était comment il allait pouvoir reconstruire ce bonheur si les Saxons avaient mis à sac et détruit la Vieille Cité.

Ne pas y penser. Non. Je ne dois pas y penser. Pas avant de savoir ce qui est vraiment arrivé là-bas.

Soudain, un envol d'oies sauvages annonça les prémices du marais. Il avança entre deux canaux bordés d'aulnes et de saules, se fraya un passage dans un enchevêtrement de roseaux, de joncs et de genêts.

Il savait qu'une ferme se trouvait au bout de ce sentier. Il s'y était déjà arrêté avec son père pour se restaurer.

Outre qu'il allait pouvoir prévenir ses occupants de l'arrivée des Saxons, il se désaltérerait avant d'entrer vraiment dans la zone des tourbières.

Il continua, ne tarda pas à voir se dessiner la toiture de chaume au bout du chemin qu'il longeait. Imagina son plaisir à plonger sa tête dans le seau remonté du puits.

À cet instant, un long hurlement lui parvint, le glaçant de la tête aux pieds.

49.

Le feu n'avait fait que lécher le pied de la tour de guet devant laquelle Ké venait de s'arrêter. Espérant qu'il en irait de même pour les récoltes, il regarda en direction des jardins clos et des champs qu'il avait traversés sous les Ténèbres quelques heures plus tôt. Un sentiment d'abattement le saisit. Blé, orge, seigle, épis blonds, verts ou dorés battus ce matin encore par le vent léger. Tout avait été grignoté par l'incendie. À l'absence de toit s'ajouterait la disette cet hiver pour ceux qu'il espérait sauver à la nuit tombée.

Et avant de repartir, les barbares vont piller la réserve de mon maître jusqu'au dernier pot de graisse ou de miel.

Il sentit une bouffée de rage l'envahir.

Se promettant d'emporter de nouveau tout ce qu'il pourrait en fuyant avec les prisonniers, il grimpa quatre à quatre l'escalier qui menait à la salle de garde.

– Gwilned ! Gwilned ! appela-t-il avant même d'avoir poussé la lourde porte qui en protégeait l'entrée.

Le géant ne répondit pas.

Serait-il retourné en haut pour mesurer l'étendue des dégâts maintenant que le feu court ailleurs ?

Il ne voulait pas croire que le géant se soit enfui quand cette tour était imprenable si on en verrouillait l'accès. Ce qu'il n'avait pas fait.

Et il ne se serait pas rendu aux barbares sans se défendre, je le connais.

Auquel cas il verrait des traces de lutte dans la pièce. Or elle était telle qu'il l'avait laissée. Même la torche était restée allumée.

Il se précipita dans la volée de marches, ressortit sur le toit plat.

Personne.

Il contourna la grosse vasque à feu, s'approcha du bord, se pencha au-dessus de la rambarde puis parcourut du regard la petite plage et son discret appontement réservé aux pêcheurs de la cité.

Sa barque n'est plus là, constata-t-il, déçu.

Il avait quitté Gwilned abruptement, sans rien lui expliquer de ses soupçons à propos d'Arthur, alors que le canot qui l'emmenait filait sous leur nez.

Aurait-il finalement reconnu Arthur dedans ? Aurait-il pu suivre ses ravisseurs, vouloir tenter de le libérer ? se troubla-t-il.

Il opta pour cette hypothèse, même si elle n'arrangeait pas son affaire.

Il hésita sur la conduite à tenir. S'il revenait sans lui à la grotte, son père refuserait qu'il aille seul à la rescousse des captifs.

Je ne peux pourtant pas les abandonner. Ni mentir à papa… Et s'il avait tiré sa barque pour la cacher dans la petite grotte ? S'il y attendait le bon moment pour fuir la cité assiégée ?

L'anfractuosité se trouvait un peu plus loin sur la plage. Il tordit le cou, se pencha un peu plus pour tenter d'apercevoir des rainures dans les portions de sable.

Rien… Y a pas… Je vais devoir me débrouiller seul.

Il inspira une bouffée d'air, puissante, pour chasser sa contrariété. Aussitôt ses narines se mirent à picoter. Il fronça les sourcils, circonspect. Seule la brume lui provoquait cet effet. Or rien ne l'annonçait.

Il releva la tête, regarda vers le large, écarquilla les yeux, grommela.

— Qu'est-ce donc encore ?

Des volutes d'une blancheur immaculée roulaient vers lui tels des chevaux au galop, mangeant les pourtours de la terre, de la mer, avalant le ciel, grignotant de nouveau et peu à peu la lumière solaire.

Cette fois il sut que ce n'était pas normal. D'autant que la pierre de lune à son cou s'était mise à chauffer.

Retourner à la grotte. Vite…

Il déciderait de l'avenir des autres après.

Il dévala les degrés successifs, le cœur battant follement dans sa poitrine, craignant un sortilège toxique, quelque chose qui le pétrifierait sur place, l'empêcherait de rejoindre son père, de s'occuper de lui.

Tout à son angoisse, il sortit du bâtiment en trombe. Il était prêt à s'engager dans le sentier qui menait au lavoir, quand il se retrouva nez à nez avec un Saxon qui inspectait les abords de la tour. L'homme mesurait presque une toise[1].

Il lui barrait le passage.

Filer, lui cria son instinct un instant désarçonné.

1. 1,949 mètre.

Avant même que le Saxon ne soit revenu de sa surprise et qu'il ait levé sa hache, Ké faisait volte-face et s'échappait à toutes jambes dans les champs ravagés.

50.

Crevant la vie paisible du marais, le hurlement avait fait s'envoler un couple de perdreaux dans les fourrés, juste devant Arthur arrêté dans son élan.

Un enfant. C'est un cri d'enfant !

Il explosa de nouveau, suivi de suppliques.

— Pitié ! Pitié ! s'époumona une femme terrifiée.

Un rire gras lui répondit.

Le sang d'Arthur ne fit qu'un tour.

Écrasant les herbes sous ses foulées, il reprit sa course en direction de la ferme. Le sentier s'ouvrait sur une clôture rudimentaire au milieu de laquelle pendait un portillon cassé. Derrière une cour modeste où s'éparpillaient quelques poules affolées se trouvait un modeste corps de logis.

C'est là qu'il vit la fillette. Recroquevillée contre le bois du bardage, le nez morveux et les yeux exorbités de terreur, elle se terrait sous un volet déglingué.

Marie, la reconnut-il aussitôt.

La saison dernière, avant de repartir, son père lui avait offert une petite flûte de buis.

Elle doit aller sur ses quatre ans, maintenant.

De nouveau, elle hurla. Un long cri de désespoir, d'impuissance. Et Arthur eut l'impression qu'on lui arrachait les tympans, qu'on lui vrillait le ventre. Il suivit son regard jusqu'au puits dont il devinait l'arrondi au travers des ruines d'une vieille charrette.

Il repéra la mère aux prises avec un Saxon. À moitié dénudée, arquée contre la margelle, elle luttait encore pour repousser son agresseur, l'excitant d'autant. Arthur le vit la gifler violemment, la décoller du puits pour la jeter à terre.

Une arme, je dois trouver une arme improvisée...

Malgré l'urgence, il ralentit, balaya du regard les abords du sentier. Enfin il repéra un bâton qui dépassait d'une discrète retenue d'eau. La chance lui souriait. Il parcourut la distance qui le séparait de la branche, l'arracha à la fange, vérifia sa solidité.

Parfait ! Plus qu'à franchir les dernières coudées et à mettre ce sauvage hors d'état de nuire.

La fillette l'avait vu. Elle ne criait plus. Il lui adressa un signe de tête, un sourire pour la rassurer, puis traversa discrètement l'enclos.

Raclant le sol de ses coudes, reculant devant son bourreau, la fermière continuait de réclamer pitié d'une voix morte. Le Saxon suivait sa reptation en ricanant, avançant une jambe après l'autre entre ses pieds qui glissaient dans la poussière, retardant à plaisir le moment de se jeter sur elle. Arthur comprit qu'il ne voyait rien, n'entendait rien sinon cette terreur dont il se délectait.

— Eh ! hurla-t-il en se plaçant au mitan de la cour pour attirer son attention.

L'effet ne se fit pas attendre.

L'homme leva les yeux, regarda alentour, ahuri, puis, le découvrant seul, abandonna sa victime pour se diriger vers lui.

Il n'a pas ses armes, nota Arthur.

Il les chercha, les repéra un peu plus loin, à proximité de la charrette. Il avait dû les jeter pour éviter que la fermière ne les retourne contre lui pendant qu'il la besognerait.

Arthur la vit rouler sur le côté, les récupérer au passage puis se cacher sous l'essieu fatigué.

Il lui adressa un signe complice du menton.

Il était sa seule chance. La seule chance de Marie. Elle l'avait compris. Le temps que le Saxon se rende compte qu'il n'avait plus que ses poings à opposer à ce puceau surgi de nulle part, elle avait rejoint sa fille et faisait du courage d'Arthur son rempart.

— Est-il seul ? lui demanda-t-il par-dessus son épaule.

— Oui ! répondit-elle.

Arthur regagna en confiance. L'autre fulminait, à présent. Il jurait, crachait, roulait des épaules tatouées sur lesquelles tombaient deux longues tresses sales. Arthur ne se laissa pas impressionner.

Une brute sans cervelle. Tout juste bonne à foncer tête baissée, l'avait-il déjà évalué.

Il le laissa venir, esquiva sa cognée par une pirouette avant de le frapper du bâton à l'arrière d'un genou. Vexé d'avoir si facilement trébuché, le géant rétablit son équilibre et revint à la charge, sans meilleure stratégie mais d'autant plus vindicatif.

Attends un peu, mon gaillard, se moqua Arthur en déjouant une fois de plus son attaque.

Cette fois il frappa plus fort, à hauteur des mollets, puis, dans un mouvement de volte, sur le haut d'une épaule, le bras, le flanc. Sans perdre une seconde, il passa à l'offensive, se déchaîna, déployant toute sa force, toutes les astuces que lui avait enseignées Ké et d'autres qu'il avait imaginées pour battre son ami lors de leurs exercices.

Bientôt, l'homme fut à terre, criblé de coups violents qu'il tentait d'esquiver de ses bras repliés. Le dernier, derrière la nuque, eut raison de sa piètre défense. Face contre terre, il ne bougea plus.

Arthur reprit son souffle, le coude sur le haut du bâton, un œil vainqueur et satisfait en direction de la fermière. Elle s'était agenouillée près de sa fille, l'avait encerclée de ses bras. Elles se levèrent, coururent à lui, Marie pour s'enrouler autour de ses jambes, elle pour tordre ses mains devant lui.

— Sans vous nous étions perdues. Il a tué mon époux dans la maison, puis il s'en est pris à moi. Il m'aurait laissée pour morte, aurait emmené Marie.

Elle s'écroula devant lui, leva un visage baigné de larmes reconnaissantes.

— Soyez béni, messire Arthur.

Il allait la relever, l'assurer qu'il n'avait fait que son devoir quand une violente brûlure lui déchira l'arrondi de l'épaule. La douleur lui fit porter les yeux dessus. Il les écarquilla, stupéfait. Le dessin d'une épée venait de s'inscrire dans sa peau, comme un tatouage de feu.

— Allez-vous bien ? s'inquiéta la fermière devant sa mine soudain pâle, son air abasourdi.

Il hocha la tête, peu enclin à des explications. Outre qu'il n'en avait aucune, le temps pressait désormais.

Il la prit par les épaules.

— Cet homme n'était sans doute qu'une avant-garde, destinée à jauger le potentiel de cet endroit. D'autres comme lui vont venir. Ils raseront tout sur leur passage. Fuyez.

— Je dois donner une sépulture à mon époux avant, trembla-t-elle.

— Vous n'en avez pas le temps. Et je ne peux vous aider davantage. Ils sont après moi. Ils sont derrière moi. De grâce, mettez cette enfant à l'abri, le plus loin que vous le pourrez. Maintenant.

Il souleva la fillette dans ses bras, la mit dans ceux de sa mère, puis les regarda tourner les talons, lui lancer un dernier regard reconnaissant et disparaître toutes deux dans la forêt.

51.

La surprise autant que la douleur firent pousser un cri à Morgan, perçant le silence qui s'était installé dans leur cocon de brume et arrachant Soriot de sa torpeur.

— Quoi ? Quoi ? Quoi ? répéta-t-il en se redressant brusquement.

Elle avait lâché sa rame, porté la main sur l'arrondi de son épaule, le bousculant dans son assise. Pour ne faire plus corps qu'avec elle, il était retourné à sa place habituelle, derrière son cou.

— J'ai eu l'impression qu'on me marquait au fer rouge, cette fois.

— Laisse-moi regarder, dit-il après s'être frotté les yeux.

Elle souleva sa paume. Un sifflement admiratif explosa contre son oreille.

— C'est exactement ça, Morgan des Brumes. L'épée est nette, délignée par la brûlure.

Elle fronça les sourcils. Ils étaient loin du lac enchanté, plus encore de l'épée légendaire.

— Cela n'a pas de sens… Un méchant tour du Prince Rouge pour nous repérer ?

— Non, non, non... Seuls Arthur et toi êtes reliés à cette lame. Peut-être est-il plus près de nous que nous ne le pensions.

Troublée, elle reprit ses rames, laissant Soriot s'étirer.

— J'ai dormi, je crois, avoua-t-il, confus, dans un bâillement.

— En me laissant tout le travail. Comme d'habitude, se moqua-t-elle.

Il se mit à rire, lui tapota affectueusement le haut du crâne. Ses tresses du matin n'étaient plus qu'un lacis approximatif d'où des mèches s'échappaient. Il y enroula une main joueuse avant de humer l'air humide et blanc autour de lui.

— Nous approchons de l'embouchure du Léguer, n'est-ce pas ?

— Je l'espère. Mais en réalité, je n'en sais rien. On n'y voit pas davantage.

— Qui parle de voir... Ne sens-tu pas ? L'odeur a changé. Je perçois celle de la rivière. Ici, elle se mélange à la mer.

Elle inspira profondément. Ne fit pas la différence, mais, comme pour l'ouïe, Soriot possédait des subtilités qu'elle n'avait pas. Elle le crut sur parole, se sentit soulagée. Cela prouvait que naviguer d'instinct comme il le lui avait conseillé avait porté ses fruits.

Elle l'entendit bâiller, se souvint que dormir était le passe-temps préféré des korrigans. Sourit.

S'il se relâche ainsi, c'est qu'il nous sent en sécurité.

Il ne tarda pas à s'appesantir de nouveau contre elle, à ronfler doucement. Elle se laissa bercer par son souffle régulier, par le brassage des rames, le bruit de l'eau contre la coque. Rassurée, elle aussi.

Entendre un rire mauvais traverser l'écran de brume fut d'autant plus saisissant. Elle suspendit son mouvement, Soriot son souffle, réveillé une nouvelle fois en sursaut.

— Des Saxons, murmura-t-elle lorsqu'une voix succéda à l'éclat.

Presque aussitôt, la barque tangua, agitée par un mouvement de mer. Le son d'un tambour creva leur espace cotonneux, rythmant la plongée d'autres pales que les siennes. Elle les rentra aussitôt pour ne pas en être empêtrée, attendit.

Une masse puissante, allongée, ombragea par tribord l'écran de brume qui les masquait.

Un des navires de Vortigern, comprit-elle en devinant des silhouettes penchées aux plats-bords.

Ils n'en étaient séparés que par la longueur des rames des Saxons. Elle pouvait presque sentir l'effleurement du bois contre la coque de leur esquif à chaque nouvelle plongée. Si le courant les rapprochait, ne serait-ce que de quelques pouces, du cyulae, ils seraient cognés et repérés.

Elle retint sa respiration, pria la déesse mère de les protéger, une fois de plus.

Le bateau passa. Les voix s'éteignirent, le bruit du tambour s'estompa en direction du nord. De toute évidence, les Saxons quittaient le port de la Vieille Cité.

Qui sait ce qu'ils y auront laissé ? s'inquiéta-t-elle avant de se reprendre. *Une chose à la fois. L'important est d'avancer.*

— Nous avons eu chaud, Morgan des Brumes, souffla Soriot comme elle se remettait à ramer.

— N'étais-tu pas censé me guider ? le piqua-t-elle gentiment.

Les battements fols de son cœur s'apaisaient.

— Si, s'excusa-t-il. Promis, je vais rester en éveil. Souque, souque ferme, Morgan des Brumes. On ne devrait plus tarder à arriver.

52.

Ké filait à toutes jambes au milieu des champs ravagés. Par moments, il jetait de brefs regards par-dessus son épaule, mais cela ne faisait qu'augmenter cette angoisse qui était venue le saisir à la gorge. Le barbare ne cédait rien. Il le pourchassait, faisant tourner sa massue cloutée dans l'air de plus en plus humide, riant comme un dément convaincu qu'il finirait par gagner.

Pourquoi, mais pourquoi ne suis-je pas remonté dans la tour ? se maudissait-il en sondant les alentours, en quête d'un bâton qui lui permettrait de regagner quelque avantage.

Il savait qu'il ne trouverait pas d'abri avant d'avoir atteint la cité. Mais elle dessinait devant lui ses ruines fumantes, trop lointaines encore.

Et quand bien même ? se désolait-il, le souffle perdu.

Si ce gaillard inspectait les abords des remparts, d'autres s'occupaient sans doute des décombres. Il courait peut-être au-devant d'eux. Un instant il songea à obliquer, à couper à travers champs, à revenir ensuite vers le lavoir. Il n'en était pas si éloigné.

Il y renonça. Si cet homme le voyait franchir le mur enchanté, il reviendrait avec d'autres, défoncerait le granit, remonterait jusqu'à la grotte. Lors il ne serait plus seul à tomber dans leurs griffes.

Tout ce qu'il pouvait faire, c'était courir. Courir jusqu'à avoir épuisé ses dernières forces.

Il ne l'avait pas plus tôt décidé qu'il buta contre une grosse pierre cachée sous les épis ravagés. Il partit de l'avant dans un cri de surprise. Et sut qu'il était perdu. Le temps qu'il se retourne, qu'il tente de se redresser, l'autre était là, l'œil luisant de cruauté, sa massue levée.

Terrifié, sentant venir sa dernière heure, Ké tâtonna autour de lui. Il ne trouva rien qui lui permît de se défendre. Il se mit à reculer, espérant encore échapper à ces mains crochues qui se tendaient vers lui, à ce gourdin prêt à frapper.

Il ruisselait d'une sueur aigre, mélange de fatalité et de terreur.

Pardon, papa…

À cet instant, son assaillant éructa un filet de sang. Ké le vit écarquiller les yeux, lâcher son arme, porter ses mains à l'embout de flèche qui lui ressortait de la poitrine. Vaciller en avant.

Il eut juste le temps, instinctivement, de rouler sur le côté pour éviter d'être écrasé.

Ahuri par ce qui venait de se produire, il s'attarda sur ce grand corps terrassé à quelques pouces de lui. Puis son regard se porta en direction de la tour, en quête de l'archer.

Là, dans ce brouillard qui remontait de la mer comme une vague immaculée, il reconnut son père, debout, au milieu du sentier, un arc à la main.

Un miracle, c'est un miracle, se mit à danser son cœur.

Cela ne dura pas.

Déjà, Arguël chancelait.

Un long hurlement déchira la poitrine de Ké quand il le vit tomber à genoux sur la cendre des épis de blé.

Le temps qu'il coure à toutes jambes jusqu'à lui, son père s'était assis sur ses talons, les bras ballants, les traits presque aussi blafards que cette brume qui roulait vers eux depuis la mer.

— Papa ! répéta Ké, bouleversé, en voyant le bandage devenu écarlate.

— Ça va aller, mon garçon, ça va aller, assura Arguël dans un sourire crispé.

Ké voulut le croire. De toutes ses forces.

Il s'agenouilla face à lui, l'attira dans ses bras, attendit qu'il réponde à son étreinte, puis, le voyant y renoncer, colla son front au sien.

Il était brûlant.

À cet instant seulement, il comprit.

Son père avait usé ses dernières forces pour sortir de la grotte, arriver jusqu'à distance de tir, viser et décocher sa flèche. Au mépris de sa blessure. De sa propre vie.

Il se mit à pleurer, conscient que, si puissant soit-il, son amour ne pourrait pas le sauver.

— Tu n'aurais jamais dû te lever. Pourquoi ? Pourquoi l'as-tu fait ? hoqueta-t-il.

— Protéger ses enfants. C'est le rôle d'un père, Ké.

Ké soutint son regard. Des cernes noirs en grignotaient la lumière. Pourtant, ils n'étaient qu'amour dans l'obscurité.

— Comment as-tu su que j'étais en danger ? demanda-t-il, bouleversé.

— La pierre de lune. Ta mère l'a plongée dans le chaudron avant de te la remettre. Tu n'as rien remarqué, tu t'occupais de moi, mais nos yeux se sont croisés par-dessus ton épaule. Cela faisait bien longtemps, oui bien longtemps qu'elle ne m'avait pas regardé comme cela. Je la connais tant. J'ai su. Elle attendait de moi que je veille sur toi beaucoup plus que l'inverse. Elle me l'a même rappelé avant de partir, souviens-toi...

Ké n'avait pas interprété les paroles de sa mère de cette manière, mais il les entendait dans leur sens caché, cette fois. Il hocha la tête. La voix de son père n'était plus qu'un murmure. Il n'osa pas l'interrompre, de peur de le perdre.

— Je t'ai surveillé depuis que tu m'as quitté. J'étais inquiet, continua Arguël après une brève quinte de toux. J'ai tout vu. Y compris ce qui allait se produire si je n'intervenais pas. Je ne pouvais pas, Ké... Je ne pouvais pas te laisser mourir.

Ké sentit des larmes dévaler ses joues. Ses doigts effleurèrent l'arc.

— C'est celui de maman, n'est-ce pas ?

— Je me suis souvenu qu'il n'était pas à son épaule quand elle a quitté la grotte. Je n'ai pas eu de mal à le trouver.

Cela non plus, Ké ne l'avait pas remarqué. Il s'en voulut soudain. S'il s'était armé, il aurait pu se défendre seul...

Trop tard pour les regrets...

Arguël hoqueta, se remit à tousser, un filet de sang au coin des lèvres.

Ké le reprit contre lui, bouleversé.

— Dis plus rien, papa. Je vais te ramener, refaire tes points...

— Ce ne sera pas la peine, Ké. Je vais rester là, en plein air. C'est toujours là que tombent les guerriers, tu sais.

Ké explosa en sanglots dans le creux de son épaule. Arguël repoussa ses limites, lui posa une main sur le haut du crâne, froissa les cheveux noirs de ses doigts poisseux.

– Chut, mon garçon. Ça va aller, tu verras. C'est juste un mauvais moment à passer. Et puis je ne regrette rien. Finalement, j'ai réussi à être un bon père…

– Oui papa… Un grand guerrier et un bon père… le meilleur…

Ké ne sut pas s'il l'avait entendu. La main de son père venait de glisser, son souffle de se suspendre.

Et, dans ce cri de douleur que la brume étouffa de ses rets, Ké jura de le venger.

53.

Sitôt la fermière disparue de son champ de vision, Arthur avait récupéré le poignard du Saxon pour lui trancher la gorge. Au moment pourtant de passer à l'acte, sa main était retombée.

Il avait tenté de se faire violence, arguant que ce diable allait alerter les autres, que sa mort lui assurerait un répit de même qu'à cette femme, à cette fillette... Rien n'y avait fait. Chaque fois qu'il avait relevé la lame, empoigné cette tignasse puante pour libérer le col, une petite voix au fond de lui, celle de son père, s'était mise à murmurer : *« On n'achève pas un homme à terre. On ne tue qu'en cas d'absolue nécessité. »*

Finalement, il avait renoncé. Perdant quelques précieuses minutes supplémentaires, il avait traîné l'homme dans la maison, l'avait ligoté avec une corde trouvée sur la charrette, puis, voyant qu'il commençait à reprendre conscience, l'avait de nouveau assommé.

Au moins, il ne donnera pas l'alerte ! Si cela pouvait me permettre de récupérer le temps que j'ai perdu, commença-t-il à prier avant de refermer la porte et de courir au puits.

En hâte, il remonta le seau, remplit sa gourde puis se rafraîchit généreusement la nuque. Quand il releva la tête, légèrement soulagé de sa migraine, ce fut pour découvrir qu'un brouillard immaculé avait recouvert la forêt alentour. Peu à peu, ses nappes grignotaient les troncs en hauteur. Déjà, le chemin qu'il avait emprunté jusqu'à la ferme baignait dans une sorte de torpeur étrange. Les écharpes vaporeuses couraient à fleur de terre et d'eau, comme si elles voulaient tout capturer, tout avaler. Tout effacer. Jusqu'à ses poursuivants.

Voilà ma chance et celle de la fermière. Ces sauvages doivent être noyés dans cette brume. Ils vont devoir ralentir.

Il rattacha sa gourde à sa ceinture, puis se dépêcha de contourner la bâtisse pour reprendre sa course en direction de la rive du Léguer.

De longues minutes s'écoulèrent ainsi, sans qu'il réduise son allure. Malgré la crainte de s'égarer dans le brouillard, il devait mettre le plus de distance possible entre lui et ses poursuivants, sans quoi il lui manquerait du temps dans la Vieille Cité pour trouver les siens et un abri sûr.

De nouveau il ne songeait plus qu'à eux tandis qu'il sautait par-dessus les herbes hautes, qu'il zigzaguait entre les canaux ou contournait les mares recouvertes de nénuphars et d'algues. Il voyait à peine les énormes bouquets de joncs qu'il frôlait, cherchant sans cesse à maintenir son cap malgré les détours provoqués par les obstacles, longeant arbrisseaux et saules qui plongeaient ramures et racines dans le moindre point d'eau. L'eau… Elle affleurait à présent de partout, floquait sous ses semelles, nourrissait la vie invisible du marais dans lequel il s'enfonçait de plus en plus. Chacune de ses foulées faisait décoller des poules d'eau, des canards, des aigrettes tandis que peu à peu la brume grandissante floutait le paysage autour de lui.

Alors qu'il passait près d'un aulne abîmé par la foudre, une grenouille prit appui sur le haut de son épaule pour atteindre une flaque voisine. Ce simple contact raviva le souvenir de sa brûlure.

Il ralentit, s'arrêta un peu plus loin, s'assit sur un bloc de granit en partie recouvert de lierre. Il avait besoin de reprendre son souffle, de se désaltérer.

Besoin aussi, soudain, de regarder cette marque de plus près. Sa soif étanchée, il tordit son bras, son cou jusqu'à voir le dessin, haut de trois pouces, dans son entier.

C'est bien une épée, se troubla-t-il. *Et c'est forcément la magie qui l'a façonnée. Y aurait-il une part de vérité dans ce que racontaient ces mages noirs ? Aurais-je un lien avec cette légende ?*

Le doute le déstabilisa un instant. Rattrapé par l'amour de Langrain, cet amour qu'il lui rendait depuis sa naissance, il le chassa.

J'ai un père. Et ce n'est pas le roi Pendragon. Il y a forcément une autre explication…

Un frisson le traversa.

Un tour de ces maudits sorciers pour me repérer où que j'aille ?

Si c'était le cas, il ne serait plus jamais en sécurité.

Il avait encore moins de temps à perdre. D'autant que le brouillard, lui, l'avait rattrapé. Les nappes avalaient à présent ses mollets et les branches basses du cornouiller voisin.

Le laissant se dérouler derrière lui, il reprit sa course, concentrant son attention sur le but qu'il s'était fixé.

Mais une part de lui était désormais en quête de vérité.

Il baigna bientôt dans une opacité mouvante. Les quelques minutes qu'il s'était consenties pour observer son épaule lui coûtaient sa visibilité. Il dut renoncer à courir tant ce qui l'entourait devenait fantomatique. À présent il lui fallait arriver à moins d'un quart de toise d'un obstacle pour le voir.

Il pestait intérieurement contre lui-même lorsqu'un cor sonna sur sa droite. Puis un autre sur sa gauche. Il suspendit son pas, les sens aux aguets, se retourna en entendant corner derrière.

Pris en tenaille ? Impossible... sauf, oui, sauf si cette marque est un moyen de me repérer.

Il ne s'expliquait pas autrement cette apparition ardente. Et tout à la fois, il avait l'impression, au fond de lui, qu'elle appelait une autre réponse que la détermination des mages noirs à livrer un héritier à Vortigern.

Peu importe. Si je suis ralenti, ils le sont aussi. Je dois continuer.

Il voulut repartir, ne parvint pas à relever le pied. Inquiet de voir un serpent s'y être enroulé, il baissa les yeux, sentit aussitôt son estomac se crisper.

Ses deux mollets avaient disparu dans le sol. Et à présent que son attention n'était plus distraite, il sentait bien qu'il continuait à s'enfoncer.

Une tourbière... Impossible d'en estimer la taille et la profondeur.

Sans cette brume, il l'aurait repérée et évitée. Désormais il était piégé.

Affolé, il agita les bras, continua en voyant que cela dispersait les écharpes vaporeuses autour de lui.

Un arbre, là...

Il se pencha pour atteindre une de ses branches basses. Trop chétive, elle cassa. Ses doigts glissèrent sur l'autre, un peu plus haut. Il jura, essaya encore et encore. Plus il s'agitait, plus la tourbe l'avalait. Refusant de mourir si sottement, il chercha une autre prise, à ras du sol.

C'est à cet instant qu'il le vit. Dans cet espace de clarté laiteuse que ses gestes désespérés avaient arraché à la brume.

Un lapin.

Les pattes de l'animal étaient engluées. Il tremblait de tous ses membres, mais ne criait pas, ne bougeait plus.

Il a accepté sa fin, comprit Arthur, bouleversé.

Était-ce ce qu'il devait faire aussi ? Accepter de mourir sans avoir revu les siens ?

Qu'alors je sauve au moins cet être-là, décida-t-il brusquement.

Renonçant à lui, il se pencha, l'attrapa par ses longues oreilles, planta son œil dans le sien, s'excusa.

— Pardonne-moi, ce sera douloureux, mais je n'ai pas le choix.

Il tira aussi fort qu'il le put, sentit son cœur exploser de joie quand l'étau céda.

— Longue vie, messire lapin, le salua-t-il avant de le lancer le plus loin possible.

Le garenne atterrit sur ses pattes. Ne le voyant pas filer aussitôt, Arthur craignit que la tourbière soit plus large, qu'il n'ait réussi qu'à l'enliser plus loin. Mais l'animal le regardait et ne semblait pas s'enfoncer. Finalement il s'assit, arrachant un sourire triste à Arthur.

— J'imagine que tu voudrais bien me rendre la pareille. T'en fais pas, va... Je sais que tu ne le peux pas. Cela ne fait rien. Savoir que toi au moins tu vas retrouver ta famille m'aide déjà.

Contre toute attente, le lapin hocha la tête. Par deux fois.

À cet instant, Arthur sentit un nouveau trait de feu lui déchirer l'épaule. Tout aussitôt, il fut poussé vers l'avant par la plante des pieds, comme si la tourbe elle-même le rejetait. Il atterrit sur le ventre dans la boue, son nez à hauteur de celui du garenne qui n'avait pas bougé.

Ahuri, son regard dans le sien, il balbutia.

– Sang de sang de korrigan !... Est-ce toi qui as fait cela ?

Il entendit un petit rire, puis une voix douce, chantante s'enroula en même temps que la brume autour de lui. Comme une caresse.

– Une vie pour une vie, Arthur. C'est la règle.

Il vit le lapin filer, resta à même le sol, abasourdi.

Jusqu'à ce que le son des cors le rappelle à la réalité. Les Saxons étaient là, en nombre et plus proches que jamais.

Il se remit debout. Ses braies étaient empesées de boue, ses mains poissaient, mais il se sentit étonnamment ragaillardi.

À croire que cette terre m'a régénéré...

Son cœur se gonfla de reconnaissance.

Papa et la vieille tisseuse de joncs disaient vrai. Il y a de la magie dans cette forêt. Une magie bienveillante. C'est elle qui m'a sauvé.

Il eut encore plus hâte de retrouver son père, de lui raconter.

Quelques minutes plus tard, il était hors de la zone marécageuse et des hurlements lui parvenaient, suivis de coups de trompe répétés, désespérés.

Et il eut la certitude que les Saxons, eux, ne ressortiraient pas vivants de la forêt.

54.

Les larmes de Ké ne tarissaient pas. Elles étaient comme un fleuve découvrant une voie nouvelle vers la mer. Elles coulaient, coulaient, tandis qu'il berçait son père dans ses bras en se demandant stupidement si cette dernière fois n'était pas simplement la première. La douleur, le vide qu'il ressentait étaient immenses. Et comme s'il n'y suffisait, l'image de Langrain baignant dans son sang était venue frapper sa mémoire, lui rappeler qu'Arthur, lui, avait été privé de cet adieu, que le vide en lui serait encore plus grand, encore plus insoutenable.

Il avait perdu toute notion de temps et d'espace, se demandait même si son cœur battait encore dans cette brume qui les enveloppait tel un linceul. Il l'avait crainte, il la ressentait douce, enveloppante, presque compatissante.

Pour l'heure en tout cas, elle les masquait à tout ennemi qui se serait approché.

Il finit par en prendre conscience. Il était dans un cocon, mais le brouillard se lèverait, d'autres Saxons viendraient en quête de celui qu'Arguël avait tué. Le trouveraient.

Et papa sera mort pour rien…

Il ne pouvait le permettre. Pas plus qu'il ne pouvait l'abandonner aux rapaces dans ce champ ruiné.

Il repoussa délicatement son corps, le coucha sur le dos, se redressa, passa un revers de manche, puis l'autre sur ses joues ruisselantes.

Sois courageux, Ké, fais honneur au guerrier qu'il était.

Il inspira autant que le lui permettait son nez bouché, toussa, cracha, recommença jusqu'à sentir de nouveau ses narines picoter, jusqu'à reprendre suffisamment d'air, même humide, pour respirer normalement.

Lors, il souleva son père et le chargea sur ses épaules. Sa prise assurée, refusant de plier sous le poids, plus encore de regarder cette tête molle qui pendait sur sa poitrine, il avança en direction de la tour, lentement, comme lors des processions funèbres quand tout le village accompagnait ses défunts. Éprouvant presque le sentiment que leurs amis, leurs proches le suivaient.

Au bout de quelques pas, il s'aperçut que le brouillard s'ouvrait devant lui, lui dessinant le sentier, lui permettant de voir où il posait ses pas. L'idée lui vint que cette magie était peut-être l'œuvre de sa mère. Même si cette laitance était arrivée trop tard pour l'empêcher d'être vu du Saxon, pour empêcher Arguël de se précipiter.

Un instant, il lui en voulut avant de sentir son aigreur retomber. N'avait-elle pas laissé son arc ? Cet arc dont il aurait dû, lui, s'emparer ? S'il devait s'en prendre à quelqu'un, c'était à lui-même. Et c'était déjà suffisamment douloureux à porter.

Il parvint au pied de la tour. Sur le côté se trouvait un monticule de pierres sèches que Gwilned avait rassemblées pour remonter un morceau de l'enceinte emporté par un éboulement.

— Je vais t'enterrer dessous, papa, dit-il en le déposant à côté.

Il s'agenouilla, lui croisa les mains sur la poitrine, déposa un baiser sur son front. Un à un, il déplaça les cailloux et les disposa autour de lui pour bâtir le socle de son tombeau.

Puis, distrayant sa détresse immense du seul pouvoir de sa volonté, il commença à maçonner.

55.

Depuis un long moment, depuis que de nouveau la brûlure lui avait cisaillé le bras, Morgan ne cessait de penser à Arthur. La seconde fois, elle avait bien failli perdre sa rame tant la douleur avait été insoutenable. Même Soriot qui la connaissait dure à la souffrance avait été saisi par le cri qu'elle avait poussé, rompant toute prudence.

Fort heureusement seules des mouettes y avaient répondu et il avait pu regarder, constater que cette fois le dessin s'était enrichi de runes sur le fil de la lame.

— Tu penses toujours qu'Arthur est tout près ? avait-elle demandé.

— Je ne vois pas d'autre explication.

— Pourtant, s'il est bien celui que j'ai vu dans cette cale, il devrait être en route pour l'île d'Aval.

— C'est sans doute le cas, mais nous ne savons pas d'où il est parti. Peut-être du port du Léguer.

— Il se serait trouvé dans le bateau qui nous a frôlés ?

— C'est possible. Mais je n'ai pas de réponse, Morgan des Brumes. Tout ce que je crois, c'est que nous devons nous en tenir à notre plan. Prendre le premier navire en partance pour la Bretagne. Trop de gens là-bas espèrent voir enfin chuter Vortigern et régner l'héritier de l'épée.

Nous n'aurons aucun mal à trouver de l'aide pour le faire évader sitôt qu'il foulera le sol de Londinium.

Depuis, elle ramait en silence, focalisée sur cette première étape, cruciale : arriver sous les hautes falaises de la Vieille Cité et quitter l'Armorique aussi vite qu'ils le pourraient.

Elle sourit au soleil dont un rai venait de lui caresser le dessus de la main. Des bandes d'azur crevaient à présent la moiteur immaculée. Reprenant le sens du vent, le brouillard s'effilochait vers le large, libérant l'estuaire du Léguer et la baie qui bordait le pied de la Vieille Cité.

Les pouvoirs de la magie ne cesseront jamais de me surprendre…

Elle en était émerveillée depuis le jour où, enfant, elle en avait découvert les bienfaits.

De fait, elle ne tarda pas à les regretter. Jusque-là, l'enchantement lui avait permis d'aller facilement contre le courant. Comme si la barque était entraînée de l'avant. À présent, elle devait lutter contre le jusant pour avancer.

Cela en vaut la peine, se répétait-elle en tirant la langue, le regard au ras des flots pour concentrer ses efforts.

— Et si tu m'encourageais au lieu de te dandiner, demanda-t-elle au korrigan qui venait de grimper sur sa tête.

Il se pencha en avant jusqu'à ce que son visage à l'envers soit face au sien, lui pinça le nez, rit.

— À vos ordres, Morgan des Brumes, dit-il avant de se redresser et d'entonner :

Plonge tes rames dans la mer,
Morgan écoute son son clair.
Il bruit autant que crie le vent
Empreint d'espoir, brisant tourment.

Vogue, vogue,
Fric froc et glisse
Vogue, vogue
Chasse malice
Plonge tes rames dans la mer,
Ne laisse point poindre l'hiver
Un roi perdu compte sur toi
Pour le ramener à son toit.
Vogue, vogue,
Fric froc et glisse
Vogue, vogue
Chasse malice

Elle reprit sa chanson avec lui, soulagée de voir se rapprocher le promontoire rocheux au milieu des bandes de brume éparses.

— Nous y sommes presque, Morgan. Dirige-toi vers cette crique, là, au pied de la tour de guet. Nous y débarquerons plus discrètement que dans le port du Léguer, sans doute toujours gardé par des Saxons comme place stratégique. Mieux vaut nous y rendre à pied en contournant le promontoire. Depuis le haut, nous pourrons embrasser l'ensemble de la rade et choisir le bateau le mieux approprié à notre traversée.

— En clair, je vais devoir de nouveau me frotter avec des orties, soupira-t-elle. J'imagine qu'il ne doit pas en manquer là aussi.

L'idée ne la séduisait guère. Il y avait peu de temps que ses démangeaisons s'étaient calmées. Mais si on la voyait arriver par mer sans cloques ni boursouflures, on la capturerait. Certes, elle pourrait toujours user de magie pour s'échapper, mais si, pour l'heure, le Prince Rouge ne s'était pas encore manifesté, rien ne prouvait qu'il ne soit pas sur ses traces. L'attirer ici était un trop grand risque pour Soriot. Pour leurs projets. Et pour elle aussi tant qu'elle n'aurait pas découvert la puissance réelle de ses pouvoirs et appris à les maîtriser.

Elle se remit à souquer ferme en direction de la crique. Jusqu'à ce qu'une odeur de fumée lui fasse lever la tête depuis le milieu de la baie.

À ce moment seulement, saisie, elle comprit que les volutes au-dessus de la cité n'étaient pas du brouillard qui s'attardait.

56.

Arthur était arrivé en surplomb de la rive du Léguer. Masqué encore par une frange d'arbres, il reprenait son souffle, penché en avant, les mains sur les genoux.

Ne plus entendre sonner les cors aurait dû l'inciter à ralentir l'allure. Mais le besoin de se retrouver chez lui, fût-ce dans des ruines, de chercher les siens, de les rassurer, de se rassurer lui-même, avait pris le dessus.

Il attendit de se sentir prêt à affronter la vision des terres de son enfance ravagées pour se redresser et avancer jusqu'au bord de l'escarpement rocheux. Avant de descendre et de traverser l'estuaire à la nage pour se rendre dans le port, puis, de là, jusqu'à la Vieille Cité, il devait s'assurer que le navire dans lequel il avait été retenu ne l'avait finalement pas devancé. Qu'il n'allait pas tomber dans un piège tendu par les mages noirs restés à son bord.

Il prit une profonde inspiration, écarta un lot de branches basses et engloba le paysage, le cœur serré.

Hier encore il se serait émerveillé devant la palette de bleus et de verts de la rivière. Elle serpentait, s'évasait jusqu'au pied du promontoire qui lui faisait face, puis se frayait un chemin sous-marin plus sombre dans le turquoise de la baie. Jusqu'au grand large où ses eaux douces étaient emportées.

Il fut incapable d'en voir la beauté.

Les quelques écharpes de brume qui persistaient au-dessus des terres se mêlaient à la fumée qui s'échappait de la Vieille Cité. La violence de l'incendie se lisait dans le port. L'avancée de bois qui, ce matin encore, supportait les tavernes, les entrepôts et les pontons n'existait plus. Tout avait brûlé. Ne restaient plus que les pilotis. Leurs pointes noires émergeaient de l'eau comme des lances inutiles. Aucun navire ne subsistait. Seules quelques grosses carcasses fumantes, à la coque noircie, attestaient encore leur ancienne présence.

Il sentit ses jambes flageoler. Le mur d'enceinte de la ville était intact. Il était trop loin pour voir au-delà de ses portes béantes, mais trop de fumée se mêlait au brouillard pour qu'il puisse douter de ce qui l'attendait.

Il n'était que les bâtiments en briques et en tuiles qui avaient pu rester debout. Cela regroupait la forge, l'auberge, les ateliers du maître verrier, le logis de Ké, la halle, et une soixantaine d'autres bâtiments réaménagés après le départ des Romains. Le reste de la cité n'était fait que de bois et de brande. Comme sa maison.

Il sentit des larmes lui piquer les yeux.

Inutile d'espérer. Chez moi n'existe plus.

Un instant le courage lui manqua et il fut enclin à s'écarter du rivage, à renoncer. Il se reprit aussitôt.

Ils sont toujours vivants. Et je vais les trouver.

Il croiserait bien quelqu'un qui le renseignerait sur l'endroit où ils s'étaient réfugiés. Tout en évitant les Saxons. Car il ne pouvait douter qu'il en soit resté. Trop de récits couraient sur leur compte. Ils ne quittaient jamais un lieu avant d'avoir pillé et rassemblé assez d'esclaves pour emplir les cales de leurs navires. Or, sur celui qui l'avait enlevé, il était seul.

Les mages devaient probablement vouloir me conduire au plus vite à Vortigern… Cela signifie qu'il y avait d'autres cyul ici.

Il se tourna vers le large. En aperçut un que ses rameurs propulsaient vers le nord, vers la pointe de l'Armorique.

S'ils sont partis, c'est qu'ils ont fait moisson.

Une lame de glace le parcourut à l'idée que les siens soient à bord, qu'ils aient été fauchés avec les autres habitants.

À en juger par la vitesse et la position du navire saxon, il avait dû quitter l'estuaire moins d'une demi-heure plus tôt, profitant du jusant avant que celui-ci ne vide la baie. Son niveau avait déjà considérablement baissé. Des bancs d'argile affleuraient sa surface, de même que des récifs. Bientôt, il serait impossible d'y naviguer.

Son œil douloureux se posa sur le profil d'une barque qui remontait le courant en direction de la tour de guet ouest. Une femme la menait à grands coups de rames. De là, il ne pouvait voir ses traits, encore moins se faire une idée de son âge.

Sans doute quelqu'un de la cité, échappé pendant l'attaque et revenu maintenant que le danger s'est éloigné. Comme moi.

Cela le rassura. Si elle avait pu fuir, d'autres aussi. Son père, Arguël, dame Lilwenn, Ké…

Allons rejoindre les miens…

Il eut du mal pourtant à détourner les yeux du frêle esquif, de son occupante. Inquiet. Si elle n'accélérait pas la cadence, elle s'échouerait avant d'avoir atteint la rive et devrait continuer à pied dans la vase.

J'espère qu'elle connaît la force du tirant et l'emplacement des gros trous d'eau. Ou alors que Gwilned viendra à son secours.

Ce ne serait pas la première fois que le géant sauverait quelqu'un de la noyade.

Il ne pouvait rester pour s'en assurer. D'autant qu'elle venait de disparaître à sa vue derrière la pointe anguleuse du promontoire.

Je prendrai de ses nouvelles quand j'aurai retrouvé les miens, se promit-il.

La distance qu'il avait à parcourir à la nage n'était pas importante. Mais la puissance du descendant aspirait la rivière vers le large. Une seule erreur, un seul relâchement et il serait emporté vers la baie.

Sans attendre davantage, il suivit un sentier tracé par un sanglier dans les taillis qui meublaient le contrefort rocheux et parvint sans encombre à la berge.

Il frotta ses mains l'une dans l'autre, prit de longues et puissantes inspirations pour se stimuler avant d'entrer dans l'eau.

Retrouver son contact glacé le fit frissonner de la tête aux pieds. Il avança pourtant sur les galets. Confiant.

Faut juste que je reste concentré.

Cette traversée, il l'avait déjà faite. Par défi. Avec Ké.

Le souvenir du dépit de son ami quand il avait repris pied, le premier, sur le sentier ramenant au village lui gonfla le cœur. Il avait tant de choses à lui raconter.

Il plongea, l'œil en direction de la rive opposée.

57.

La pierre tremblait dans la main de Ké. C'était la dernière qu'il lui restait à poser pour fermer le tumulus. À hauteur du regard clos d'Arguël. Il s'était promis de ne plus pleurer, mais ses larmes s'étaient remises à couler sans qu'il y prenne garde.

— Adieu papa, murmura-t-il.

Il prit une grande inspiration, emboîta le morceau de granit dans les autres.

C'était terminé.

Pourtant, il resta agenouillé. Il était dévasté. Même s'il savait qu'en cet instant son père et Langrain étaient fiers de lui depuis l'Autre Monde. C'était à eux qu'Arthur et lui devaient de savoir maçonner de cette manière. Les deux hommes leur avaient tout appris.

Un beau tombeau pour un beau guerrier. Oui. Un bien beau tombeau.

Dans lequel il aurait pu coucher Langrain si l'incendie le leur avait laissé.

Il sentit sa gorge se serrer.

Un mauvais moment à passer, lui avait promis son père. Il était certain à présent qu'il mentait. Que le vide qu'il laissait ne serait jamais comblé.

Il soupira. Il allait devoir s'y faire malgré tout.

Avancer. Maintenant.

Il releva la tête. Se sentit plus vulnérable encore.

Le brouillard s'est retiré. Mieux vaut ne pas traîner là.

Il ressentit pourtant le besoin d'inspirer l'air du large à pleins poumons avant de retourner à l'abri de la grotte et de décider, seul, d'un plan pour délivrer les prisonniers.

Il n'avait pas renoncé.

Il ramassa l'arc, le passa en bandoulière, de même que le carquois, puis se redressa. Évitant de regarder en arrière malgré l'envie morbide qu'il en avait, il franchit la courte distance qui le séparait du porche, le traversa puis gravit la volée de marches. Une fois dans la salle des gardes, il barra la porte pour ne pas être pris à revers et, pour la troisième fois de la journée, grimpa sur le toit.

Il remarqua le cyulae qui s'éloignait de la baie à l'instant même où il parvint au bord du muret de protection. Comme une injure à sa douleur, à sa détermination.

Une injure à la mort de son père.

Le navire ! Il prend le large !

Il ne pouvait se tromper. C'était celui qui avait embrasé la cité, celui d'où les Saxons avaient débarqué en quête de prisonniers.

Sa poitrine lui fit mal.

Partiraient-ils sans esclaves à vendre ?

Non... bien sûr que non. Il est trop tard. Trop tard pour sauver mon maître. Je n'aurais pas dû attendre. J'aurais dû les délivrer, lui et les autres, quand je les ai vus, quand je le pouvais ! Et maintenant, je n'ai plus que des ennemis !

Il en tenait pour preuve le Saxon qui l'avait attaqué. Les autres n'allaient pas tarder à se mettre à sa recherche. Quand il le trouveraient au milieu du champ, ils retourneraient chaque pierre de cette esplanade pour tenter de dénicher son meurtrier.

Il écrasa violemment ses poings sur la brique, cassa sa nuque en arrière, hurla de colère, de regret, de détresse. De culpabilité. À s'en déchirer les cordes vocales. À n'avoir plus de souffle.

Lorsqu'il baissa la tête, vidé mais nullement apaisé, son œil accrocha la silhouette d'une jeune femme à bord d'un esquif. Coiffée d'un étrange animal portant chapeau, elle faisait route vers la crique qu'il surplombait. Elle l'avait entendu. Elle le regardait fixement tout en continuant à souquer dans le faible tirant d'eau qui restait. Elle allait bientôt devoir descendre et se confronter au courant.

Le bas de sa tunique va s'entortiller autour de ses jambes, la faire tomber ! Elle sera emportée au large et noyée avant d'avoir pu se dégager.

Le danger qui la menaçait l'arracha brutalement à son sentiment d'impuissance.

Je dois l'aider ! La ramener sur la rive, puis la conduire à la grotte, à l'écart des Saxons.

Il mit ses mains en porte-voix et hurla :

— Reste dans la barque ! Je viens te chercher !

À l'instant où l'inconnu disparaissait à sa vue, Morgan sentit la coque buter sur le fond, puis racler dans un crissement sinistre.

— As-tu compris ce qu'il criait ? demanda Soriot comme elle essayait de manœuvrer pour se dégager, chercher une autre passe.

— Non ! Les oiseaux font un tel concert !

Ils s'entendaient à peine tous deux.

Un instant éloignés par le hurlement qui avait déchiré la gorge du jouvenceau, ils piquaient et repiquaient de plus belle. Et pour cause, la mer se retirant à toute allure, Morgan voyait sauter les poissons autour de l'esquif. Un festin royal dans une mer si limpide qu'elle avait eu l'impression, quelques minutes plus tôt, que rien ne les soutenait.

— Tu devrais rentrer dans la besace, Soriot, ou tu vas finir croqué à ton tour.

Il en était arrivé au même constat. Un goéland venait de fondre sur lui. Il reprit de la hauteur en le voyant disparaître au fond de la barque et Morgan agiter la rame dans sa direction.

Le danger écarté, elle essaya de dégager l'esquif. Rien à faire. Tout ce qu'elle obtiendrait, si elle décrochait la quille d'entre les rochers, serait de partir en arrière ou d'ouvrir une voie d'eau.

— Je crains que nous ne devions continuer à pied, lança-t-elle.

Elle regarda autour d'elle. Deux cents pas tout au plus la séparaient du rivage constitué de rochers. Entre deux, la couleur de l'eau était changeante, révélant des trous profonds par endroits. À d'autres, des remous et des circonvolutions dans le courant annonçaient des roches affleurant. Et soudain elle comprit.

— Une mise en garde. C'était une mise en garde !

— Quoi ? s'époumona Soriot qui surveillait le ciel depuis la besace, prêt à la refermer au moindre danger.

À cet instant, le regard de Morgan accrocha un mouvement dans l'escalier, sous la tour. Le jouvenceau le dévalait à vive allure.

– Il vient nous chercher, lança-t-elle encore en fronçant les sourcils.

Tantôt, sa silhouette, ses traits lui avaient semblé familiers, mais il s'était évaporé avant qu'elle n'ait pu préciser sa pensée. À présent elle le reconnaissait.

Ké ! C'est Ké !

– Soriot, c'est Ké !

– Celui de ta vision ?

Rattrapé par la curiosité, il remonta sur ses genoux pour regarder en direction de la berge. Le jeune homme sauta la dernière marche, atterrit sur un rocher plat et, sans perdre son élan, les braies déjà relevées aux mollets, continua sur sa lancée.

– Se pourrait-il que je me sois trompée ? que ce soit finalement lui l'héritier du trône ?

– On ne va pas tarder à le savoir.

Il agitait les bras dans leur direction, avançait dans l'eau comme un crabe, cassant le mouvement de retrait.

Elle n'avait pas l'intention d'attendre qu'il vienne jusqu'à elle. Elle était bien trop impatiente de le rencontrer. Et puis ce qu'elle avait noté ne l'effrayait pas. Elle s'était déjà aventurée dans le jusant autour d'Aval pour ramasser des coquillages. La configuration sous-marine de cette baie n'était guère différente de celle qui reliait l'île à sa sœur, plus grande, ou au continent.

– Déchire le bas de ta robe, Morgan des Brumes. Cela offrira moins de prise au courant, suggéra Soriot en la voyant déjà prête à enjamber le plat-bord.

– Bonne idée.

Elle récupéra sa serpette, taillada le tissu à hauteur des genoux.

– Retourne à l'abri, conseilla-t-elle une fois qu'elle eut terminé, je ne veux pas avoir à m'inquiéter pour toi jusqu'à ce que nous soyons au sec.

– Recommandation inutile ! assura Soriot qui continuait de surveiller le goéland du coin de l'œil.

L'oiseau ne semblait pas avoir renoncé à en faire son dîner.

Elle enfila la besace en bandoulière, glissa dans l'eau fraîche. Puis avança dans la direction de Ké en prenant soin, malgré tout, d'imiter la manière dont il marchait.

Ké la regarda s'avancer vers lui avec hantise avant de se rendre compte qu'elle était plus vigilante qu'il ne l'avait craint. Il n'en poursuivit pas moins sa progression dans le tirant d'eau, porté par la nécessité de s'imposer en sauveur au regard de sa conscience. Et par le sourire qu'il voyait grandir sur son visage à mesure que la distance entre eux se raccourcissait.

Elle est rudement jolie. Et bien faite...

Il se fustigea intérieurement. Était-ce bien le lieu ? le moment ? Même si, pour une fois, Arthur n'était pas là pour l'éclipser. Cette seule pensée le renvoya à tout ce qu'il venait de perdre, à sa culpabilité, à son chagrin.

Il se renfrogna d'autant.

Mieux valait qu'il se concentre sur le danger. Et rien d'autre.

Enfin, il fut devant elle. Un instant il ne sut s'il devait d'abord la saluer et se présenter. La voir chanceler dans un tourbillon brusquement formé autour d'eux décida à sa place.

– Accroche-toi à moi, dit-il simplement. À deux on sera plus solides pour revenir à la crique.

Elle obéit, soulagée. Souquer contre le courant lui avait brisé les bras. Marcher dans les trous d'eau, parfois si profonds qu'elle était prise jusqu'à la poitrine, lui avait tétanisé les jambes.

Elle resta sur ses gardes jusqu'à ce qu'ils aient atteint la rive.

– Merci, lâcha-t-elle enfin en se laissant tomber, épuisée, sur un rocher.

Ké hocha la tête, rencontra son regard, se troubla de nouveau.

Les plus jolis yeux que j'aie croisés...

Cette fois il accepta que sa détresse en soit discrètement apaisée.

– Il ne faut pas rester là. Le gros des Saxons a repris la mer, mais d'autres gardent encore la cité.

– Nous nous en sommes doutés, oui.

Ké sourcilla.

– Nous ?

Morgan se mit à rire.

– Tu peux sortir, Soriot. Je crois qu'il est temps de te présenter à notre ami Ké.

Ké se sidéra.

– Tu connais mon nom ?

– Et moi aussi, annonça Soriot en surgissant de la besace pour grimper sur l'épaule de Morgan.

Oreilles en pointe, teint verdâtre, yeux globuleux, énuméra à toute allure l'esprit de Ké.

Il fit un bond en arrière, s'entrava, battit des bras, reprit son équilibre sous le sourire amusé de Morgan.

Elle ne savait pas s'il était celui qu'elle cherchait, mais il lui plaisait.

Il finit par tendre un index tremblant en direction du lutin, balbutia.

— Ko... ko... ko...

— ... rrigan, pour te servir, Ké, acheva Soriot, hilare, en soulevant son chapeau d'écorce.

Leur légèreté n'eut pas raison de l'incrédulité de Ké. Il n'osait plus bouger, se demandant s'il n'était pas en train de rêver.

Morgan se redressa, lissa les pans déchirés et trempés de sa tunique pour ramener un peu de normalité entre eux.

— J'ignore ce que l'on t'a raconté à propos des korrigans, mais Soriot est le meilleur ami que je connaisse. Et la bienveillance même.

— D'accord, accepta Ké abruptement.

Il allait bien falloir qu'il se fasse à cette idée.

Un korrigan... Je suis en face d'un korrigan... Sang de sang de sang de lui ! Quand je vais raconter ça à Arthur !

Il se racla la gorge, se reprit. Il devait avoir l'air d'un idiot.

— Nous arrivons de l'île d'Aval, continua Morgan.

Ké fronça les sourcils.

— L'île d'Aval ? Es-tu l'une des prêtresses ?

— En effet. J'ai eu une vision de toi au milieu de l'incendie de la cité.

Ké hocha la tête. Il comprenait mieux à présent. Se sentit soulagé.

Une prêtresse, dotée du pouvoir de double vue. Formée par tante Vivian. C'est forcément maman qui l'a guidée jusqu'ici.

— Remontons. Je connais un endroit où nous serons en sécurité. Nous parlerons en marchant.

Morgan lui emboîta le pas, Soriot bien calé entre ses épaules. Elle avait faim de réponses, désormais.

58.

Vivian leva les yeux entre deux trouées de branchages, trop épais jusque-là pour qu'elle puisse confirmer son intuition.

L'azur se voilait d'une discrète nappe de brume, mais son intensité alors que la journée déclinait ne faisait plus de doute.

Les Ténèbres s'étaient retirées.

Cela ne pouvait signifier qu'une chose : ainsi qu'elle l'avait secrètement espéré, Morgan avait fait le choix de la lumière. Elle avait quitté Aval dans le sillage de Soriot avant le débarquement de Vortigern.

Elle se sentit plus légère. Plus légère mais pas apaisée pour autant.

Elle n'avait emporté qu'une bataille. La guerre qui s'annonçait était loin d'être gagnée. Vortigern et le Prince Rouge allaient traquer la jouvencelle au même titre qu'Arthur. Au même titre qu'elle. Ils seraient d'autant plus déterminés et vindicatifs. Les Saxons allaient s'enfoncer profondément dans les terres, violant, pillant, ravageant tout sur leur passage, emplissant les cyul de prisonniers, embrasant les forêts pour en chasser les druides, les capturer, les torturer dans l'espoir d'un indice, d'une trahison. Ils s'en prendraient aux moines dans les abbayes, obtiendraient des complices chez ceux que les rites celtiques dérangeaient, en échange de leur vie, du maintien de leur culte, de leurs récoltes. Dès lors, plus rien ni personne ne serait épargné.

Vivian n'avait aucun doute là-dessus. Elle avait déjà vécu ces horreurs, ces délations par le passé, à l'époque où Soriot avait été ravi aux siens, où le petit peuple avait été massacré.

À la différence près que, cette fois, sa conscience serait entachée du fardeau des morts, des blessés, des sacrifiés. Et qu'au lieu de s'en désespérer elle allait devoir s'en faire une bannière d'honneur et de courage pour ne pas en être affaiblie au moment où Merzhin viendrait à elle. Au moment où il faudrait qu'elle lui rende ses pouvoirs.

Cela faisait des années qu'elle s'y préparait, tout en priant pour que cela n'arrive pas.

Il lui sembla entendre la voix de Lilwenn dans son oreille :

Comme si cette prophétie pouvait être changée autrement que par le sang de Morgan !

Elle avait essayé. Et tant que Morgan resterait libre, elle refuserait de croire qu'elle avait échoué.

Elle tourna la tête vers l'Aïeule aux Blanches Mains qui cheminait à ses côtés, ouvrant la marche de leur cortège funèbre qu'encadraient les dames du conseil des Sages. Depuis la mort d'Amalia, sa vieille amie n'avait pas prononcé un mot. Elle s'appliquait à son rôle de guide de la communauté le visage fermé. Vivian l'avait déjà vue dans cet état quand elle avait ramené Morgan sur Aval, dans leur cercle de protection tout juste créé. Quand elle l'avait ramenée vive alors que sa mission était de la reprendre au Prince Rouge puis de la noyer.

Comme en ce temps-là, le silence de l'Aïeule en disait long sur sa réprobation. Aujourd'hui s'y ajoutait de la tristesse. Une tristesse si profonde qu'elle n'avait pas osé la défier.

Elle s'était contentée, près d'elle, de conduire les dames et les demoiselles d'Aval le long de la voie romaine puis à l'abri des futaies qui recouvraient le cœur de l'Armorique. Se concentrant sur l'essentiel : dans deux jours, elles atteindraient Brocéliande, refermeraient sur elles la magie de ce lieu enchanté, si puissante que même le Prince Rouge n'avait réussi à en percer l'entrée autrefois.

Dans deux jours, elle enterrerait Amalia dignement, loin des charognards qui suivaient son cadavre pourtant soigneusement enroulé dans un tissu herbé. Il n'y avait qu'eux qu'elle pouvait craindre jusqu'à leur arrivée. Aucun malandrin ne s'en prendrait à elles. Leurs tenues de druidesses imposaient le respect, partout, même chez les brigands.

Dans deux jours, elle pourrait se connecter à l'esprit de Soriot et en apprendre davantage sur les choix de Morgan, sans que le Prince Rouge puisse les capter.

Alors seulement, et pour un temps, elle serait rassurée.

Un soupir dans son dos annonça la fatigue qui pesait sur les épaules des jouvencelles portant la litière d'Amalia. Elles se relayaient depuis qu'elles avaient abordé le continent. La dernière pause était loin.

Elle se repéra à deux gros chênes encochés sous une branche haute par les druides. La clairière qu'elle espérait atteindre avant la nuit n'était plus qu'à quelques pas.

— Nous y sommes, annonça-t-elle à l'Aïeule bien que convaincue de n'obtenir aucun commentaire.

Son timbre éraillé, glacial, la cueillit d'autant plus durement.

— Et ensuite ?

La vieille femme avait tourné son visage parcheminé vers elle. Et deux yeux aussi perçants que ceux d'un aigle. Deux yeux emplis de rancœur.

Elle haussa les épaules, la gorge nouée par le reproche qu'elle sentait poindre, même s'il marquait la fin de ce mutisme qu'elle exécrait.

— Nous continuerons au petit jour.

— Ce n'est pas ce que je te demande, Vivian.

Elle inspira profondément, soutint son regard.

— Que veux-tu que je te dise ? Que nous allons devoir nous terrer et végéter à Brocéliande ? Que Lilwenn et toi aviez vu juste ? Que j'aurais dû m'en tenir à ma mission il y a treize ans ? Jamais. Je ne le pourrai jamais. Parce que j'ai raison. Morgan a appelé les Ténèbres, certes, mais c'était contre son gré. Et les voici reculées, cette fois par sa volonté. Je ne m'excuserai pas de l'avoir laissée vivre. Encore moins de l'aimer. Je le devais à sa mère que nous ne sommes pas parvenues à délivrer… Et toi aussi.

Un soupir souleva la poitrine sèche de l'Aïeule.

— Et à la mémoire d'Amalia, Vivian ? Que dois-tu ?

— Respect, honneur et prière, répondit-elle tristement. Mais je ne me sens pas coupable. L'es-tu ? L'es-tu toi qui as eu la prémonition de sa mort et qui ne t'es pas précipitée pour l'empêcher ?

L'Aïeule se décomposa.

— Que crois-tu donc ? Que sciemment je n'ai rien fait ?

— Non, bien sûr que non, se troubla Vivian devant l'évidence de son remords.

Elle lui posa la main sur l'épaule, ajouta :

— Pardonne-moi, c'était déplacé. Je sais que l'on ne commande pas aux visions, mais c'est la première fois qu'une des tiennes arrive trop tard. Je ne m'explique pas pourquoi.

— Sinon par la prophétie, se défendit l'Aïeule.

— Sinon par la prophétie, lui consentit Vivian.

Durant quelques secondes le silence les enveloppa de nouveau, troublé par le chant des oiseaux qui se répondaient de branche en branche et le bruissement des taillis sous le passage des petits animaux. Vivian repéra sa route à deux autres signes sur l'écorce, écarta un lot de fougères aussi grandes qu'elles.

Derrière, au milieu d'un vaste espace dégagé, siégeait un dolmen caressé par un rai de soleil rasant. Il était suffisamment imposant pour abriter la litière d'Amalia et maintenir à l'écart les charognards de toute espèce jusqu'au lendemain. Le chant d'une source, invisible encore, lui parvint, l'assurant de sa vivacité. L'endroit était idéal pour qu'elles se reposent une fois racines et baies récoltées.

Avant de s'en approcher davantage et d'annoncer à celles qui suivaient qu'ici s'achevait leur périple pour la journée, elle tourna de nouveau la tête vers l'Aïeule.

Elle avait besoin d'être en paix avec elle.

— Morgan est l'une des nôtres et je sais que tu y es autant attachée que moi, malgré ta réserve tout au long de ces années. Aie confiance en elle, je t'en prie.

Un long soupir lui répondit, puis une voix douloureuse. Presque un murmure.

— J'essaie, Vivian. J'essaie… Mais cela représente un lourd tribut. Bien plus lourd que tu ne peux imaginer.

59.

— C'est bien le lieu de ma vision, annonça Morgan à Ké en parvenant au pied du lavoir avec Soriot de nouveau juché sur ses épaules. Sauf que des flèches enflammées striaient les Ténèbres et que tu n'étais pas seul pour les affronter. Une femme t'accompagnait. Lilwenn.

— C'est ma mère et la sœur de Vivian.

Elle sentit son cœur s'alléger. Un autre pan du mystère se levait. Il lui en restait peu à découvrir désormais.

Ké avait commencé à leur raconter son histoire devant le tombeau de son père, donnant du sens à ce qu'elle avait vu dans la source enchantée. Elle n'avait pas osé l'interrompre, ni là, ni après, sur le sentier. Il avait besoin de parler, elle de savoir. De tout savoir. C'était évident, à présent. Ké n'était pas le futur roi qu'elle devait protéger, mais il comptait pour lui, comme il comptait déjà pour elle.

Sans doute l'avait-il senti aussi, car, à plusieurs reprises, ils avaient échangé un regard empli de tendresse. Comme s'ils se connaissaient depuis toujours.

— Viens, lui dit-il en lui prenant la main pour la conduire jusqu'au passage. Nous n'avons pas croisé de Saxons, mais ils ne sont peut-être pas loin. Mieux vaut qu'on ne nous voie pas traverser.

Quelques instants plus tard, ils se retrouvaient dans la grotte, près du chaudron, et les larmes de Ké se remettaient à couler malgré lui.

— Pardonne-moi, dit-il en se détournant.

Elle lui posa la main sur le bras.

— Arguël a donné sa vie pour toi. Comme demain je devrai donner la mienne pour Arthur. Certains choix appartiennent au destin, Ké. Sois fier de celui que ton père a fait.

Il fronça les sourcils.

— Pourquoi dis-tu que tu vas devoir donner ta vie pour Arthur ?

Elle s'adossa à la paroi, prit une profonde inspiration, consciente que sa réponse allait profondément le perturber. Ne l'avait-elle pas été, elle aussi, en découvrant la vérité ? Elle ne savait même pas si elle s'y était habituée.

— Parce que comme lui je suis la fille d'un roi. Un roi cruel et illégitime. Un roi que je hais.

Ké blêmit.

— Morgan… Tu es Morgan des Brumes…

Elle hocha la tête, lut de la panique dans son regard, ainsi qu'elle s'y attendait. Soupira.

— À mon insu, j'ai provoqué ces Ténèbres qui t'ont tout pris, Ké. J'imagine que cela faisait partie de mon destin. Mais tu dois me croire. C'est vers la lumière que j'ai choisi d'aller. Elle ne serait pas revenue si j'avais vacillé.

— Elle dit vrai, Ké, renchérit Soriot. Vortigern a abordé sur l'île d'Aval. Depuis, nous fuyons son joug et l'emprise de son sorcier. Dans le seul dessein d'aider Arthur à reprendre ce qu'ils lui ont volé.

Ké restait sur la défensive. Il ne pouvait oublier que sa mère était partie pour Brocéliande afin de demander des comptes à Vivian. Et dans l'idée d'éliminer Morgan.

— Raconte-moi, demanda-t-il, décidé à se faire sa propre opinion.

Elle s'exécuta. Parla de la mort d'Amalia, du menhir, de la source enchantée, du Dieu Cornu, et de cette épée sur son bras dont le dessin n'avait de cesse, depuis qu'il était apparu, de se préciser.

Elle relevait sa manche pour le lui montrer lorsqu'un bruit de pas résonna dans le couloir qu'ils venaient d'emprunter.

Ils échangèrent un regard inquiet.

— Cache-toi, chuchota Ké.

Elle se fondit à l'obscurité. Il se colla à la paroi, près du passage, attendit.

Une silhouette jaillit de l'ombre.

— Sang de sang de korrigan ! entendirent-ils jurer comme l'intrus plongeait de l'avant et s'étalait devant le chaudron, victime d'un solide croche-pied.

— Arthur ? s'étrangla Ké, incrédule, en laissant ses poings retomber.

Arthur roula sur le dos, s'assit.

— Ké ? C'est toi ?

Ké se planta devant lui, hilare.

— Toujours aussi mauvais perdant !

Il lui tendit son bras. Arthur l'empoigna pour se redresser. La seconde suivante, éperdus de joie, ils se donnaient l'accolade.

— J'ai bien cru ne plus jamais te revoir, lança Ké, reprit par l'émotion, en le serrant à le broyer.

— Si tu savais ce qui m'est arrivé, tu n'en reviendrais pas. Figure-toi que...

La surprise l'empêcha de continuer.

— Toi, tu as vu un korrigan, se mit à rire Ké en le repoussant.

Il se trompait.

Ce n'était pas Soriot que fixait Arthur, mais Morgan.

Et cette épée, qui venait, en réponse à la sienne, de s'illuminer sur l'arrondi de son épaule.

60.

En remontant de la rivière, Arthur s'était précipité dans la cité. Il n'y avait trouvé que des Saxons avinés dont il avait dû se cacher. Craignant pour cette fille qu'il avait vue arriver en barque, il s'était rendu à la tour de guet. Il avait découvert le tumulus de pierres sèches, reconnu la facture. Anxieux, il avait soulevé la dernière pierre, senti son cœur se broyer en reconnaissant Arguël. La fille n'était pas là, il ne savait pas où la chercher. Il avait un instant pensé, en voyant sa barque immobile, qu'elle avait été emportée par le courant. Lors, en désespoir de cause, il s'était rendu là où tout avait commencé.

Dans cette grotte.

— Comme si ma brûlure au bras m'y guidait, avait-il confié à Morgan en prélude à la longue discussion qui les avait réunis, tous quatre, à quelques pas du chaudron.

Désormais il savait. Il savait que son père avait été un grand roi, mais que, comme Arguël pour Ké, Langrain avait été choisi pour lui donner protection et amour jusqu'à ce qu'il ait atteint l'âge de reprendre sa couronne. Il avait si souvent repoussé l'idée de sa perte ces dernières heures qu'il n'avait pu se résoudre à l'admettre. Il avait fallu le regard délavé et les traits ravagés de Ké, pour qu'il entende enfin la vérité.

Ils étaient orphelins. Tous les deux.

Ils s'étaient jetés dans les bras l'un de l'autre. Ensemble, ils avaient pleuré.

Tant et tant que Morgan s'était discrètement retirée avec Soriot dans un coin de la grotte. Elle s'était endormie, puis, réveillée à plusieurs reprises, elle avait vu les deux garçons qui discutaient encore l'un à côté de l'autre près du foyer que Ké entretenait.

Plusieurs fois elle avait voulu se lever, les rejoindre, mais ses paupières s'étaient refermées avant qu'elle n'ait pu esquisser le moindre geste.

Ce fut la sensation d'une main sur son épaule qui la tira d'un sommeil lourd, sans rêves. Elle ouvrit les yeux. Rencontra le sourire triste de Ké au-dessus d'elle.

Il s'écarta pour lui permettre de se redresser, lui tendit une écuelle de fer-blanc.

— C'est de la racine de chicorée.

Son parfum amer flottait dans la grotte. Elle le connaissait bien. Vivian adorait en préparer.

Elle le remercia chaleureusement, but quelques gorgées brûlantes avec le sentiment étrange de se retrouver chez elle près de lui, dans cet endroit qui leur avait servi de refuge à tous les quatre.

Apaisée, elle chercha Arthur. Le trouva un peu plus loin, la tête calée sur une pierre plate. Il dormait encore. Soriot, lui, était levé. Installé sur un bloc de granit, juste au-dessus d'elle, il soufflait sur quelques gouttes de la décoction dont les volutes se dispersaient dans la faible lumière des coupelles à feu.

Ké s'était assis à ses côtés, un œil tourmenté posé sur l'endroit où il avait soigné son père.

Elle lui recouvrit l'avant-bras d'une paume bienveillante, le forçant à la regarder, à revenir au présent. Et à ce demain qui désormais les liait.

— J'ai bien réfléchi, Ké, et je pense que nous devrions conduire Arthur à Brocéliande. Je ne suis pas certaine de parvenir, seule, à l'aider à reprendre son trône.

Il hocha la tête, soupira.

— Je suis aussi arrivé à cette conclusion. Mais il ne faut pas que tu nous accompagnes.

— Tu ne me fais toujours pas confiance, s'attrista-t-elle.

— Ce n'est pas cela, Morgan. Si Vortigern te capture, le Prince Rouge te fera basculer du côté obscur, alors ce ne sera plus seulement Arthur qui sera en danger. Ma mère est convaincue que seule ta mort peut éviter le chaos. Elle n'hésitera pas à t'éliminer. Et puis j'imagine que le Prince Rouge sait que Vivian a retiré ses pouvoirs à Merzhin. Il fera tout pour l'empêcher de les lui rendre. Même se servir de toi à ton insu. Et elle le sait, sans quoi elle n'aurait pas fui devant lui, elle ne t'aurait pas abandonnée sur Aval.

— Certes, mais c'était avant que je ne prenne connaissance de mon destin et que j'accepte de sacrifier ma vie pour Arthur. Je n'ai plus le choix. Je dois convaincre ta mère que je suis un atout dans cette quête et pas une menace. Quant à Vivian, ses dernières paroles allaient dans ce sens. Elle était persuadée que je choisirais la lumière et que je les sauverais toutes. Crois-moi, Ké. Quoi que tentent Vortigern et le Prince Rouge, ils ne pourront rien tirer de moi si nous restons unis.

Un bâillement sonore attira leurs regards en direction d'Arthur. Il s'était redressé. Comme Ké, il avait une mine affreuse, survivance de leur désespoir de la nuit.

Il sauta sur ses pieds, plongea la louche dans le chaudron, vida de la chicorée dans une écuelle puis les rejoignit d'un pas vif.

— J'ai suivi la fin de votre conversation et je suis d'accord avec toi, Morgan des Brumes, affirma-t-il en repoussant en arrière sa chevelure rebelle. Nous sommes liés par la magie blanche. Par la prophétie. Par l'épée. Je veux que nous la brandissions ensemble. Contre ton père. Et en souvenir des nôtres.

— Pas seulement des vôtres, Arthur, lança Soriot revenu se percher sur la tête de Morgan. C'est tout le petit peuple qui a besoin d'elle. Tout le petit peuple qui renaîtra quand Vortigern et le Prince Rouge seront tombés. J'ai foi en elle, plus qu'en aucune autre personne sur cette Terre. Visible ou invisible.

— Alors c'est décidé. Nous allons tous à Brocéliande. Une fois là-bas, il ne nous restera plus qu'à faire bloc pour obliger ma mère à changer d'idée à ton sujet, sourit Ké en voyant une larme de tendresse perler au coin de l'œil, déterminé, de Morgan.

Mois d'une heure plus tard, ils s'engageaient dans le boyau qu'avaient emprunté Merzhin et Lilwenn et s'éloignaient de la Vieille Cité.

Épilogue

Cela faisait plusieurs minutes déjà que le pas lourd de Vortigern écrasait la végétation roussie de l'île d'Aval et les cendres de ce qui avait été le village de ses prêtresses. Il avait attendu que les flammes s'éteignent, que les grands arbres aient fini de gémir pour accoster, conscient qu'avant de le fuir Morgan avait pris soin d'effacer toute trace. Sa réaction le laissait froid. Il y avait longtemps, depuis qu'il avait dû assassiner Dahut qu'il aimait pour la lui arracher des mains, qu'il n'éprouvait plus rien. Ni pour cette enfant, ni pour personne. Il s'était dévolu au pouvoir, à la noirceur, rongé autant par l'ambition que par la haine. Sa haine à l'égard des peuples de féerie et de celles et ceux qui les protégeaient. Bien qu'on les prétendît en harmonie avec la nature, ces créatures représentaient un non-sens pour lui. Il n'appréciait pas davantage celles, maléfiques, que le Prince Rouge employait parfois à son service. Mais il le craignait assez pour ne pas le contrarier en décidant de les éradiquer.

Un guerrier saxon se courba face à lui, près du puits devant lequel il s'était arrêté, les narines emplies de fumée nocive. Il le reconnut pour le chef de l'expédition qu'il avait lancée dans l'île.

— Personne, Votre Majesté, lui confirma l'homme au casque frappé d'une gueule de dragon. Mais nous avons aperçu plusieurs barques sur la crique qui fait face à la jetée, de l'autre côté du bras de mer. De toute évidence les prêtresses ont rallié le continent.

Vortigern agita une main aux veines sombres et marquées pour l'inviter à poursuivre.

— Nous avons aussi trouvé du sang séché sur la margelle d'un bassin. À en juger par son abondance et le fait que l'eau en soit encore troublée, je doute que celle qui l'a perdu soit encore en vie.

— Autre chose ? réclama une voix gutturale derrière lui.

L'homme s'écarta, laissa le Prince Rouge leur faire face.

— L'intérieur de l'une des huttes est intact. La dernière du village, sur le chemin qui mène au réservoir. Le chaume de la toiture s'est embrasé mais, pour une raison étrange, le feu s'est arrêté à sa structure.

Le Prince Rouge esquissa un sourire satisfait en réponse au rictus, mauvais, de Vortigern.

— Conduis-nous, exigea-t-il.

Ils marchèrent en silence jusqu'à la hotié qui avait survécu entre des troncs calcinés. Elle-même n'était plus qu'une carcasse de brandons, au milieu de laquelle trônaient une paillasse, quelques objets du quotidien ainsi qu'une malle ouverte et vide.

— Rien qui nous permette de découvrir leur destination, regretta le Saxon.

Indifférent à son constat, le Prince Rouge franchit le seuil, s'accroupit, puis promena un regard brûlant sur la terre battue. Son index se tendit en direction d'un discret affleurement.

— Creuse là.

L'homme se précipita, ne tarda pas à faire apparaître un dôme sous son poignard. Puis à retirer du sol une boule translucide de la taille d'un poing.

Le sorcier s'en empara puis se tourna vers Vortigern qui n'avait pas bougé.

— Doutez-vous encore de l'attachement de mes esclaves ?

Vortigern ne répondit pas. N'était-il pas devenu son prisonnier le jour où il avait accepté cette noirceur en lui et le prix qu'il lui consentait ? Pour autant, il n'en éprouvait ni remords, ni regrets. Le sorcier avait fait de lui ce qu'il rêvait d'être. Il lui avait donné le royaume qu'il méritait et ferait tout pour qu'il le garde. Sa propre ambition le réclamait.

Déjà, le sorcier plongeait son regard avide à l'intérieur du cristal.

— Alors ? demanda Vortigern lorsqu'il releva enfin la tête, sa lecture achevée.

Une lueur fauve traversa l'œil sans fond du Prince Rouge.

— Alors tout se passe comme je l'avais prédit. Vos ennemis marchent sur Brocéliande en compagnie de la seule de nos alliés qu'ils ne peuvent soupçonner. Bientôt, je vous l'affirme, vous foulerez leurs cadavres au pied.

— Parfait, se réjouit Vortigern en tendant vers l'azur la cicatrice qu'Uther Pendragon lui avait inscrite sur le menton avant de se donner la mort.

Avant, pauvre fol, de croire qu'une épée, fût-elle enchantée, pouvait lui ravir la couronne d'ombre qu'il s'était octroyée.

Chers amis lecteurs et lectrices,

Ainsi se clôt avec cette histoire le premier volet des aventures de Morgan des Brumes. Je suis heureuse qu'une fois de plus toute l'équipe de XO Éditions soit derrière moi pour vous faire partager ce beau projet d'écriture. Je leur dois tant !

À vous aussi mes enfants, mes petits-enfants, mes amis, mes amours, mon amour ! Vous êtes ma lumière à jamais.

D'où que viennent parfois les Ténèbres.

Je voudrais aussi remercier l'une d'entre vous, Martine Besnier, qui a eu la gentillesse de m'héberger près du Yaudet et de me faire découvrir les lieux de ce roman.

Qui sait ? Je m'inviterai peut-être chez vous pour les autres.

Une pensée aussi pour Marion Zimmer Bradley dont la trilogie sur les dames d'Avalon me conduisit à voir autrement, à rêver autrement et d'une certaine manière à rencontrer mon propre destin.

Prenez soin de vous.

On se retrouve bientôt.

Mireille Calmel

Du même auteur chez le même éditeur

Suites romanesques

— Aliénor

Le Lit d'Aliénor, 2002

Le Lit d'Aliénor, édition illustrée et augmentée, 2021

Aliénor, 2011-2012
Tome 1 : *Le Règne des Lions*
Tome 2 : *L'Alliance brisée*

Richard Cœur de Lion, 2013-2014
Tome 1 : *L'Ombre de Saladin*
Tome 2 : *Les Chevaliers du Graal*

Aliénor, un dernier baiser avant le silence, 2015

La Rivière des âmes, 2007

— Le Bal des louves, 2003
Tome 1 : *La Chambre maudite*
Tome 2 : *La Vengeance d'Isabeau*

Le Bal des louves, l'intégrale, éditions Cléa, 2021

— Lady Pirate, 2005
Tome 1 : *Les Valets du roi*
Tome 2 : *La Parade des ombres*

— Chant des sorcières

Le Chant des sorcières, tomes 1 à 3, 2008-2009

La Reine de lumière, 2009-2010
Tome 1 : *Elora*
Tome 2 : *Terra incognita*

— *Les Lionnes de Venise*, tomes 1 et 2, 2017

— *La Fille des Templiers*, tomes 1 et 2, 2018

— *La Louve cathare*, tomes 1 et 2, 2020-2021

Romans

La Marquise de Sade, 2014

La Prisonnière du diable, 2019

D'écume et de sang, 2022

Du même auteur en coédition

Roman jeunesse

Le Secret de Léonard, illustrations de Romain Mennetrier, Belin/XO Éditions, 2020

Mystères au théâtre, illustrations de Sophie Leullier, Belin/XO Éditions, 2021

Bande dessinée

Le Lit d'Aliénor, duchesse d'Aquitaine, tome 1, Mireille Calmel-Pierre Legein, Grrr… Art Éditions/XO Éditions, 2021.

Du même auteur

Les Tréteaux de l'enfance, 2004, Elytis

Composition et mise en pages
Nord Compo à Villeneuve-d'Ascq

Achevé d'imprimer sur Roto-Page
par l'Imprimerie Floch à Mayenne
en septembre 2022

N° d'édition : 4830/01 – N° d'impression : 100192
Dépôt légal : octobre 2022

Imprimé en France

Chapitre IV

Cela faisait des années que Thierry était revenu de Dana. Dix-huit exactement.

Dès qu'il fut remis de son opération, il vendit quelques « cailloux » pour s'installer près de sa fille au Pyla. Il voyagea avec sa petite-fille, lui faisant visiter le monde. Ils avaient tenu leurs promesses respectives, se soutenant l'un l'autre. Le comportement de Judy avait changé du tout au tout. À tel point que parfois Ludivine se demandait si c'était sa fille qu'elle avait devant elle. Quand ils passèrent par les États-Unis, elle refusa d'aller voir son père. Elle ne voulait plus avoir affaire à lui.

Après sa désintoxication, Ludivine l'avait inscrite en tant qu'interne dans une école privée à Bordeaux. La petite n'avait pas protesté. Elle s'était mise au travail et avait rattrapé tout son retard. Elle avait suivi des études de commerce supérieures, et avait repris le poste d'Adeline dans l'entreprise familiale.

Kyle et Marilyne avaient réussi leur médecine. Ils s'étaient mariés et avaient une petite fille. L'une comme pédiatre, l'autre comme oncologue, ils travaillaient dans la clinique de Jean-Pierre, heureux de savoir à qui passer le flambeau.

Philippe accepté comme candidat libre avec ses « neveux », finit par se lancer avec l'aide de son père dans la fabrication de médicaments tirés des « recettes » mises au point par ses parents à Dana. Ses affaires marchaient bien, il s'était marié et avait trois enfants. Il ne regretta jamais d'avoir quitté son île.

Comme toujours, Woo assoiffé de connaissances parcourut le monde avec son ami. Il fut émerveillé par les cristalleries de Murano, et d'ailleurs. Il y resta pour parfaire son savoir de souffleur. Le monde qui l'entourait éveillait tellement sa curiosité, qu'il avait relégué Dana au fond de son cœur. Pourtant, par moments, le désir de revoir sa femme et ses enfants le titillait. Dans ses pérégrinations il avait rencontré une femme en visitant un musée. Ce n'était pas une beauté, mais son charme et surtout son érudition et son humour l'avaient immédiatement attiré. Plus tard c'est sa gentillesse qui le fit fondre. Ils étaient faits pour s'entendre.

La rémission du cancer de Maddy devint définitive. Au début elle n'apprécia pas tellement que son frère décide de vivre sur le Bassin d'Arcachon. Mais celui-ci faisait souvent la navette entre la Suisse et la France. Il avait repris le ski en hiver. Organisant les Noël dans le chalet familial. Les Noëls blancs lui avaient trop manqué à Dana. Patrick, le frère de Ludivine s'était lui aussi pris d'affection pour le père de sa sœur.

En fait, toute la famille, jusqu'à Malou et Hubert, avait accepté le retour de Thierry. Pour tous il était devenu le chef de la tribu, et ils se tournaient vers lui pour un conseil ou une aide.

Quant à Ludivine et Pierre, ils vivaient au rythme des tournées de ce dernier et filaient le parfait amour. Le jour de leur mariage Thierry offrit à sa fille le collier qu'il avait fait faire par Basaner Les diamants une fois taillés s'étaient révélés d'une pureté absolu. Le second collier alla à Maddy.

Thierry avait demandé à son gendre de lui donner des cours de piano et avait fait d'énormes progrès grâce à lui. Il travaillait assidûment et son talent s'épanouissait.

Les membres de la « tribu » vivaient en toute indépendance, bien que toujours reliés par téléphone. Pourtant, des circonstances étaient sacrées, comme : Les anniversaires et les fêtes de fin d'années. Comme ils étaient nombreux les fêtes étaient regroupées par mois. Ce qui fait qu'ils se réunissaient souvent.

Aujourd'hui était précisément l'un de ces jours de fêtes. C'était le mois d'anniversaire de Kyle, Pierre, Frédérique (fille et petite-fille des précédents), et de Mathieu (fils de Philippe). Soit : le mois d'avril. La fête battait son plein. Ils ne s'étaient pas vus depuis Noël, il y avait donc beaucoup de chose à dire. Vers la fin de l'après-midi, comme à chaque anniversaire de Pierre, Thierry s'était mis au piano. Il jouait une pièce de Listz, qu'il avait travaillé ces derniers mois et le lui offrait en cadeau. C'était devenu une tradition, et tout le monde écoutait avec ferveur. Le morceau était celui que son gendre préférait. Il ne voulait pas rivaliser, seulement lui faire plaisir.

Ému, Pierre se mit à son propre piano à queue, face à son beau-père et l'accompagna. Quand ils eurent terminé, l'assistance resta silencieuse. Une petite voix s'éleva :

— Papili, pourquoi tu ne joues pas sur l'estrade avec Pierre. Je suis sûr que toi aussi tu aurais plein de bravo.

C'était Pascal, 6 ans, issu d'une fille de Jean-Pierre, qui venait d'émettre cette évidence. Les grands et les moins grands éclatèrent de rire. Mais Pierre réagit :

— Il a raison. Pourquoi lors de ma première et de ma dernière tu ne jouerais pas avec moi ? Tu es bon. Très bon. Je suis presque jaloux. En fait je serais très honoré que tu acceptes.

Thierry éclata de rire.

— Arrête ! Je suis trop vieux pour ces bêtises.

Ludivine intervint :

— Pas du tout. Tu n'as jamais été en aussi bonne forme.

— Mais on jouerait quoi ? Il faut un morceau que j'ai déjà travaillé, parce que si je me souviens bien, ta première est dans un mois.

Pierre réfléchit. Philippe se mêla à la discussion, s'adressant à Pierre :

— Tu sais ce qui serait bien, c'est le concerto de Tchaïkovski que tu as joué la première fois que l'on t'a écouté à Genève, le soir de notre arrivé en Suisse.

Il se tourna vers son père :

— Papa. Tu le connais par cœur. À chaque fois que tu l'entends, tu le joues sur tes genoux. Ce serait formidable.

Puis avec emphase :

— Je vois très bien la chose. Vous jouez tour à tour les mouvements, pour finir ensembles en apothéose. L'orchestre derrière…

Thierry l'interrompit :

— Ne rêve pas mon fils. Je vais massacrer ce concerto et gêner Pierre plus qu'autre chose.

Ludivine parla à son tour :

— Oh papa ! Ce serait comme un retour aux sources. C'est le morceau qui nous a tous réunis. J'ai connu Pierre quand il le travaillait. C'était *notre* année, ce serait un hommage. Oh s'il te plaît.

Pierre qui était resté pensif depuis l'intervention de Philippe, se réveilla :

— Philippe a raison. Tu connais bien ce morceau. Nous avons un bon mois avant la première et je suis sûr qu'en bossant bien, nous y arriverons. Chacun son mouvement et on finit en apothéose. Je l'entends déjà.

Il se remit au piano et plaqua les premiers accords. Faisant signe à son beau-père de s'y mettre. Thierry hésita, puis ne résista plus. Il se lança rattrapant son gendre. Les autres reprirent leur place. À la fin les applaudissements fusèrent. Philippe enfonça le dernier clou.

— Je t'avais dit que tu y arriverais. Allez, c'est dit, tu te mets au boulot et « viva » la première.

«La Bayadère » résonnait des répétitions des deux compères. Ils s'exerçaient encore et encore. Les portes et les couvercles des pianos claquaient souvent. Il y eut des bouderies, suivies de réconciliations avec excuses réciproques. Thierry eut parfois envie d'abandonner, mais Ludivine et Judy veillaient au grain. Bientôt tout devint fluide et harmonieux. Le moment de voir comment ils allaient s'entendre avec l'orchestre arriva.

Pour cela ils regagnèrent la maison familiale au bord du lac Léman. Tous les jours les deux hommes faisaient le déplacement à Genève. Plus le jour de la première approchait moins ils étaient faciles à vivre. Ludivine, Maddy et Erwin les supplièrent d'aller à l'hôtel. Ce qu'ils firent. Le concierge du « Beau Rivage » n'avait pas changé. Il ne pinçait plus le nez en voyant Thierry. Surtout depuis qu'il savait qu'il était le beau-père du grand pianiste de Nerval.

Le jour de la première était enfin là. La tension des longues répétitions avait fatigué Thierry, mais pour rien au monde il n'aurait laissé transparaître quoi que ce soit. Il était bien trot excité par ce qui se passait dans sa vie.

Il était en train de vivre un rêve, Judy était la seule à être au courant. Il avait toujours eu envie de jouer sur scène devant un public. Les « concerts » qu'il donnait à Dana n'étaient qu'un jeu. Les fausses notes passaient à l'as. Personne ne les remarquait. Maintenant, il était dans la cour des grands. Il se sentait comme un étudiant le jour de son examen final. Il avait le trac.

Afin de se détendre, il voulut passer la journée seul. Sans voir personne de la famille. Il se leva de bonne heure.

Alla faire une grande ballade au bord du lac. Se promenant dans le grand parc de « la Perle du Lac ». Assis sur un banc, il faisait le bilan des ces dernières années.

Dix-huit ans plus tôt, à la même époque, il était passé devant ce parc en voiture, en direction de « sa » maison. Les arbres avaient les mêmes fleurs. Il avait la même peur qu'aujourd'hui, pour d'autres raisons certes, mais la boule à l'estomac était la même. Un écureuil effronté s'approcha, réclamant une gâterie. Quand il comprit que Thierry ne lui donnerait rien, il repartit queue en panache, vexé. Thierry sourit en voyant son manège. Il prit une grande inspiration. Il se sentait bien. Pas une seule fois depuis son retour, il n'avait regretté son départ de Dana. Contre toute attente, seul le trio Jack, Éric et Will lui manquait. Leur tolérance, leur sagesse, leur bonté. Il se prenait souvent à se demander comment ils allaient. Pour le reste… ses sentiments étaient flous. Sa fille et ses petits lui manquaient, mais Ludivine, ses enfants et petits enfants avaient comblé le vide.

Il déjeuna sur la terrasse du restaurant du parc. Les filets de perche étaient délicieux. Il rentra sans se presser. Fit une sieste réparatrice. Réveillé vers dix-huit heures, il prit un long bain en sirotant un bon whisky, plaisir dont il ne se lassait pas. Prit un dîner frugal. Il se rattraperait après le concert en compagnie du reste de la famille. Il enfila son smoking. Glissa la photo d'Adeline dans une poche intérieure. Elle la représentait jeune, belle, telle qu'elle était quand ils s'étaient connus. Il la plaqua contre son cœur.

Il ajustait son nœud papillon, quand on frappa à la porte :

— Entrez !

Pierre entra.

— Salut ! Tu es prêt ? Le taxi est là.

Thierry lui fit face.

— On ne peut plus.

Il fit un tour sur lui même.

— Suis-je présentable ?

— Superbe.

— Bien ! Alors jusque-là ça va. On y va ?

Le concierge en les voyant sortir de l'ascenseur se précipita :

— Bonsoir messieurs. Je vous souhaite bonne chance pour ce soir. J'écouterai votre concert à la radio.

Les deux hommes acceptèrent la poignée de main, et prirent leur taxi.

Le trajet vers la salle de concert se fit en silence. Thierry et Pierre se rendirent vers leur loge respective, sans échanger une seule parole. Ils étaient chacun dans leur monde. On frappa bientôt à la porte :

— Cinq minutes…

Les deux artistes se retrouvèrent sur le pas-de-porte de leur loge. Gagnèrent les coulisses sans un mot. Ludivine était déjà dans son fauteuil attitré. Ils s'étreignirent tous les trois, tête contre tête, yeux fermés. On entendait le brouhaha de la salle, les instruments qui s'accordaient. Puis le silence et les applaudissements qui accueillaient le chef d'orchestre. Le bruit du rideau qui s'ouvre. Les deux pianos à queue dos à dos.

Les deux amis se serrèrent la main et entrèrent sur scène comme on entre dans l'arène. L'explosion des bravos donna le frisson à Thierry. Ébloui par les projecteurs il tenta de voir un visage familier dans la foule. En fait les trois premiers rangs étaient occupés par la famille. Il réussit à deviner Philippe, Judy, Maddy. « Où peut bien être Woo ? Ah ! Le voilà. ». Pierre était en train de le présenter au public, mais il n'entendait pas son discours. Il souriait heureux. Il comprit aux bruits des nouveaux applaudissements que Pierre avait fini. Il salua. Puis toujours sur un nuage, il s'assit à son piano. Les yeux dans ceux de son gendre, il attendit le signal.

Il joua de tout son cœur, de toute son âme. Ses mains semblaient être autonomes, il ne les avait jamais senti aussi légères, aussi véloces. La musique vibrait sous ses pieds, dans son corps, dans sa poitrine. Il se sentait flotter. Transporter par le bonheur. Assise sur le tabouret à côté de Pierre, Adeline lui souriait. Son jeu redoubla d'intensité. Son cœur battit fort, plus fort, de plus en plus fort. Une douleur fulgurante au bras gauche l'empêcha de continuer.

Pierre de son côté gardait les yeux fixés sur son beau-père. Il ne l'avait jamais entendu jouer aussi bien. Il en était fier. Mouvement après mouvement, les reprises étaient parfaites. Thierry souriait, son visage était transcendé par la joie. Pierre regarda Ludivine. Elle fixait son père. Attentive. Il fut encore une fois ému par la ressemblance du père et de sa fille. Les dernières notes du mouvement de Thierry résonnaient. Bientôt « l'apothéose » que Philippe attendait. Pierre se concentra, cela allait être à lui. Les yeux braqués sur son clavier il attendait son tour. Il entama le mouvement, mais il n'y eut pas l'écho du piano de Thierry. Il n'y eut pas d'unisson. Le piano de Thierry s'était tu. Étonné, Pierre leva les yeux. Thierry était affaissé sur son clavier. Il y eut un murmure dans la salle. L'orchestre dos à la scène, inconscient du drame continuait à jouer.

Ludivine s'était levée d'un bond. Mais Pierre lui fit signe de ne pas bouger. Il avait compris, le cœur de Thierry avait lâché. Il n'y avait plus rien à faire.

Alors en hommage à son ami, il poursuivit. Des larmes coulaient sur ses joues, comme sur les joues de tous les spectateurs des trois premiers rangs. Ils avaient tous compris. Thierry les avait quittés pour toujours.

FIN

Table des matières